ポール・クローデルの日本

〈詩人大使〉が見た大正

中條忍

法政大学出版局

はじめに

一九二一（大正一〇）年一一月一九日は、小雨の降る肌寒い日であった。薄霧のなか、フランスの客船アマゾン号がゆっくりと横浜港の新港埠頭に向かっていた。接岸した船のデッキに、乗船客に混じって姿を見せたのは、駐日フランス大使ポール・クローデル（一八六八―一九五五年）である。小柄だが、がっしりとした体格の持ち主で、灰色の中折れ帽に、茶の外套をはおり、手には藤のステッキ持っていた。

出迎えたのはシャルル＝アルセーヌ・アンリ臨時大使と大使館員、それに領事館員らであった。彼らにまじって、京浜地区在住のフランス人の姿も見えた。

クローデルは一人だった。五人の子供のうち、三人の娘と妻は後続の船で来ることになっていた。だが、残る二人の息子は、フランスに置いてこざるをえなかった。長男は勉学のため、次男は結核に冒されている右足の治療のためであった。

彼は、報道関係者の質問に答えると、用意された車で横浜市街を一巡し、桜木町駅から電車で東京の大使館に向かっている。

これがクローデルの大使としての日本での生活の第一歩であった。だが、それは同時に、作家としての生活の第一歩でもあった。彼は大使でもあり作家でもあった。そうした彼を、一九二一年一一月二〇日付の『東京朝日新聞』は「詩人大使」と呼んでいる。親しみやすい響きを持つこの呼称は、以後東西を問わず彼につきまとうことになる。

しかし、彼自身、みずからを詩人にして大使であると公言することはなかった。人前で初めてそう名乗るのは、それから三〇年も後の一九五一（昭二六）年五月二一日のことである。八二歳の時であった。

この日、フランスの国営ラジオ放送局は、クローデルみずからが語る『即興の回想』の第一回目を流している。電波にのった『回想』は評判となり、二カ月ほどの休みをはさみ、翌年の二月一四日まで続いた。総回数は四一回を数え、一大連続番組となり、そのせいか、その後、活字にもなっている。

司会をつとめたのはジャーナリストで詩人のジャン・アンルシュである。話題は、自分の作品や創作の秘密、好きな作家や芸術家の作品、外交官として訪れた国々や私生活など、多岐にわたっていた。

そうしたなかで、クローデルがみずから自分を定義したのは、この第一回目の放送の冒頭である。彼は、つぎのようにいっている。

作家として、また国家公務員として過ごしてきた生涯〔…〕。私は旅人であると同時に土地に根付いた人間なのです。(1)

いまさらという感は免れないが、この定義は日本人がつけた「詩人大使」という呼称を具体的に説明しているように思われる。

たしかに、彼は万人が認める「作家」であった。すでに最初の『回想』が流された一九五一年には、古今東西の代表的な作品を網羅する著名なフランスの文学叢書プレイヤードに、劇作品が『演劇』二巻となって収録されていたのである。その一方で『全集』も編まれ、詩を収めた第一巻が出版されてもいた。その後、『全集』は補遺をふくめ三三巻を数えるほどに増え、プレイヤードも現在では『詩作品』と『散文』各一巻、『日記』二巻が加えられ、既刊の『演劇』二巻も改訂され、総数は六巻になっている。

その一方で、彼はまぎれもなく「国家公務員」であった。また、正真正銘の「旅人」でもあった。外交官試験に合格したのが一八九〇（明治二三）年で、それから引退する一九三五（昭和一〇）年まで、一貫して外交官の道を歩み続けている。赴任した国は、最初にアメリカ、ついで中国、チェコ、ドイツ、イタリア、ブラジル、デンマーク、日本、そして再びアメリカ、最後にベルギーと、東西南北にわたる。大陸でいえば、ヨーロッパ、アジア、北アメリカ、南アメリカを渡り歩いたことになる。この間、本省勤務は皆無にちかい。まさに「旅人」の名にふさわしい経歴の持ち主であった。

だが、その「旅人」は、「土地に根付いた人間」でもあった。

彼のいう土地とは、生地ヴィルヌーヴ＝シュル＝フェールである。パリの北東、一〇〇㎞ほどのところにある寒村で、この土地は生涯彼から離れることがなかった。どこにいても、なにをしても、ヴィルヌーヴ＝シュル＝フェールは、彼の脳裏から、いや肉体からも消えることがなかったのだ。実生活はもちろんのこと、創作面でも、土地の風習や気質やなまりがつねに彼につきまとい続けていた。人前にでても、臆することなく地方出身の田舎者であることを公然と口にし、恥じることはなかったのである。

とくに劇作品には、「土地」の影を色濃く宿しているものが多い。処女作『黄金の頭』の冒頭の場面は、生地の田園風景を彷彿させるし、その後書かれた『乙女ヴィオレーヌ』の舞台は、中世のころの生地である。詩作品でも、『聖女ジュヌヴィエーヴ』や『聖マルタン』は、「きわめて土着性のつよい」詩であると、クローデル自身がいっている。[2]「土地」の精霊はつねに彼につきまとい続け、けっして彼から離れることはなかったのである。

「作家」にして「国家公務員」、「旅人」にして「土地に根付いた人間」、これがみずから定義したクローデル像である。

おそらくそう定義する彼の目には、これまで訪れたさまざまな国が回り灯籠のようにかけ廻っていたことであろう。そのなかでも日本は、特別な国として映っていたにちがいない。

じっさい日本は、詩人として、劇作家として、また外交官として、もっとも充実した仕事ができた国であった。また、多くのことを学ぶことができた国でもあった。後述するように、彼の思想の根幹となる「共同出生」の契機をつかんだ国でもあった。日本は、俳句を思わせる独自の短詩を書き、それを出版した国でもあった。能を通して新しい劇作術を編みあげた国でもあった。また、日仏文化交流の拠点となる日仏会館を設立した国でもあった。フランス文化とフランス語を提供する関西日仏学館（現アンスティチュ・フランセ関西）を設立した国でもあった。パリの国際大学都市に日本館ができたのも、これらの施設がきっかけであった。一国でこれだけの仕事ができた国はほかにない。唯一日本だけであった。

日本とクローデル、そこにははかり知れない深い親和性があったにちがいない。二〇〇一（平成一三）年、彼が住居として後半生を過ごしたブラングの館で国際会議が開かれているが、その時のテーマは、「クローデル、日本に耳を傾ける」であった。敷地には彼の墓があり、国際会議を機にその脇に日本庭園も造られた。それは、彼の日本への愛を、日本にたいする親近感を象徴するものであった。

そうした彼の日本への愛を語る時、かならず挙げられるエッセーがある。『さらば、日本！』である。日本が無条件降伏をしたのが一九四五年八月一五日、それからわずか二週間しかたたない八月三〇日に、このエッセーは『ル・フィガロ』紙に発表されたのである。

この年の八月、クローデルは『日記』につぎのように書き残している。

七日。イギリスとアメリカの学者は、ほとんど予測できない破壊力をもつ原子爆弾の封印をとき、その実験を日本でしてしまった。広島、長崎破壊される。〔…〕
九日。また雨。二発目の原子爆弾を長崎に投下。ロシアが日本に宣戦布告。
一四日。日本降伏。
二五日。〔…〕ル・フィガロ社に『さらば、日本！』を送る。(3)

この記述だけでも、クローデルの日本にたいする想いの深さを知ることができる。彼の目に映った日本は、原子爆弾を落とされ、すべてを失ってしまった日本なのだ。『さらば、日本！』は、こうした彼の心痛と不安をあますところなく吐露している。

> 四つの島に封じ込めようとする動きのあるなかで、海外の開発のみにたよってきたこの人口過剰な日本は、どうなっていくのか。〔…〕人為的性格があまりにも明らかであった経済の破綻、それにどのように立ち向かっていくのか。〔…〕誇りを、伝統を、盲信を、名誉を、これまで世界にたいしておのれの権利を表明してきたものいっさいを失った今、日本は生き延びていくためにどのようにしていくのか。恒久的な飢餓に苦しむこの何百万という人々を平和で民主的な国民にどのように変えていくのか。[4]

> 胸中をよぎるのは、佳き日本である。自然を愛し、自然を理解し、その本質を描きだした詩人や画家たちの日本である。最高のギリシア悲劇に匹敵する能を生みだした日本である。御所の襖絵が楽園を提供する日本である。子を背負った慎ましい母親の姿が見られる日本である。無比の優雅さに基づき、人間の思考にこのうえない貢献をしてきた日本である。だが、そうした日本は、軍部の残酷さ、裏切り、暴虐のために今や破滅されてしまったのだ。

『さらば、日本！』はつぎの文で終わる。

> だが、つぎの言葉が執拗に脳裏に浮かんでくる。主は国家を立ち直れるようにお造りになった。[5]〔強調は原文〕

　最後の傍点部は「知恵の書」一・一四に見られる「生かすためにこそ神は万物をお造りになった」をふまえての句である。クローデルは、日本がかつての知恵を取り戻し、夕闇のなかにその高貴な姿をくっきりと浮かびあがらせる富士山のように、廃墟からふたたび立ち上がることを願っていたのだ。そもそも日本の敗戦を知って、その直後にこれほどの文を書いた外国の作家が他にいたであろうか。当時、日本は敗戦の混乱に明け暮れていた。それを思うと、日本への彼の愛の深さが痛感される。

それほどまでに愛した日本、クローデルは、いったいその日本のなにに惹かれて耳を傾けたのか。日本はそうしたクローデルになにを提供したのか、クローデルはなにを日本から得たのか、外交官、文学者、とくに詩人、劇作家としての彼の仕事に、日本はいかに応え、どのような影を落とし、いかなる変化をもたらしたのか。

本書を編んだ理由と目的は、こうした諸点を少しでも明らかにすることにある。それゆえ、本書は、いわゆるクローデルの伝記でも、包括的なクローデル論でもない。あくまでも日本との関係から考察した詩人・文学者・外交官としてのクローデルを描くことを目的とした書である。

目標が高すぎ、内容が乏しいとの批判を浴びることは、覚悟している。それを承知であえて世にだすのは、大正時代の後半に駐日フランス大使として滞在し、日本を愛し、日本に耳を傾け、日本の影を宿しながら独自の創作活動を続け、その一方で、国際交流のもっとも深い部分を築きあげた一人のフランス人の仕事を広く一般に知って欲しかったからである。

目次

ポール・クローデルの日本

第III章　劇作家　101

第IV章　外交官　171

ポール・クローデルの日本

第Ⅰ章　日本への思い

姉カミーユの影

クローデルがはじめて日本を訪れたのは、一八九八（明治三一）年五月である。当時、彼は二九歳、外交官として五年目の外国勤務を中国の上海で過ごしていた。しかし、その一方で、彼は文人でもあった。いくつかの詩や戯曲を書き、すでにその何編かを世にだしていた。もちろんどの作品もそれなりの評価を得てはいたが、それも一部の識者によるものが多く、外交官としても、作家としても、まだまだ世に広く知られていない存在であった。

そのせいか、日本の外務省史料館には、一八九八年の彼の来日に関する記録が見あたらない。おそらく一介の旅行者として処理されたのであろう、フランスの外務省史料館にも、はっきりとした記録が残っていない。クローデル自身も、この旅行の動機や目的についてなにひとつ語っていない。

とはいえ、いくつかの証言や傍証から、日本への旅行を決心させた理由を推測することができる。たとえば、晩年、フランスの国営ラジオ放送局から流された『即興の回想』である。彼はそのなかでつぎのようにもらしている。

姉はすばらしい芸術家で、かぎりなく日本にあこがれていましたので、私は日本の版画や本を見る機会がたびたびありました。こんなわけで、私も日本にひどく惹かれていたのです。(1)

ここにでてくる姉とは、オーギュスト・ロダンとの愛で知られる薄幸の天才女流彫刻家カミーユ・クローデル（一八六四―一九四三年）である。彼女は、新進気鋭の彫刻家として美術界の期待を一身に集めていたが、ロダンとの愛に破れ、しだいに精神を病んでいった。一九〇九（明治四二）年九月のクローデルの『日記』には、「カミーユは気が狂ってしまった」との一文が見られる。(2) やがて彼女は、一九一三（大正二）年にパリ郊外のヴィル＝エヴラール精神病院に収容され、その翌年には、南仏のアヴィニョン近くのモンドヴェルグ精神病院に移されている。そして、そのまま外界と接することもなく、七九歳の生涯を一九四三（昭和一八）年に閉じていったのである。

そのカミーユがいつごろから日本に関心を持ちはじめたのか、はっきりしない。一八八六（明治一九）年にジョルジュ・プティ画廊で開かれた日本美術展を見てからともいわれているが、八〇年代後半には、この極東の国の美術にかなり熱をあげていたことはたしかである。というのも、彼女はこの時期に、作曲家クロード・ドビュッシーに葛飾北斎の『北斎漫画』を紹介しているからである。二人が親しくしていたのが一八八八（明治二一）年ごろから九一（明治二四）年までなので、この『漫画』の紹介はそのころであったと思われる。カミーユが二三歳から二六歳、クローデルが一九歳から二二歳のころである。

カミーユの日本への傾倒はかなりのものであったらしく、よく引かれる傍証がある。一八九四（明治二七）年三月八日のゴンクール兄弟の『日記』と、その翌年の三月一九日のジュール・ルナールの『日記』である。前者には、「ロダンの弟子は、日本風の大きな花柄を刺繍した袖なしの上着を着ている」という記述が見られ、後者には、「クローデル嬢は日本の美術品を蒐集していて、それに心酔している」(3) と記されている。

この「日本の美術品」が具体的になんであったのかはっきりしない。とはいえ、クローデルが当時を振り返り、先に引用したように「日本の版画」といっていることや、べつな個所ではっきりと「浮世絵の版画や絵画」[4]といっていることから察すると、「日本の美術品」とは浮世絵であった可能性がたかい。

じじつ、カミーユは、一八九七（明治三〇）年になると、北斎の『神奈川沖浪裏』から着想を得て『波』を石膏で制作している。そして、その六年後にはそれをオニックスとブロンズで完成しているのである。そうした姉の影響を受けてか、クローデルは後に、この『神奈川沖浪裏』を取りあげ、そこに大きく描かれている波を力強いフランス語の散文に比較している[5]。

カミーユは、一八八二（明治一五）年から、つまり一八歳から、フランス芸術家協会展に作品を出品するようになり、八九（明治二二）年にはさらにランクの高い国民美術協会展への出品が認められている。しかも、その四年後にはその会の正会員になっているのだ。だが、すでにその八年も前の一八八五（明治一八）年ごろから彼女は新鋭の彫刻家として注目されはじめ、その交際範囲も名声とともにしだいに広がりをみせ、美術界のみならず、象徴派をも含む文壇にまでおよんでいたのである。

クローデルはそうした姉を尊敬し、愛してもいた。二人の姿は、象徴派の巨匠といわれるステファヌ・マラルメをはじめとする文学者のサロンでも見かけられたといわれている。

こうした環境のなかで、クローデルが日本への関心を深めていったのは確実である。

それに、当時はジャポニスムの時代でもあった。

二人が過ごした一八八〇（明治一三）年代後半は、ジャポニスムが愛好家の域を超え、芸術家、工芸家、文学者の心を捉え、さらに演劇界にまで浸透していった時期にあたる。ジュディット・ゴーティエが日本を題材にした戯曲『微笑みを売る女』をオデオン座で初演したのは、一八八八（明治二一）年である。この作品は大御所の劇評家ジュール・ルメートルの酷評にもかかわらず、時流に乗り、好評のうちに五五回の公演を記録している。

またこの年は、サミュエル・ビングの雑誌『美術の日本』が創刊され、アンドレ・ルクーの『日本演劇』が『演劇芸術誌』四―六月号に発表された年でもある。その三年後の一八九一（明治二四）年には、エドモン・ド・ゴンクールが『歌麿』を出版している。ゴンクールといえば、一八八一（明治一四）年に『一九世紀の一芸術家の家』を世にだし、ジャポニスムの推進者として知られていた作家であった。

こうしたジャポニスムの流れは、当時注目を集めていた象徴派にまでおよんでいる。テオドール・デュレは、象徴派の詩人ポール・ヴェルレーヌの『詩法』を引用し、一八九三（明治二六）年一〇月一五日号の『プリュム』誌につぎのように書いているのだ。

彼ら〔日本人〕は、もっともとらえがたい色調やこのうえなく微妙なニュアンスを探し求め、それを手に入れたのだ。彼らは、詩人〔ヴェルレーヌ〕がつぎのようにうたった理想を最初に手にいれた人たちである。

《私たちは欲する、さらなるニュアンスを
色彩ではなく、ニュアンスだけを》(6)

カミーユが日本への関心を深めていった背後には、このような風潮や環境があった。もちろんクローデルに関しても、姉カミーユ以外にさまざまな人物や事柄との出会いがあり、それを彼の日本への関心の要因として挙げることができよう。だが、それらはあくまでも推測の域をでない。というのは、この点に関する実証的資料が皆無だからである。それゆえ、現段階では、彼の日本志向に直接関与した最大の要因は、姉カミーユであるといわざるをえない。

とはいえ、クローデルがまず外国に、そして、最終的に日本に関心を持つようになった背後には、彼独自のまったく個人的な事情があったのである。

地方育ち

クローデルは、生まれも育ちも地方であった。

一八六八（明治元）年八月六日、彼はパリの北東一〇〇kmほどのところにあるヴィルヌーヴ＝シュル＝フェールで生まれている。ヴィルヌーヴ＝シュル＝フェールは、エヌ県のフェール＝アン＝タルドノワ郡に属する村で、父親がこの郡の登記所に勤めていた関係で、一家はこの村に住んでいたのである。

村の中央の広場には、猪の頭部をつけた噴水がある。かつてはその猪の口から水がでていたと思われる。広場からすこし足を進めると、一六世紀に建てられた教会に行きあたる。教会のわきには墓地が広がり、その墓地のほぼ裏側にあたるところに司祭館が建っている。しかし、広場からはこの墓地にそって一本の道が司祭館まで延びているので、教会や墓地を通らずに直接司祭館に行くことができる。

クローデルが生まれたのは、この司祭館の二階であった。

といっても、クローデル一家が教会の関係者だったわけではない。父親のルイ＝プロスペルは、北東フランスのヴォージュ地方の商家の出身であった。彼はストラスブールで大学受験資格《バカロレア》を取った後、一貫して登記所勤めをしてきた地方官吏で、宗教にはまったく関心のない共和主義者であった。

母親のルイズ＝アタナイズはこの地方の生まれで、この地の登記所に赴任してきたルイ＝プロスペルと結婚したのである。彼女は、三歳の時に母親を亡くし、その後父親の再婚もあって、幼少のころから修道院系の寄宿舎に預けられ、そこで教育を受けてきた女性である。とはいえ、かくべつな信仰心を持っていたわけでもなく、家事に専念するきわめて閉鎖的な女性であった。

当時、司祭館は教会の所有物ではなかった。林業で財をなしたクローデルの母方の曾祖父の父がフランス革命直後の混乱に乗じて取得したものであった。それ以後、親族が住居として使い続けていたのである。それゆえ、司祭館と呼ばれていたとはいえ、教会とはまったく無縁の私的な建物であった。それをクローデルが生まれる二年前に母親が相続し、一家の住居にしていたのである。

後にクローデルは自分の誕生について、司祭館で生まれたということと、誕生日である八月六日がキリストの神性が顕示された御変容の祝日にあたることから、それを自慢げに「ある祝日、太陽がさんさんと輝き、荘厳ミサの鐘が鳴り響くなか、私は生まれました」と一九〇八（明治四一）年八月八日付のガブリエル・フリゾ宛の手紙に書いている。(7) しかも、それから三〇年もたった時の講演でも、彼は「教会の鐘楼に守られて、私はかつての司祭館で〔…〕生を享けました」(8) と、誇らしげに語っているのである。

しかし、じっさいのヴィルヌーヴ＝シュル＝フェールは、彼がいうように「太陽がさんさんと輝く」村でもなければ、明るい、穏やかなイメージを与える村でもない。とくに当時は、暗い森と荒涼とした田野がどこまでも続く寒村であった。とりわけ冬のヴィルヌーヴ＝シュル＝フェールは、うらさびしく、さい果ての地といった印象を与える。クローデルが生まれた当時の人口は四〇〇人ほどであったというが、二〇一二年の村の広報によると二九六人にすぎない。クローデル自身も、自分の誕生日はともかく、村に関しては、「すべての幹線道路から遠く離れた〔…〕、重労働と森林に覆われた地で、シャンパーニュ地方の陽気さなどみじんも感じられない地」(9) といっているほどである。

今でこそヴィルヌーヴ＝シュル＝フェールはクローデル生誕の地として知られているが、当時はそうではなかった。クローデルは、この村の位置を説明するのに、まずイール＝ド＝フランスという地方名を挙げている。ついで、そこにタルドノワという地域があり、このタルドノワという地域にヴィルヌーヴ＝シュル＝フェールという村があるといっているのだ。(10)

この紹介の仕方が間違っているとはいいきれないが、タルドノワはイール＝ド＝フランス地方ではなく、ピカルディ地方に属する郡である。それを承知で、まずイール＝ド＝フランス地方を挙げているのは、タルドノワがイール＝ド＝フランス地方に隣接する郡であるからとも考えられるが、ピカルディ地方よりもイール＝ド＝フランス地方のほうがはるかに知名度が高く、相手にわかりやすいと思ったからにちがいない。

つまりヴィルヌーヴ＝シュル＝フェールという村は、フランス人にその位置を説明する時でさえ、こうしたい方をしなければならないほど、小さな、無名の村だったのである。

彼はこの村に二歳までしか住んでいない。というのも、父親の転勤によって、一家はそろって新しい任地に引っ越すことになったからである。その後も父親の転勤は続き、いずれもパリから二四〇㎞前後の地方都市に移り住むことになる。

しかし、どこに住もうと、一家はかならず夏になるとヴィルヌーヴ＝シュル＝フェールに戻り、休暇を過ごしていた。フランスで夏休みが法的に整備されるのは、一九三六（昭和一一）年からだといわれるが、それにもかかわらず、すでに一九世紀末に夏休みを享受できたのは、父親が地方官吏であるとはいえ、れっきとした国家公務員だったからかもしれない。

それればかりではない。ヴィルヌーヴ＝シュル＝フェールは母方に関係の深い土地でもあった[11]。村や近隣の村落には母方の親類縁者が住んでいたし、なかには資産家や土地の有力者もいたのである。母親の父のアタナーズ＝テオドール・セルヴォーは村の開業医で、隣村のアルシ＝サント＝レスティチュの村長をしたこともある名士であった。その兄のニコラ・セルヴォーは、村の教会の司祭だった。

一家が休暇を過ごした果樹園のある家も、以前は司祭であるニコラが所有していた家であった。それをアタナーズ＝テオドールが兄のニコラの死後に相続し、その後、彼の娘であるクローデルの母親のルイズ＝アタナイズが受け継ぎ、休暇を過ごす家にしていたのである。

自分を育んでくれた場所としてつねにクローデルの脳裏に浮かぶのは、毎年夏を過ごした生地ヴィルヌーヴ＝シュル＝フェールであった。父親の転勤のために移り住んだ町に関しては、ほとんど彼の口にのぼることはない。せいぜい彼の口から出る町や村の名といえば、ブリジット修道女が聖書の話をしてくれたバール＝ル＝デュックと、家庭教師のコランに読み書きそろばんの基礎をたたき込まれたノジャン＝シュル＝セーヌぐらいである。いずれも父親の赴任先の地で、バール＝ル＝デュックは二歳から七歳まで、ノジャン＝シュル＝セーヌは八歳から一〇歳まで過ごした町である。

それに反し、生地ヴィルヌーヴ＝シュル＝フェールは、わずか二歳までしか住んでいない。物心もつかない年頃にいただけである。それにもかかわらず。この村がほかのどの地よりも親しい地になったのは、彼にとって生涯の基盤となる精神形成の地だったからである。

夢と思考の母胎

ヴィルヌーヴ＝シュル＝フェールには、ジェアンと呼ばれる丘が村のはずれに広がっている。今では丘に通ずる道路脇に、「オッテ・デュ・ディアブル〔悪魔の背負い籠〕」と記された標識がたてられている。岩石を籠に入れた悪魔の弟子が急いで走ってきて、この丘のあたりで籠のひもが切れ、岩石が散在してできた丘だという伝説が村にある。

たしかに丘は、伝説通り灰白色の砂岩に覆われ、そこには奇怪な形をした大小の岩石がいたるところにころがっている。クローデルは戯曲『マリアへのお告げ』の第三幕第二場でこの丘を舞台にしているが、その場を説明するト書きには、「恐ろしい形をした岩が〔…〕そそり立ち、どの岩も石器時代の獣、説明不可能な形をした像、頭や手足が正常についていない偶像に似ている」[12]との一文が見られる。その異様な光景は、はじめて訪れる人に、魔界に迷い込んでしまったかのような印象を与える。だが、この魔界こそ幼いクローデルにとって格好の遊び場であり、異界に想いをはせらせる場所でもあったのだ。

村は、海抜二〇〇mほどの小高い丘の上にあり、晴れた日には四方を見渡すことができる。[13] 東の方角には、大きな雲がかかり、まるで生成をくりかえしているかのように、たえずできたり消えたりして流れている。南の方角には、神秘的なトゥルネルの森があり、その手前には巫女の泉と呼ばれる泉がある。北の方角は平原で、ランやランス、そしてソワソンの大聖堂にむかって延び、その先は遠く海にまで続いている。西の方角には、ウルク川が流れ、パリに向かう切り通しがあり、パリからさらに世界へと広がっている。少年のクローデルにとって、こうした光景は世界を超え、さらに遠くに、輝かしい未来へと、どこまでも延びているように思われるのであった。

ヴィルヌーヴ＝シュル＝フェールは、そうした土地であった。クローデルはこの地で、四方に広がる「地平線のかなたに目をやり、自分なりの探検」を試みていたのだ。目前に広がる光景は、北欧の神話詩『エッダ』にも似て、「暗示と伝説に満ちていた」といっている。そうしたなかで、少年の想像力はかき立てられ、夢はかぎりなく広がっていったのである。

だが、冬になると、ヴィルヌーヴ＝シュル＝フェールはその姿を一変させる。凍てついた雨が激しく降り、強い風が吹き荒れ、それがいつまでも続くことがある。教会の風見鶏はひゅうひゅうと音をたてて鳴り、雨水は樋《とい》からあふれて激しく流れ落ちていく。

そんな時、クローデルは人気のない居間でアルバン・バトラーの『聖者伝』に読みふけるのだった。ときには、女中のヴィクトワールの話に耳を傾けることもあった。彼女はクルミを鎌で割ってくれながら、「味わい深い土地の言葉で」村に伝わる伝説や愛憎に彩られた村人たちの暮らしを話してくれた。リエスへの巡礼の話などは、わずか七〇㎞ほどしか離れていない町への旅なのに、幼いクローデルには、まるでマルコ・ポーロの壮大な中国紀行のように思われるのであった。

家の裏には、果樹園が広がっていた。少年のクローデルは、そこに植えてあるリンゴの老木にのぼり、神のように地上を見下ろしながら、深い瞑想にふけることがあった。「そのままじっとしていると、ときどき木からリンゴが落ちる、まるで重く熟した思考のように[14]」。当時を思いだして書いた散文詩『夢想』には、こうした一節が見られる

じっさい、ヴィルヌーヴ＝シュル＝フェールは、クローデルにとって、現在を見つめ、瞑想にふけり、未来への夢を育み、思考を熟させる土地であった。

そのせいか、彼は、「地方出身の田舎者であることなど、すこしも恥ずかしく思っていない」といっている。そして、「心と精神が、同時に宗教と詩に開かれたのは、まさにこの地であった」と断言しているのである。(15) ヴィルヌーヴ＝シュル＝フェールは、そういう土地であった。神秘と現実が、宗教と詩が一体となっている土地であった。それらが渾然と潜在している土地であった、特別な違和感を覚えることもなく、ごく自然にそうしたものに親しみ、意識することもなく体内に取り込むことのできる土地だったのである。

パリへ

ところが一八八一（明治一四）年、こうした地方での平穏な生活に異変が起こる。そのきっかけとなったのは、パリで彫刻の勉強をしたいというカミーユの執拗な要求であった。(16)

当時一家は、父親の赴任地であるヴァッシィ＝シュル＝ブレーズに住んでいた。パリの東二四〇kmほどのところにある田舎町である。だが、カミーユはその二年ほどまえから、父親の前任地であったノジャン＝シュル＝セーヌで、正式に彫刻を習いはじめていたのである。

ノジャン＝シュル＝セーヌは、パリの東九四kmほどのところにある地方都市で、新進気鋭の彫刻家アルフレド・ブシェのアトリエがあった。カミーユは、一八七九（明治一二）年から彼のアトリエへの出入りを許されていたのだ。そのきっかけをつくったのは、父親であった。父親は娘の彫刻にたいする異常なまでの執念に圧倒され、意を決してブシェに相談したのである。

こうしたことが、カミーユの望みをかきたてていたのかもしれない。パリで修行をしたいという思いは、日ごとに強まるばかりであった。父親も、アルフレド・ブシェから話を聞き、娘の希望をかなえてやりたいと思うようになっていた。

しかし、父親にとって娘以上に気がかりだったのは、地方の町や村でしか教育を受けてこなかった長男のポール（クローデル）である。中等・高等教育はぜひともパリで受けさせ、出世街道を歩ませたい。それが父親の希望であった。とはいえ、いまさら自分がパリに職を見つけ、一家ともども移住することはむずかしい。となれば、自分一人が任地に残り、一家をパリに住まわせるしかない。これが父親の最終的な決断であった。もちろん、教育熱心な母親が反対するわけがなかった。

こうして一家は一八八一年の春、パリに移り住むことになる。父親はヴァッシィ＝シュル＝ブレーズに一人残り、二年後には新しい任地ランブイエに一人住まいをすることになる。二重生活に必要な費用は、ヴィルヌーヴ＝シュル＝フェールに持っていた土地を手放すことで補なった。クローデルが一二歳、カミーユが一六歳の時である。

パリにでてきたカミーユは、アカデミー・コラロッシィに通い始める。アカデミー・コラロッシィは、イタリア人の彫刻家フィリッポ・コラロッシィが創設した美術学校で、国立美術学校につぐ存在であった。彼女は学校で知り合った仲間と一緒にアトリエを借りると、ひたすら彫刻家への道を歩み始めていく。その勢いは、まるで水を得た魚のようであった。

こうした彼女の将来を見越していたのが、ノジャン＝シュル＝セーヌ時代からの師であったアルフレド・ブシェである。彼は定期的にパリにでてきていたが、そんなある日のこと、パリ国立美術学校の校長をしていたポール・デュボワにカミーユを紹介したのである。持参した彼女の作品のなかで、『ダヴィデとゴリアテ』を見たデュボワは、その早熟な作風に驚き、即座に「ロダンの教えを受けたのか」と聞いたという。もちろん、彼女はロダンの教えなど受けていなかった。

ところが、クローデルのほうは、姉のように順調にことは運ばなかった。彼がその年の一一月に登録したリセ（中高等学校）は、名門中の名門といわれるルイ＝ル＝グラン校だった。田舎育ちの少年が秀英の集まる都会の有名校に、なんの準備もなく入学してしまったのである。学力の差は予想以上に大きかった。

これまでたった一人で単独にふるまってきた私は、まったくなんの準備もなくルイ＝ル＝グラン校に入り、四、五〇人のクラスに慣れなければなりませんでした。それは容易なことではありません。両親は、生徒数の少ない六人クラスで、私がいつも一番でいたことを知っています。ですから、五、六〇人のクラスでも、あいかわらず一番になることを、じっさいに期待していたのです[17]。

もちろん彼は劣等生ではなかった。「しばらくしてから、私は一番になった」、そういっている。しかも、飛び級までしている。それだけに、入学した翌年の一八八二—八三（明治一五—一六）年度に受けた大学入学資格試験《バカロレア》の失敗は大きな痛手であったにちがいない。

彼とリセ（中高等学校）の最終学年をともにした作家のマルセル・シュオブは、リセ時代のクローデルについて、「頑固者、おし黙った男、口を開くのは、ビュルドーと哲学の議論をする時だけだった[18]」といっている。ビュルドーとは、オーギュスト・ビュルドーのことで、後に政界に入り、海軍・植民地大臣を務めた人物であるが、当時はルイ＝ル＝グラン校でカントを講じていた。クローデルは、彼を尊敬していたが、彼の説くカントの当為になじむことができなかったのである。

それに、当時は科学万能主義や唯物論がはばをきかせていた時代でもあった。すでに政教分離は進み、カトリックは軽視されるどころか、侮蔑の対象にさえなっていた。一家がパリにでてくる一年前には、セーヌ県知事が、学校にある十字架はすべて取り外すように要請していたのである。「ビュルドー先生のクラスでは、カトリックだといおうものなら、クラス全員が笑いこけた[19]」、そうクローデルは証言している。

なじめない都会

こうした風潮は、学校だけではなかった。田舎からでてきた少年の目には、パリもまた、唯物論と科学万能主義が跋扈する都市として映っていたのである。

街のどこに行っても、彼には「薄汚い印刷物と異教徒の書物の腐った中身」しか目に入らなかった。街路の標識までが「地獄通り」とか「絶望交差点」と書かれているように思われた。今やパリは、『聖書』の「イザヤ書」や「ヨハネ黙示録」で語られるティルスであり、バビロンであるかのように思われた。[20]ティルスは神にわが身をくらべた傲慢さゆえに滅ぼされた都市であり、バビロンは汚れた霊や忌まわしい獣の巣窟と化したために滅ぼされた都市である。


あの悲惨な〔一八〕八〇年代、自然主義文学が咲き誇っていた時代を想い起こしていただきたい。あれほど強く物にしばられていた時代はかつてなかった。芸術、科学、文学で名をなした人たちは、すべてキリスト教とは無縁であった。この世紀末の（いわゆる）偉人たちは、ひとり残らずカトリック教会に敵対することによって知られていた。〔…〕こういうわけで、一八歳の時には、当時教養があるとされていた人たちの大部分が信じていたことを私も信じていたのである。私のなかで個人や具体的なことに関するしっかりとした考えは、影をひそめてしまっていた。私は唯物論や科学万能主義の仮説をそっくりそのまま受け入れ、すべては《法則》に従っていて、この世は原因と結果との連鎖であり、それを科学が、いずれ近い将来に完全に解き明かしてくれるだろうと信じこんでいたのだ。とはいえ、こうしたことすべては、私には悲しく、意欲的に取り組むことができなかった。[21]

クローデルを悩ませていたのは、物質主義であり、科学万能主義であった。かつてヴィルヌーヴ＝シュル＝フェールで享受していたあの豊かな自然も人間性も精神性も、パリにはなかった。目に入るのは、人工的なものばかりであった。原初的なものは、すべて消し去られてしまっていたのだ。

ベートーヴェンやワグナーに熱中したのも、この時期である。「ベートーヴェンとワグナーは私にとって希望と慰めをもたらす唯一の光であった[22]」、そう彼はいっている。

たしかにドイツの音楽は私に別な世界を開いてくれた。それはすばらしくもあり、物憂げな世界でもあった。子供であった私は、そこに科学万能主義の徒刑場を忘れさせてくれるものを求めていたのである。[23]

特にホルンの音には敏感であった。その響きは、薄暗い森のなかで「低く鳴り響く嗚咽」のように聞こえ、絶望の淵に追いやられた青年にとっては、「現実世界から夢の世界へ導いてくれる確実な通路」のように思われた。彼はその通路を通して、「私たちが失ってしまったもの、けっして見いだすことのできないもの、私たちに欠けてしまっているもの」を感じとり、「超えがたい距離によって引き離されてしまった歓喜」を見いだしていたのである。[24]

しかし、いくら「歓喜」を見いだしたとしても、それは幻でしかない。幻はあくまでも幻であり、現実でも実体でもない。手にすることもできない。幻を追うこと自体が逃避であった。あとに残るのは空しさばかりであり、恒久的な「歓喜」などありうるわけがなかった。まして安住の地を見いだすことなど、できるわけがなかった。

家庭も同様であった。クローデルにとって家は、けっして癒しの場ではなかった。「いつも家族が和やかに暮らしていたわけではありません。全員が激しい気性の持ち主でした。かくべつ心地よいものはなにひとつ家にありませんでした[25]」、そう彼はいっている。

生活は、日ごとに息苦しさを増していった。しだいに彼の胸中にはひとつの思いが頭を持ちあげはじめていく。それは、どこかへ行くこと、自分を取り巻く環境から抜けだすこと、世界を回ることであった。この息苦しさからの脱出、この息づまる閉塞状態からの脱出、科学万能主義に汚染されたこのフランスからの脱出、それが最大の関心事となっていったのである。

そんな彼の渇きを癒やし、夢をふくらませてくれたのが当時の旅行雑誌、『世界一周』誌や『画報』誌であった。そこには、中東や極東、そして南米などの探検旅行記が絵入りで毎号掲載されていたのである。

そのせいか、クローデルは当初、フランスから遠く離れた中国か南米に行くことを考えていた。それが日本に変わるのは、姉カミーユの影響によるものと思われる。

だが、彼の描く日本は、姉が惹かれていた美術品や浮世絵の日本ではなくなっていた。そうした日本をはるかに超える日本であった。日本は、科学万能主義や物質主義に汚染されていない国として彼の目に映りはじめていたのである。フランスが失ってしまった原初的なものをいまだに残している国、それが日本であった。いまや日本は、フランスを脱出するためにもっともふさわしい国として、彼の望みを満足させてくれる唯一の国として目の前に立ち現れはじめていたのである。

しかし、脱出先を日本にしたとしても、それを実現させる手段が彼にはなかった。なんとしてもその手段を見いださなければならない。


そのために私は、外界に通じ、外の空気を与えてくれる職を見つける必要がありました。当然、この種の職といえば、領事とか外交官とかといった外交に関する職でした。はじめは、通訳の職につくつもりでした。通訳になれば、自分に必要なものすべてを手に入れることができるかもしれない、そう思っていたからです。(26)

これが、当時のクローデルの胸中をかけめぐっていた思いであった。

決定的な出来事

一八八五（明治一八）年、ルイ＝ル＝グラン校を卒業したクローデルは、両親の希望していた高等師範学校には行かなかった。彼が登録したのは、パリ大学法学部である。しかもその一方で、公務員を目指す学生が集まる高等政治専門学校にも登録している。選んだのは、行政学科だった。そのうえ、東洋語学校にも通いはじめているのである。彼にとって最大の関心事は、フランスからの脱出であった。なにをおいてもそれを実現しなければならない。すべては、そのための手段であった。彼は彼なりに脱出の準備をしていたのである。

そんな時である。彼の一生を左右する決定的な出来事が起こったのだ。のちに、ステファヌ・マラルメに打ち明けるアルチュール・ランボーの「雷の一撃」(27)である。

一八八六（明治一九）年五月、クローデルは偶然目に入った『ラ・ヴォッグ』誌を手にする。第一巻第五号であった。見ると、そこには、ランボーの詩集『イリュミナシオン』の冒頭部が載っている。だが、それだけではなかった。その続きが、同誌の第六号から第九号にかけて掲載されていったのである。しかも、その年の九月になると、またもやランボーの詩集『地獄の一季節』が、同誌第二巻第八号から第一〇号にかけて掲載されていったのだ。

衝撃はおおきかった。科学万能主義と唯物論の渦中にいたクローデルは、そこにランボーの野心とその失敗を読みとったのである。まさに「雷の一撃」であった。

彼の目に映ったランボーは、「すべての神秘の皮をはがしてやる、宗教上の神秘であろうと、自然界の神秘であろうと〔…〕。俺にはあらゆる才能があるのだ」と豪語して出かけていった詩人である。(28)「超自然の力を手に入れることができると思っていた」巨人である。

だが、読みすすめていくうちに、そうした野望がことごとく崩れていくのをクローデルは目にしたのだ。ランボーはただ単に「できると思っていた」にすぎなかった。超自然を前に、彼の企てはことごとく瓦解し、野望は灰燼に帰してしまったのだ。しかも、あげくの果てに、「地上にふり戻されてしまった」のである。これが、「俺にはあらゆる才能がある」と豪語したランボーの末路だった。「俺の想像力も思い出も葬り去らなければならない。〔…〕百姓だ！」彼はそういうと、最終的に「虚妄をむさぼってきたことに許しを乞う」のである。

このランボーの姿はクローデルにとって衝撃的であり、同時に開眼でもあった。彼はそこに、超自然に挑む唯物論や科学万能主義の限界を読みとったのである。

この二編の作品は、はじめて私の物質主義の徒刑場に亀裂をつくり、超自然の生々しい、ほとんど肉体的ともいえる刻印を私に刻んでくれた。(29)

クローデルはそう書いている。彼もまた、時代の波におし流され、心ならずも唯物論や科学万能主義の仮説をそっくりそのまま受け入れていたのである。じっさい、すでに信仰さえも失っていたといっていい。そうした彼にランボーは、唯物論や科学万能主義ではたちうちできない超自然界の存在を示唆してくれたのである。だが、決定的な出来事は、それだけではなかった。まるでランボーとの出会いの総仕上げをするかのように、その年のクリスマスに、ノートルダム大聖堂で一生を決定するさらに大きな出来事が起こったのである。

当時、クローデルはものを書きはじめていた。一二月二五日の荘厳ミサに出かけたのも、ものを書くための刺激剤と題材を求めてのことであった。宗教的な好奇心など、まったくなかった。彼にとってミサは、「このうえない道楽気分で眺める(30)」祭儀にすぎなかったのである。

ミサに出た後、いったん家に戻った彼は、ほかにすることもなかったので、ふたたび深夜ミサに出かけて行った。

決定的な出来事が起こったのは、この深夜ミサの最中だった。聖母讃歌《マニフィカト》が響くなか、彼は突如神の啓示を受けたのである。「一瞬にして心を打たれ、私は信じた」、当時を思いだし、彼はそういっている。

しかし、その場でカトリックに回宗したわけではない。彼には深い疑問と迷いがあった。周囲を改めて見渡してみても、とくに変わった様子は認められなかった。これまでの考えや知識は、なにひとつ損なわれることなく存在していたのである。そこに欠陥を見いだすことはまったくできなかった。カトリック教会は、あいかわらずばかげたおとぎ話の集積のように思われたし、司祭や信者たちも、嫌悪や憎悪を覚えさせる存在でしかなかった。だが、ミサでの衝撃は消えることがなかった。それはしだいに勢いを増し、烈火のような激しさで彼に迫ってきていた。ついに彼は、「徹底的に狩りだされ、逃げ場を失い、どうにもならない瀬戸際まで追いつめられてしまった」のである。それは「男同士の戦いのように容赦のない」攻防戦であった、彼はランボーの詩『告別』の一節を借りてそういっている。

こうして徹底的に追いつめられ、最終的に回心を迫られ、ノートルダム大聖堂で聖体拝領を受けたのが一八九〇（明治二三）年のクリスマスである。神の啓示を受けた深夜ミサから、四年後のことであった。

回宗の足跡

この年、クローデルは処女作『黄金の頭』を自費出版している。作品は純粋な創作劇であるが、そこにはランボーとの出会いから回宗にいたる経緯が反映されていて、一種の自分史として読むことができる。

題名の「黄金の頭」は、主人公の呼び名で、本名はシモン・アニェルという。彼は第一部で、倦怠感を漂わせた青年として登場するが、とつぜん何者かに捉えられ、啓示をうけ、変貌する。第二部になると、黄金に輝く髪で登場し、王を倒し一国を掌握する。人々からは「黄金の頭」と呼ばれるようになり、人間以上の権能があると思いこみ、世界征服に乗りだしていく。第三部では東方を目指して進んで行くが、アジアとの境界とされるコーカサスで瀕死の重傷を負ってしまい、それ以上進めなくなる。

とつぜん、私は打ち砕かれ、一本の木の陰に投げだされてしまった、まるで用済みとなった死体のように。[31]

そう彼は嘆く。その姿は、クローデルの理解したランボーの姿に重なる。ランボーも「超自然の力を手に入れることができると思って」出かけていった野心家である。だが、彼の野望など問題にされなかった。相手はあまりにも巨大でありすぎたのだ。こうしてランボーは、惨めにも「地上にふり戻され」、おのれの非力を知らされることになる。今や彼には「虚妄をむさぼってきたことに許しを乞う」ことしか残されていない。

黄金の頭もそうであった。ただランボーと異なるのは、「許しを乞う」だけではなかった。「地上にふり戻された」ことにより、超自然界の存在を認め、神の許に戻って行ったのである。

おお、父なる神よ、
来てくださいI　おお、微笑みよ、私の上に身をのばしてくださるように(32)！

この神への回帰を助けるのが、偶然そこに居合わせた王女である。彼女は、黄金の頭に殺された王の娘で、王が殺害された後、王国を逃れ、このコーカサスの地をさまよっていたのだ。そこを脱走兵に捕まり、木に釘で打ちつけられ、身動きがとれなくなっていたのである。

彼女のうめき声を聞いた黄金の頭は、瀕死の体にむち打ち、その釘を抜いてやる。だが彼は、今にも息絶えそうであった。そうした姿を目の前にした王女は、「絶望したままでは死なせない」といい、彼を見守ることになる。

やがて最期の時が訪れる。黄金の頭は十字架上のキリストのように両手を広げ、太陽を胸に抱いて息を引きとっていく。それを見て、王女は彼にささやくのだ。「ああ、亡き骸よ。変わることのない黄金のなかで休むがいい」と(33)。

この王女の姿は、クローデルを回心に導いた知恵の司と聖母マリアに重なる。彼が啓示を受けたのは、ノートルダム大聖堂で聖母讃歌《マニフィカト》が響き渡るなかであった。まさに聖母マリアに包み込まれての啓示であり、回心への第一歩であった。しかもその直後に、知恵の司の存在を彼は知るのである。ミサを終え、小雨のなかをいったん帰宅した彼は、姉カミーユの持っていた『聖書』を手にとる。何気なく開いた個所が、偶然にも「箴言」第八章であった。そこには、丘や街角に立ち、人々を諭し、神に導いている知恵の司が描かれていたのである。

クローデルは、『黄金の頭』を世にだした年にアルベール・モケル宛の手紙で、王女が「魂、女性、知恵の司、信心」[34]であるとコメントしている。そして晩年には、「私の劇作品の女性像はすべて知恵の司の面影を宿しています」とコンブ神父に漏らし[35]、その後もこのコメントを補うかのように、「私にとって、女性は〔…〕人間の魂でもあり、教会でもあり、聖女マリアでもあり、聖なる知恵の司でもあるのです」[36]と公言している。じじつ、彼は、黄金の頭を通して回心にいたる我が身を描き、その一方で、黄金の頭の死を見届け、神の御許へと送った王女を通して知恵の司と聖母マリアを描いたのである。

この戯曲は一八九四（明治二七）年に書き直されている。初稿では第一部で、主人公が何者かに捉えられ、啓示をうけて変身しているが、この第二稿では、何者かではなく巨木に出会い、啓示をうけて変身している。巨木は十字架を表していると考えられ、この書き直しは、明らかにノートルダム大聖堂で受けた啓示を意識してのことと思われる。

また、第三部の舞台となっているコーカサスは、第二稿ではアジアとの境界というだけではなく、「扉と呼ばれている場所」とあらたに明示されている。しかも、その扉のかなたに「巨大な祭壇」があることが示唆されているのである[37]。これもノートルダム大聖堂でうけた啓示を意識しての加筆と思われる。たしかに彼が啓示をうけたノートルダム大聖堂は、両界の境であり、そればかりでなく、両界を結ぶ「扉」でもあり、その扉の背後には、「巨大な祭壇」が控えてもいたからである。

『黄金の頭』を世にだした一八九〇（明治二三）年という年は、作家クローデルが誕生した年だが、それと同時にこの年は、正真正銘のカトリック信者クローデルが誕生した年でもあった。この年以後、彼は、自他ともに認める強靭なカトリック信者としての道を歩むことになる。

それからというものは、いかなる書物も、いかなる理論も、多忙な生活を襲ういかなる危機も、私の信仰を揺るがすことも、じっさい、それに触れることさえもなかった。[38]

そう彼は述懐している。

フランス脱出

一八八八（明治二一）年、クローデルは高等政治専門学校を修了し、パリ大学からは法学士号を授与されている。あとは、フランスからの脱出を実現するだけであった。そのためには、とりあえず念願の「通訳の職」を探さなければならない。

そんな時、彼に外交官の道を勧めたのは、東洋語学校の校長であった。[39] たしかに「通訳の職」よりも外交官のほうが有利に決まっている。そう思った彼は、翌年の一二月、外交官試験を受けるための書類を提出している。

当時、外交官試験を受けるには、共和主義者であることを保証する推薦状が三通必要であった。クローデルはみごとにこの種の推薦状をそろえている。その一通は、従兄を介して手に入れた政界の大物ジュール・フェリーの推薦状である。他の二通は、ルイ＝ル＝グラン校の教師であったが、今では代議士になっていたオーギュスト・ビュルドーの推薦状とカミーユの師であるロダンの推薦状である。[40]

受験準備はそれだけではなかった。彼は、あらかじめ個人教授について数週間受験勉強までしているのだ。そのためか、試験の結果はよかった。「ひどく驚いたことに、私は合格したのだ、しかも一番で」[41]、そう彼はいっている。一八九〇（明治二三）年のことである。

この年は、前述したように戯曲『黄金の頭』を自費出版し、文学者や批評家の注目を浴びた年でもあった。また、啓示をうけたノートルダム大聖堂で聖体拝領をし、回宗に踏みきった年でもあった。そして、それに加えて、外交官試験の首席合格である。換言すれば、この一八九〇年という年は、名実ともに文学者、カトリック信者、外交官といった三つの顔を持つクローデルが一度に誕生した記念すべき年ということになる。

合格後の最初の勤務先は、外務省商務課であった。身分は実習生である。その後、彼は一八九三（明治二六）年二月に副領事に任命され、その翌月にはニューヨークの領事館に派遣されている。ついで、ボストンの領事館に配置転換されるが、このアメリカ勤務は二年足らずで終わり、一八九五（明治二八）年には中国勤務についている。

中国への任命通知を受けとった時、彼はさっそく一八九四（明治二七）年九月一九日付で本省に「中国への拝命、幸甚のいたり」（仏 個人資料）と打電している。もちろん、希望していた国は日本であった。だが、中国は日本について、訪れてみたいと思っていた国でもあった。

> 日本に任命されませんでしたけれど——私にむく空席が日本にはなかったのです。私は期待に胸をふくらませて中国に行きました。(42)

彼はそういっている。この述懐に虚偽はない。上海に着いて五カ月ほどたった一八九五（明治二八）年一二月二四日付のマラルメ宛の手紙がそれを証明している。

> 私は中国で生活し、この生活が気に入っています。〔…〕ここでは、現代文明とは違い、すべてが自然で正常であると思われるのです。乞食や痙攣が止まらない人たちのあいだをぬい、一輪車や人夫や荷車でごったがえすなかをすりぬけ、上海県城をとりまく銃眼のある古い城壁に別に設けられた間道を通りぬけて行く時、私はまるで自分の作品が上演されるのを見に行くような気になります。(43)

当時、上海は外国人の居住する租界地と中国人の居住する上海県城に大きく分かれていた。この両者を分けているのが上海県城の城壁で、県城内に入るには、複数ある城門のひとつを通らなければならなかった。クローデルは「別に設けられた間道を通りぬけて」といっているので、それは元来の城門ではなく、フランス租界にもっとも近い城壁にあらたにつくられた新北門であったと思われる。

中国はクローデルの期待を裏切らなかった。彼が中国に求めていたのは、物質主義や科学万能主義に汚染されていない文明であった。県城内に充満していたのは、まさにそうした文明に裏付けられた中国人の生活そのものだった。彼は城門を通りぬけ、彼らの生活に触れることを「自分の作品が上演されるのを見に行く」と書いている。自分が求めていたものと同質のものをそこに見いだしていたのだ。彼にとって、県城内で触れるもの「すべてが自然で正常で」あったのである。

その後書かれたつぎの文は、中国での関心の対象をいっそう具体的に浮かび上がらせている。

> 中国ではすべてが私の気に入った。それは、あえていえば、とくにその混乱、怠慢、不潔、無秩序、愚かな知恵、伝統と実践にしっかりと根付いているあのお人好しの文明、動物的な技巧を思わせるが、いっさいが自然で率直な美的趣向、不快だが味わい深い料理、罪深い寛容の元凶となり続けているように思われる宗教、みごとで不思議な墨書、そして、とりわけ人間それ自体がもつ本質、**人間性**とでもいうべきものの強烈さである。(44)〔強調は原文〕

クローデルが中国に見いだし、その魅力を満喫したものは、原初の人間性であった。パリで体験した科学万能主義の対極にある人間本来の「強烈」な営みだった。中国では、フランスで求めていたものが、目の前に現実として存在していたのである。

思えば、それを求めてのフランス脱出であった。目的は、かなえられたといっていい。

彼が一カ月弱の日本旅行を決心するのは、こうした中国滞在のさなかである。当時の勤務先は、上海の領事館であった。その実態は次の任命を待つ身であったらしい。まとまった休暇が取りやすい状況であったにちがいない。それに、なによりも日本は上海から船で一日半という距離にあった。青年時代から心に描いていた国を訪れるには、またとない機会であった。

日本旅行

クローデルがメモを残している『中国手帳』によると、上海を発ったのは一八九八(明治三一)年五月二五日の夕刻である。(45) 旅程は、二七日に長崎港に到着し、長崎上陸後ふたたび乗船、二八日に神戸を見物し、翌二九日に神戸港を発ち、三〇日に横浜港で下船している。しばらく横浜に滞在し、その間、鉄道で東京、日光、箱根、熱海、江の島を訪れている。その後、列車を乗り継ぎ、静岡、京都を訪れ、六月一八日に神戸港から海路長崎に向かい、一九日にいったん長崎港で下船し、翌二〇日に長崎を離れ、二二日に上海に戻っている。

日本をほぼ横断するかたちで行われたこの旅行が、なにを目的にしていたのかはっきりしない。『中国手帳』に残されているメモによると、訪れた場所のほとんどが神社仏閣である。

長崎では諏訪神社を、東京では築地本願寺、増上寺、浅草寺を、日光では東照宮をはじめとする寺社を、箱根では箱根神社を、江ノ島では江島神社を、静岡では浅間神社と臨済寺を訪れている。京都では、御所、北野天満宮、金閣寺、銀閣寺、大徳寺、清水寺、方広寺、三十三間堂、二条城、東本願寺、西本願寺、東寺、泉涌寺、金戒光明寺、南禅寺、広隆寺を訪れている。

しかも、単に訪れただけではない。これらの寺社で見た数々の美術品にも深い関心を寄せている。とくに、浅間神社の彫刻や絵馬、臨済寺、御所、二条城、大徳寺、東寺、西本願寺の障壁画や屏風絵からは強烈な印象を受けたらしく、『中国手帳』には図柄や色彩を記したメモが残されている。

その一方で、クローデルは山野を歩き、日本の自然にも触れている。神戸では布引の滝や明石の松林を訪ね、日光では裏見の滝や御猟場を訪れ、さらに雨のなかを中禅寺湖に向かっている。今でこそ簡単に行ける中禅寺湖であるが、当時の道は険しく、健脚者でも日帰りするには、早朝に日光を発たなければならなかった。

箱根の旅も同様である。彼は元箱根まで行き、熱海に下っているが、元箱根に行くには、当時は国府津から歩くか、馬車と駕籠を乗りつがなければならなかった。箱根から熱海に出るにも、十国峠を徒歩で下らなければならなかった。さらに、熱海から国府津に戻るには人力車を利用するしかなかった。

もちろん外交官であったクローデルは、長崎では副領事のフランシス＝フレデリック・ステナケルに、横浜では領事のジュール・ラタールに、東京では公使館付武官のガブリエル・ラブリに会っている。しかし、職務上の目的で彼らに会ったという資料はなにひとつ残っていない。儀礼的、または友好的な訪問の域をでなかったものと思われる。

ただひとつ奇妙に思われることがある。それは、芝居に関心を持っていた彼が、芝居に関すると思われるメモを一カ所しか『中国手帳』に残していないことである。京都滞在中の記述にずばり「劇場」という単語が一語見られるだけである。いったいこの単語が何を意味するのか、はっきりしない。日本の伝統芸能が彼の興味をひかなかったのか、それともそれを鑑賞する時間的余裕がなかったのか、はっきりしない。

ともあれ、旅程を記したメモから浮かび上がってくるのは、歴史建造物や美術品のみならず、自然にも意識的に触れていたということである。そこには、外交官としての視点は希薄である。むしろ、より深く日本を理解し、おのれの思索や創作の糧にしようとする意図が強く感じられるメモが多い。すでに日本は、逃避のための国でも、かつて中国に期待していたものを探し求める国でもなくなっていたのだ。彼の創作意欲を刺激する国になっていた可能性がきわめてたかい。

のちに、『東方所感』に収められる『松』、『森の中の黄金の箱船・櫃《アルシュ》』、『散策者』、『そこここに』は、この滞在を機に書かれた散文詩である。これら四編の作品には、日本での考察と発見が見られ、当時のクローデルの日本に関する思考を読みとることができる。それだけに数少ない貴重な資料だといえる。

松と東照宮

最初の散文詩『松』は、海岸ぞいにのびる「悲劇的なかつての東海道」[46]に立つ松並木を対象としている。研究者のなかには、当時横浜・東京間の車窓から見えた松並木であろうという人もいるが、もしかしたら、横浜滞在中の六月七日から九日にかけて箱根と熱海を旅した際に見た東海道の松並木かもしれない。

いずれにしても、クローデルは立ち並ぶ松を「英雄的な隊列」とし、そこに「闘争のあらゆる波乱」を見ている。彼の目に映った松は、「なぎ倒そうと吹き付ける太平洋の風」にたいし、「根という根を使って石の多い地にへばりつき」、敢然と立ち向かう戦士の姿である。それは樹木というよりも、「季節にしばられず、絶えず変化する微妙な環境に敏感に反応して」、「体を折り曲げて立つ不屈な」精神そのものなのだ。

松は、あらゆる試練と闘いながらも、屈することもなく、しかもひときわ崇高に立ち続けている、その姿は、クローデルにとって脳裏から消え去ることのないひとつの理想であったのかもしれない。二五年もたった後も、彼は日本での講演で東海道の松を取りあげているのだ。精神的にも物質的にももっとも恵まれない人たちがあらゆる試練に立ち向かう姿を、強風に打たれても地に根をはり続けて立つ松に比較しているのである。[47]

二番目の散文詩『森の中の黄金の箱船・櫃《アルシュ》』は、六月一日から五日にかけて日光に滞在した時に訪れた東照宮の読解である。[48]

列車で宇都宮から日光に入ったクローデルは、その道のりを妖気の立ち上る「地獄の入り口」とし、空をも覆い隠す深い森に囲まれた東照宮一帯を「陰に覆われた都」、つまり地獄と見ている。

この見方が散文詩の基調となり、日光の読解がはじまっていく。彼は、家康がこの地を選んだのは、「おのれの影を復権させ、それをこの地の陰に重ね、暗がりのなかで沈黙を破り、死に絶えたわが身を神に変容させるため」であったとする。それゆえ、そこには「黄金の箱船・櫃《アルシュ》」が鎮座しているというのだ。

この「箱船・櫃《アルシュ》」という言葉は奇妙な印象を与えるが、フランス語の単語arche《アルシュ》が「ノアの箱舟」と十戒をおさめた「契約の櫃」の双方の意味を持つことから、ここでは東照宮を指す言葉として使われている。「ノアの箱舟」は東照宮の社殿を指し、「契約の櫃」は家康の墓所といわれる奥社宝塔を指している。クローデルによれば、広大な森のなかに浮かぶように建っている社殿は、大海に浮かぶ島国である日本にも似ていて、まさに洪水のなかを漂う「ノアの箱舟《アルシュ》」のようであり、その社殿の主である「家康の遺骨は青銅の筒に納められていて」奥社宝塔となり、「契約の櫃《アルシュ》」を思わせるからである。

「ノアの箱舟《アルシュ》」といわれる社殿のほうは、素材がわからなくなるほど豪華な装飾に覆われ、まるで黄金から抜けだした宮殿のようである。その壮麗さは、いかにも死後に獲得した復権を誇示しているかのようであり、まさに「黄金の箱船《アルシュ》」の名にふさわしい。

しかし、クローデルは、その輝きに暮れゆく黄金の光の消滅を見ているのだ。

彼が注目するのは、一帯を覆いつくす森のなかにある、「契約の櫃《アルシュ》」と彼が呼ぶ奥院宝塔である。そこに納められた家康という「死者の魂は、変わらぬ名声に鎮座したまま、閉ざされたこの壮麗な闇のなかで亡霊として住み続けている」というのだ。そこに見られるのは、地獄に沈む「夕べの栄光にも似た衰退」であり、実体のない「靄《もや》の住処」である。それゆえ、死んでもなお権勢を誇る豪華絢爛たる社殿も、その主が「夕べの栄光にも似た衰退」を続けていくかぎり、その壮麗さはむなしく、水中を漂う「箱船《アルシュ》」にすぎないことになる。このように、日光の東照宮は、一見荘厳でも、命の痕跡をとどめない虚ろな社でしかないのである。

東照宮に関するこの読みは、その後も変わることがなかったように思われる。というのも、駐日大使として再来日した彼は、日光の中禅寺湖畔にある大使館別荘をこよなく愛し、たびたびそこで休暇を過ごしているが、東照宮というこの「黄金の箱船・櫃《アルシュ》」に関しては、ふたたび筆を執ることがなかったからである。

密やかなつながり

三番目の散文詩『散策者』は、日光滞在中の六月四日に試みた中禅寺への散策に基づいて書かれた作品である。この散文詩は、「毘沙門天さながらに節くれだった杖を片手に(49)」山道を歩くクローデルの描写からはじまっている。彼は、突然「この松の黒さが、かなたで、あのかえでの明るい緑と結びついている」ことに気づく。松もかえでもまったく異なる樹木であるにもかかわらず、それが微妙に結びつき、えもいえぬ調和を生みだしているように思われるのだ。いや、松やかえでだけではない。目に入るものいっさいが、互いに他と結びついているように見える。万物の間には「密やかなつながり」がある、彼はこの散策を通してそれに気づくのである。

だが、「木にはそれぞれ個性があり、動物にはそれぞれ役割があり、交響楽の音にはそれぞれ持ち場がある」はずである。世界は、まったく異質なもの同士でできているはずである。それにもかかわらず、それらの間に「密やかなつながり」があると感じられるのは、万物がおのれの個性や役割や持ち場をたがいに補完し合い、共存しているからにちがいない。だからこそ、万物の間には、「密やかなつながり」があり、それが感じられるのだ。

このことは、クローデルにとって大きな発見であり、収穫であった。彼は、この発見を通して、「この世界のゆるぎなさ」と、それによる「宇宙の階調」を感得していくのである。

日本旅行を契機に書かれた四篇の散文詩のなかで、とくにこの散文詩が研究者の注目をひくのは、このような内容による。というのも、それが、その後、一九〇四年に完成する『詩法』で説かれることになる「共同出生」という理論に、直接結びついていくからである。『詩法』にはつぎの一文がある。

かつて日本で、日光から中禅寺に登っていく途中、目を一直線に向けると、かなり離れていてもかえでと松は並んで見え、かえでの緑が松の木がさしだす階調を満たしていることを私は知った。本文は、この森で出

会ったテキストの注解である。(50)

クローデル自身、日光での発見が「共同出生」の契機になっていることを認めている一文である。ここで、問題の「共同出生」について端的に記せば、万物にはそれぞれ自分の持ち場があり、いかなるものにも過不足があるが、万物はそれを利用し、たがいに欠けているところを補い合い、共に生まれ、共に存在し、共に生きる、といった理論である。

もちろん、この理論は、クローデルがみずから編みあげた彼独自の理論であるが、その形成に聖トマスの『神学大全』がふかく関わっていることは、彼自身も認めている。「着想の多くは聖トマスから得ている」(51)、そう彼はいっているのだ。

クローデルが『神学大全』を本格的に読み、子細にメモを取りはじめたのは一八九五(明治二八)年からである。中国駐在の直後、日本旅行の三年前にあたる。

一八九五年といえば、スコラ哲学が再興に向かっていた時期にあたる。一八七九(明治一二)年に教皇レオ一三世が聖トマスを「カトリックの父」と呼んで以来、『神学大全』は、当時隆盛を極めていた科学万能主義や唯物論に疑問を抱く人々の間で広く読まれるようになっていたのだ。クローデルもその一人であった。読み始めたきっかけは、聴聞司祭のジョゼフ・ヴィヨーム師がつよく勧めたからであった。

しかし、どこを読み、どのようなメモをとったのか、今ではまったくわからない。というのも、彼の読んだ『神学大全』は、後に駐日大使として滞日していた一九二三(大正一二)年に起きた関東大震災で、灰と化してしまったからである。とはいえ、『詩法』で説かれている「共同出生」に焦点をしぼれば、該当する箇所を『神学大全』から拾いだすことができる。

聖トマスは、「神は、多数の多岐多様な被造物を産出し、もって、神の善性を表現するために一個の被造物では欠けるところのものを他の被造物から補った」と書いている。つまり被造物は、欠けているものを補い合うといった相互補完をしているというのである。それゆえ、「神によってかく創造された諸々の事物の間には一つの秩序が存在し、この秩序そのものが世界の一なることを明示している」[52]ことになるのである。

この聖トマスの宇宙観を日光での発見に重ね合わせると、聖トマスの説く「世界の一なることを明示」する万物間の「秩序」は、日光で発見した事物間の相互補完による「密やかなつながり」を通して、さらに「この世界のゆるぎなさ」に結びつき、「宇宙の階調」は、この「ゆるぎなさ」ゆえに生みだされていることがわかる。中国で読んでいた聖トマスの考えが、その後訪れた日光での発見の下地となっていたのである。

クローデルもそれを認めている。問題の『散策者』には、「[…]私は教義が展開するなかを進んでいく。かつて私は、万物がある階調のうちに存在していることを知り、歓喜を覚えたことがあったからだ」という一文がある。彼はこの散策を通して、聖トマスの「教義が展開」し、「万物がある階調のうちに存在していること」を、つまり、これまで知識として持っていた「宇宙の階調」が実際に存在していることを実感したのである。

ここで注意しなければならないのは、中国で聖トマスを読み、「世界の一なること」を来日前に知っていたとはいえ、それを明示する秩序と階調をじっさいに自然のなかに見いだし、それを感得したのは、日本であったということである。しかも、日本でのこの発見が、その後『詩法』で発展させられ、理論化され、「共同出生」として定着していったということである。換言すれば、中国で仕込まれたものが、日本で発芽し、さらに成長し、完成したことになる。

日本には発芽をうながすなにかがあったにちがいない。それが中国には欠けていたのだ。そう考えると、日本はすでにこの時点で、クローデルにとって、思索と創作の面で特権的な働きをする国になっていたといえる。

光景の本質

最後の散文詩『そこここに』は、日本橋界隈の散策、静岡への旅、京都での滞在を通して接した日本美術に関する考察が中心となっている。その対象は、かつて姉カミーユが賛美し、彼の目を日本に向けさせた浮世絵にかぎらない。露店に並べられている雑多な小間物から、寺社に奉納された絵馬、社殿を飾る彫刻や絵画など、目にするあらゆる美術品が彼の注意をひいている。もはやそこには、カミーユの影を見ることができない。

数ある美術品のなかで、もっとも強く彼の注意をひいたのは、六月一五日から一六日にかけて訪れた御所や二条城の障壁画と襖絵に囲まれた部屋である。彼によれば、障壁画と襖絵は開かれた窓であり、部屋は障壁画や襖絵という窓によって仕切られ、「家具類の代わりにこの開かれた窓が設置されている」[53]空間なのである。つまり、こうした部屋は、ただ障壁画と襖絵という「開かれた窓」だけがある空間だというのである。

クローデルは、この「開かれた窓」を「画枠に縁取られた虚構の透明な面に自分のヴィジオンを巧みに透写する画家の技によって増幅された架空の開口部」と呼んでいる。わかりにくい文章であるが、障壁画と襖絵の「画枠」を窓枠ととり、「虚構の透明な面」を窓のガラスとし、そこに「透写」された、つまり描かれた画家の「ヴィジオン」を窓ガラスにうつる光景とすれば、障壁画や襖絵は外に向かって開かれ、外の光景を写しだしている窓、つまり「開口部」ということになる。

この窓に見えるのは、画家が描いた絵である。こうした空間では、人は「障壁画の鑑賞者ではなく、その客人となる」。こうして、障壁画または襖絵という窓は、この空間に招き入れられた客人にひとつの光景を提供することになる。しかし、この窓が提供する光景は画家の「ヴィジオン」であり、実際の窓が見せる現実の光景ではない。しかし、この画家の「ヴィジオン」こそ光景の本質なのである。

この国では、芸術家は、あるがままの事物の真髄におのれを適合させ、その意味を伝える人となる。事物が語りかけるすべての話から、彼は本質的で意味深い点だけを表現する。画紙に、気づかれぬような印をここそこにわずかにつけるだけで、複雑きわまりない対象すべての表出を避けるように心がけ、力強い魅力的な筆のタッチひとつで、暗示するよりもはるかによく対象を表現する。[54]

それゆえ、こうした障壁画と襖絵に囲まれた部屋では、事物の本質が充満し、すべてが本質に還元されていることになる。御所の「藍とクリーム色を主色とした清涼殿」は部屋ではなく、「天空と水に満たされた」空間になる。二条城の黒書院に座る君主の目に映るのは、床からそそりたつように描かれた巨大な松ではなく、金碧画が彩る「黄褐色の巨大な火の塊」である。それを見て君主は、「夕べに浮遊し、燃え上がる荘厳な火を掌握する」おのれを実感するのだ。

ただひとつ、奇妙なことがある。それは、この散文詩が日本美術というテーマにそって書かれているにもかかわらず、最後の段落で突如仏教にたいする攻撃的なまでの批判に移り、その批判のままで終わっていることである。たしかにこの部分は、それ以前の美術鑑賞をテーマとした条とは無関係である。そもそも、もとは『仏陀』のタイトルのもとに一八九九(明治三二)年の『メルキュール・ド・フランス』誌六月号に発表された独立した散文詩なのである。

しかし、なぜ、しかも唐突に、このような仏教批判の散文詩をその後、『そこここに』に挿入したのか、その理由はさだかでない。日本旅行中に目にした仏像に手をあわせる日本人の姿が、彼に一種の違和感を覚えさせ、このような批判にかりたてたのか、推測の域をでない。クローデルから見れば仏像は偶像にすぎず、仏陀は「最後に虚無にいたり、涅槃に入り[55]」込んでしまった虚無以外のなにものでもないのだ。彼にとって、唯一価値があるのは、創造主の御業によって虚無から抜けだすことのできた存在だけである。

意味の読みとり

ところで、この仏教批判を除き、以上見てきた四篇の散文詩には、ひとつの共通点が認められる。それは、対象とする事物の外観の描写よりも、その事物が内包する意味の読みとりに重点がおかれていることである。

事物を前にし、事物が内包する意味を読みとるこのクローデルの態度は、マラルメから学んだものであった。

> マラルメは私にこういったのです。〔…〕光景を前にした時、できるかぎりそれを描写しようとして、この光景はなんであるのか、これはなにか、とは問わず、これはなにを意味するのか、と問うことだと。私はこの教えに深い影響を受けました。以後、私は事物を前にする時には、事物をあるがままに描こうとするのではなく、〔…〕それを理解し、それが意味するものを知ろうとするようになりました。(56)〔強調は原文〕

クローデルによれば、事物には「一種の密かな意志、隠れた意志(57)」があり、事物の持つそうした意志に応えることが、事物の意味を探り、それを表現することになるというのである。

この態度は、『東方所感』に一貫して見られる。そこでは、つねに「これはなにを意味するのか」という問いが発せられ、事物が内に秘めている意味が問われ、追求されている。クローデル自身、『東方所感』を「もっともマラルメ的な作品(58)」と呼んでいるが、この詩集に収められ、これまで検討してきた四作品も例外ではない。

『松』の対象は目前の松であり、『森の中の黄金の箱船・櫃《アルシュ》』の対象は日光の森のなかに建つ東照宮である。松も東照宮も、いずれも具象的で可視的な事物である。この二作品では、具象的で可視的な事物に直接問うことにより、それが内包する意味を読みとっている。『松』では激風と闘う英雄の姿を、そして『森の中の黄金の箱船・櫃《アルシュ》』では、森の闇の中で陰りゆく、実体を失った栄光を読みとっている。

『散策者』でも、対象は可視的な事物、松とかえでである。それらを問うことにより、それらが秘める意味、つまりこの二つの事物間に存在する「密かなつながり」を読みとっている。これを第一段階の意味の読みとりとすると、つぎに第二段階の意味の読みとりが行われている。そこでは、第一段階で読みとられた「密かなつながり」の意味をさらに問うことにより、その奥に潜む意味、つまり「宇宙の階調」を読みとっているのである。

こうして『散策者』では、具象的で可視的なもの、つまり松とかえでがまず考察の対象となり、そこからそれらが秘める意味、すなわち「密かなつながり」が抽出されている。つぎに、この抽出された意味「密かなつながり」がさらに問われ、そこに内在する意味「この世界の揺るぎなさ」とそれによる「宇宙の階調」の読みとりが行われている。つまり、この作品では、具象的で可視的な事物の秘める意味の読みとりがあり、それを通して、最終的にその意味の意味を問うという二段階の読みとりが行われているのである。

ところが、『そこここに』になると、意味を読みとるための対象は、これまでのように具象的で可視的な事物ではなくなっている。たしかに、障壁画は具象的で可視的な事物であるが、そこに描かれている事物は事物そのものではなく、画家によって描かれた事物であり、それ自体が画家の「ヴィジオン」であり、画家が事物から抽出した意味そのものなのである。それゆえ、対象は、複数の障壁画が表出する意味で充満している空間になる。ここでは『散策者』に見られた二段階にわたる意味の読みとりという二重構造は見られない。複数の障壁画が表出する意味そのものがはじめから対象とされているため、作業としては、その意味が秘める意味の読みとりだけになる。

これら四篇の散文詩は、いずれも意味の読みとりを軸に書かれているが、その読みとりに一筋の移行を、変化を認めることができる。それは、意味を読みとる対象が、松のように具象的で可視的な事物から、障壁画が表出する意味のように抽象的で不可視なものに移行している点である。つまり、最終的に、意味の意味の読みとりになっている点である。

マラルメの教えが具象的で可視的な事物の意味を問うことであったとすれば、クローデルは事物が秘める意味のみならず、さらにその意味が秘める意味まで問うことによって、師の教えをおし進めていったことになる。彼が目指したのは、「外観の彼方にある現実」であり、「事物の彼方にある真実」[59]である。いってみれば、この種の読みとりは、「別な世界の徴として現れる世界の読みとり」[60]である。四篇の散文詩が『東方所観』で、『松』、『森の中の黄金の箱船・櫃《アルシュ》』、『散策者』、『そこここに』の順に配されているのは、旅程の順序にしたがって配したとも考えられるが、意味の読みとりの変化を意識した配列であったと思われる。

意味の意味まで問うこの態度は、日本旅行を通して生まれたと考えられる。というのも、『東方所観』所収の散文詩のなかで、この四作品以前に書かれた作品には、具象的で可視的な事物の意味を問う作品はあっても、はっきりと意味の意味まで問う作品はないからである。この点、日本はクローデルに事物の秘める意味だけでなく、さらにその意味の秘める意味までを問うという大きな収穫をもたらした国だということができる。

すでに日本は、クローデルにとって逃避のための国ではなくなっていたのだ。日本を離れた翌日、上海に向かう船上で記したメモには「激しい倦怠感[61]」の文字が見られる。一カ月余にわたる日本旅行があまりにも充実していたためかもしれない。それだけに、いましがた去った日本に関し、さまざまな想いが胸中を去来していたせいかもしれない。日本は、それほどクローデルにとって、この時点ですでに特別な国になっていたのである。

ふたたび日本へ

クローデルがふたたび日本の地をふむのは、一九二一（大正一〇）年一一月である。はじめて日本を訪れたのが一八九八（明治三一）年なので、二三年ぶりの来日ということになる。当時はほとんど名を知られていない一介の旅行者であったが、今回は一国を代表する大使としての来日である。

彼を乗せたフランス郵船のアマゾン号は、神戸港に寄港した後、一一月一九日の一五時過ぎに横浜港に到着している。小雨のふる肌寒い日であった。

当時、フランス大使館は千代田区の雉子橋のわきにあった。現在の毎日新聞社の先、九段合同庁舎が建っているあたりである。今ではかつての面影をまったく残していないが、大使館がおかれる前は、大隈重信の屋敷であった。大隈重信は、外務大臣などのほか、内閣総理大臣を務めた政治家で、早稲田大学の創立者でもある。

広大な敷地には、楼閣のある洋風の建物と和風の木造家屋が並び、美しい芝庭と和風の庭園が広がっていた。大使館に着いた日のクローデルの『日記』には、「木造の古い建物。みごとな日本庭園。砂利、石や陶磁の灯籠、松、かえで、枯山水様式の小川、鳥居のある小さな社」[62]と書かれている。

彼が駐日フランス大使に任命されたのは、この年の一月一日である。すでにその前年の一二月には新しい任地に関する情報が伝えられていたが、公式に任命通知を受けたのは一月一〇日である。デンマーク駐在公使としてコペンハーゲンに滞在していた時であった。

> 東京に大使として任命される。〔…〕
> こうして、私は東洋というあの大きな書物をもう一度ひもとくことになる。[63]

彼は、このように当日の『日記』に書いている。だが、そこには昇進の喜びも任地に向かう外交官としての抱負も記されていない。記されているのは、日本を「東洋という大きな書物」として見ていること、その「書物」をひもとこうとする意志だけである。

「大きな書物」といえば、一七世紀の哲学者デカルトがそうであった。彼は「世界という大きな書物」[64]のなかに「学問」を見出そうとしたのだ。クローデルも「東洋という大きな書物」のなかにおのれの糧を見出そうとしたにちがいない。その糧がなんであったのか、推測の域をでないが、外交官として必要な糧であったかもしれない。だが、それよりも、文学者として、一人の人間として、創作するうえで必要な糧であったように思われてならない。

たしかに日本は、一八九八（明治三一）年の最初の旅行以来、彼にとって特権的な存在であった。すでに中国滞在中に聖トマスによって「世界の一なること」を知っていたとはいえ、『詩法』で展開される「共同出生」への契機を与え、その理論化への道を準備してくれたのは、日本であった。事物が秘める意味を探ることを教えてくれたのはマラルメであったが、さらにその意味が秘める意味まで、つまり意味の意味までを探る端緒を与え、それを散文詩の形で実現させてくれたのも日本であった。日本赴任を命じられた彼の目に、極東の島国日本はまさに「東洋という大きな書物」として映っていたにちがいない。

彼がマルセイユ港を発ち、赴任の途につくのは、任命から半年あまりたった九月二日である。比較的長くフランスにいたのは、ヨーロッパ歴訪中の皇太子裕仁（後の昭和天皇）が五月三〇日からフランスを訪問したため、新任大使として皇太子歓迎の行事にたずさわっていたからである。その行事が終わった後もフランスで夏を過ごし、日本に向かわなかったのは、東京の外交団が避暑を過ごしている季節を避けたためであった（日 6/1/8/26-3）。

当時、マルセイユ・横浜間は一カ月半ほどの航程であった。前述したようにクローデルは九月二日にマルセイユ港を発っているが、横浜港に着いたのは、二カ月半ほどたった一一月一九日である。到着が一カ月ほど遅れたのは、フランス政府の命により仏領インドシナに寄り、その調査にあたっていたからである。

第II章　詩　人

文学者の来日

クローデルが駐日大使に任命されたのは、一九二一（大正一〇）年一月一日である。それをいち早く日本政府に知らせたのが、駐仏大使石井菊次郎であった。彼は一月八日付の公電で、クローデルを「文学ニ於テハ天才ト称セラレシ種々ノ著作アリ」と外相内田康哉に紹介している（日 6/1/8/26-3）。

この紹介は決定的であった。一月一四日の『東京朝日新聞』と『読売新聞』は、いずれも新大使任命を取りあげ、申し合わせたようにクローデルを「詩人及び劇作家」として紹介したのである。大使任命からわずか二週間もたっていない時点である。すでにクローデルは、敏腕な外交官というよりも、著名な文学者として日本に紹介されていたのだ。

その後も、文学者としての紹介は続く。なかでもとくに目をひくのは、彼が到着した一一月一九日前後の各紙の見出しである。そこでは、全紙が口をそろえて文学者クローデルを全面に押しだしている。到着前の一一月三日の『読売新聞』は「文學者として待たれるク大使」、一七日の『東京毎日新聞』は「文豪としても有名な仏國大使」、到着日の一九日の『読売新聞』は、「佛詩人クローデル氏大使として來朝」、翌日の『東京朝日新聞』は、

「詩人大使入京」といったぐあいである。

この傾向はさらに続いた。一一月二一日から二三日まで『東京日日新聞』に掲載された鈴木信太郎の論評は、文学者としてのクローデルの紹介であり、同月二三日と二五日に『東京朝日新聞』に掲載された柳沢健の記事は、この年の六月にパリで上演されたクローデルのバレエ『男とその欲望』の観劇記である。同月二五日と二六日の『読売新聞』に載ったクローデルへのインタビュー記事も、国内外の政治ではなく、現代フランス文学に関する彼の考えを伝えるものであった。

こうした紹介に関し、日本の外務省外交史料館に保存されている文書は、「ソレガフランス文化熱ヲ俄ニ昂メタト言ッテモイイ」（日1/3/1/37）と記し、フランス文学の専門家や愛好家の間にいっせいに広がった当時の歓迎ムードを記録している。

じっさい、クローデルの大使任命の第一報が新聞で報じられてから、わずか一カ月もたたないその翌月の二月には、はやくも日仏文化交流について話し合いが行われているのだ。集まったのは、『ル・タン』紙特派員で仏蘭西書院の店主であったアルベール・メーボンや早稲田大学教授の吉江《よしえ》喬松《たかまつ》ら四人であった。昼食をともにしたこの会談は、その後、賛同者を加えた会に発展し、三月一〇日には仏蘭西同好会として名のりをあげている。会は、四月一日に神田の多賀羅亭で第一回の総会を開き、回を重ねていくうちにさまざまな企画をだしている。そのいずれもフランス文学に関するもので、主なものを挙げれば、雑誌発行やルソー全集の翻訳出版、そして講演会、明治大学フランス学会によるフランス語講習、フランスについて話し合う「弁当会」などである。

この民間の動きに関し、五月一五日の『読売新聞』は、興味深い記事を載せている。それによると、仏蘭西同好会の意図は「日本の學界に警告を發し大いに覚醒を促す」ことにあるというのである。その理由として、記事はつぎの三点を挙げている。第一に、「日本の學界は從來帝國主義に軍國趣味を加味した獨逸系統のものがその文化の中心を為して」いる点、第二に、「実業界には多く米國式〔、〕でなければ英國趣味を加味したもの」が見られる点、第三に、「肝心の歐州の文化の根元を為しているともいへる羅典文化の中樞を傳へている仏蘭西の文化を紹介といふよりも寧ろ除外して」きた点の三点である。仏蘭西同好会はこうした諸点を継承し続けている現状を「日本學界の恥辱」と捉え、フランス文化の導入を目指して設立されたというのである。

クローデルへの期待や歓迎ムードの背後には、こうした帝国主義、軍国主義、実利主義に加え、語学教育の大半を占めるドイツ語や英語にたいする反発もあったのだ。だからこそ、フランスの「天才」、「文豪」と呼ばれる人物の来日に期待が寄せられ、それが「フランス文化熱ヲ俄ニ昂メ」、結果としてクローデル歓迎ムードを盛りあげていったというのである。

しかし、当時、クローデルの邦訳や紹介はじつに貧弱で、皆無にちかかった。

邦訳は詩に限られ、それもわずかしかなかった。上田敏、堀口大学、日夏耿之介による『椰子の樹』、『カンタタ』、『頌歌』、『真昼の聖母』、『エランダの夜』、『水の悲哀』、『夜航』、『海のおもひ』、『溶樹』、『憂鬱の水』があったにすぎない。[1] しかも、こうした翻訳の多くは一般大衆誌ではなく、同人誌に近い雑誌に発表されていたのである。ましてクローデルの紹介にいたっては皆無にちかかった。わずかに上田敏が、一九一四年一月号の『太陽』で、同誌に連載していた『獨語と對話』のなかで、『東方所観』ほか数編を挙げ、[2] クローデルに触れていたにすぎない。あとはクローデルの著作目録を『三高仏蘭西協会雑誌』(一九一五年)に発表していたくらいである。

こうした状況であるから、当然クローデルを知っている人は限られていたにちがいない。それにもかかわらず、新大使任命の新聞報道はいっきにクローデルの名を日本中に広め、この世界的な文豪に人々の関心を集めたのだ。じっさい、日本人は、親しみをこめてクローデルを「詩人大使」と呼びはじめていたのである。

世界的名声

たしかに、クローデルはそうした関心の的となるのにふさわしい作家であった。一八九〇(明治二三)年にはじめて、しかも匿名で自費出版した戯曲『黄金の頭』(第一稿)が、一部の作家や評論家から賞賛をもって迎えられて以来、彼は、戯曲や詩、ときには散文を書き、それらを発表し続けてきている。しかも、来日前には、後に代表作といわれる作品のほとんどを書きあげ、世にだしているのである。(3)

もちろん、彼の作品を論じた評論もでていた。処女作『黄金の頭』の出版から二年後の一八九二(明治二五)年には、早くも四点の評論がフランスとオランダの雑誌を飾っている。その六年後の一八九八(明治三一)年には、レミ・ド・グルモンが単行本『仮面の書』で、クローデルを取りあげている。(4)

その後、クローデル論をふくむ単行本の数は、来日までに限っただけでも、フランスで一一点、ドイツで二点、アメリカ、イギリス、イタリア、ブラジルでそれぞれ一点を数えるまでになっている。その中には、ピエール・ラセルの『文学の礼拝堂』のようにクローデルを批判したものもあるが、それ以外はクローデルに好意的な論評である。なかでも後に文学史に名を残すジャック・リヴィエール、アンリ・ゲオン、ジョルジュ・デュアメルの論評は、クローデルの並はずれた才能と革新性を説いていて、注目に値する。そのうえ、定期刊行物に発表された論評にいたっては、一九〇二(明治三五)年ごろから増え始め、その数は枚挙にいとまがない。

その一方、当然のことながら、クローデルは内外の演劇人の関心も集めていた。『マリアへのお告げ』は一九一二(明治四五/大正元)年にフランスで初演されて以来、来日までに、ドイツ、チェコ、ロシアで再演されている。『交換』と『人質』はフランスで一九一四(大正三)年に初演されたが、その後、前者はスイスで、後者はフランスでの再演に恵まれている。バレエ台本『男とその欲望』も、一九二一(大正一〇)年にフランスで初演されているのである。

それだけではない。来日までにいくつかの作品が欧米各国で翻訳されているのだ。戯曲では、『黄金の頭』(第一稿、第二稿)と『都市』(第二稿)がドイツ語と英語に、『交換』(第一稿)と『乙女ヴィオレーヌ』(第二稿)と『七日目の休日』がドイツ語に、『真昼に分かつ』がドイツ語、チェコ語、イタリア語に、『マリアへのお告げ』がチェコ語、ポーランド語、ドイツ語、スウェーデン語、英語に、それぞれ翻訳されている。詩の分野でも、

『東方所観』が英語とドイツ語に、『五大讃歌』の第一讃歌『詩神』がドイツ語に、『十字架への道』が英語に、『詩法』がイタリア語に翻訳されている。

クローデルは単なる大使ではなかったのだ。すでに来日時には、「詩人大使」という呼称にふさわしい文人でもあったのである。

聖トマス的観点

文人といえば、来日して九カ月ほどたった一九二二（大正一一）年八月二七日、クローデルは日光で講演をしている。当時、栃木県は、夏になると主に文系の著名人を招き、「日光夏期大学」を開催していた。

この年、クローデルに依頼されたテーマは、フランスの伝統主義についてであった。しかし、彼はフランスの伝統についてはほとんど語っていない。話の大部分は自分の日本人観である。そのせいか、翌年一月号の『改造』に掲載された講演のタイトルは、原文が『日本の伝統とフランスの伝統』で、和訳は、やや異なるとはいえ、『芸術と宗教より見たる日仏の伝統』であった。

その後、彼はこの講演に手を加え、題名を『日本人の魂への眼差し』に変え、一九二七（昭和二）年に出版された藤田嗣治の絵入りの豪華本『朝日のなかの黒鳥』に収録している。[5]『朝日のなかの黒鳥』は、日本に関するエッセー集で、題名の「朝日」は日の出ずる日本を指し、「黒鳥《くろとり》」はクローデルを指している。

「黒鳥」という名の由来は、一九二二（大正一一）年五月に東本願寺の枳殻邸《きこくてい》で催されたクローデル歓迎の園遊会にさかのぼる。画家の鹿子木《かのこぎ》孟郎《たけしろう》が楽焼きの皿にカラスの絵を描き、不審に思ったクローデルに「黒鳥、すなわちクローデルさ」といったのだ。この名前が気にいったのか、彼は一九二六（大正一五）年三月三一日付のオードレ・パー宛の手紙で、「黒鳥は私の日本名、つまりくろとり」[6]と書き送っている。

日光での講演は、その後手を加えられ、前述のように題名を変えられて世に出たが、そこに記されている日本人観は講演当時のままで、すこしも変わっていない。来日してわずか九カ月ほどしかたっていないのに、すでに彼のなかには確固とした日本人観ができあがっていたのである。

まずクローデルは自分の日本人観を話すにあたり、「日本人の特徴のなかで、もっとも深く根を張り、もっとも独自なものと思われるものだけをお話しようと思っています」と断ったうえで、つぎのようにいっている。

私にとって日本人特有の態度と思われますのは、〔…〕それは知性では理解できない崇高なものにたいする畏敬の念であり、尊敬の念であり、その素直な受け入れであり、眼前の神秘にたいして魂全体がとる宗教的な態度であるといえるものです。日本が**神々**の地と呼ばれてきたのも理由のないことではありません。この伝統的な定義は、今でもなお、皆さんの国について与えられたもっとも正しい、もっとも意味深い定義だと思われるのです。(7)〔強調は原文〕

これが彼の日本人観の基底である。日本人は「知性では理解できない崇高なもの」にたいし「畏敬の念」を持ち、「眼前の神秘」にたいし「宗教的な態度」をとるというのである。

ただここで気になるのは、「日本が神々の地と呼ばれてきた」という「神々」である。原文ではローマ字でKAMIと書かれ、複数名刺につける冠詞が加えられているので、KAMIは「神」ではなく、「神々」と解釈できる。クローデルは、前記したように、後にこの講演に手を加え、『日本人の魂への眼差し』として出版しているが、そこではこの「神々」にダニエル・ホルトムの『近代神道の政治哲学』を参照にした註をつけている。彼は、その註に「神という単語」は「この世で驚異的で不可解な威力を持つ全てのものを指す」(8)と記しているのだ。

そうなると、日光での講演にでてくる「知性では理解できない崇高なもの」や「眼前の神秘」は、この「神々」の範疇に入り、自然物や自然現象などを神格化する神道の神々、あるいは万物に霊魂が宿るとするアニミズムの超自然的存在などとほとんど変わらないことになる。

だが、クローデルは、日光での講演でも、それに手を加えた『日本人の魂への眼差し』でも、神道やアニミズムという語を一度も使っていない。また、そうしたものに触れてもいない。それどころか、彼は先に引用した言葉の後で、つぎのようにいっているのである。

たしかなことは、日本人にとって創造とはなによりも神の業であり、いまだに神の作用に満ち溢れているということです。(9)

この文言で注意すべきは、日本人の「畏敬の念」を説明するにあたり、クローデルは「創造」を持ちだし、「創造」とは「神の業」であり、それゆえ万物には、「いまだに神の作用」が見られるといっている点である。原文では、この箇所の「神」は、先に記したKAMIではなく、単数形の大文字で始まるフランス語の神Dieuであり、あきらかにキリスト教の神を指している。

そこに聖トマス的観点にたって解釈しようとするクローデルを見ることができる。聖トマスはつぎのようにいっているのだ。

被造物においては、すべて何らかの神の似姿が存在するのであるが、これが像imagoという仕方で見いだされるのは、〔…〕ひとり理性的被造物の場合にかぎられるのであり、他の諸々の被造物にあってはそれは痕跡vestigiumという仕方で見いだされる。(10)〔強調は原文〕

クローデルも聖トマスにならい、先の引用に見られるように、「創造」とは「神の業」であり、創造されたものには、「神の作用」が「満ち溢れている」といっている。つまり、聖トマスのいう「被造物」がクローデルでは「神の業」によって「創造」されたものにいい換えられ、そこに見られる「神の似姿」が「神の作用」にいい

換えられているのである
クローデルは、日本人に見られる「畏敬の念」に注目し、それを「日本人特有の態度」として捉えている。彼は、日本人がそうした態度をとるのは、「神の作用」を、つまり聖トマスの説く「神の似姿」を、日本人は「神の業」によって創造された万物に見ているからであるとしているのだ。彼は、聖トマスの説く「神の似姿」を援用して、日本人の「畏敬の念」をこのように解釈したのである。

隠れた意味

クローデルが日本でもっとも注目したのは、内奥に潜む本質、魂ともいえる神髄である。おそらくそこには、聖トマスの説く「神の似姿」といった見方があったにちがいない。『詩法』はこの講演より一八年も前の作品であるが、すでにそこには、「神はみずから存在し、魂は神によって存在する。神は実体であり、魂は神の似姿である」[11]という文が見られる。じっさい「神の似姿」は万物に存在する。だが、それは顕在するものではなく、魂のように内奥に潜んでいるものなのである。

クローデルは、この点に関し興味深い発言をしている。一九二一（大正一〇）年八月二五日付の『エクセルシオール』紙に載ったインタビュー記事で、駐日大使として日本に出発する一週間前のことである。

彼は、「日本人の密やかな心の底まで知りたければ」、「ものの〈ああ！〉を知ること」[12]だといっている。この「ものの〈ああ！〉」とは、フランスの美術史家アンリ・フォシヨンが使った言葉で、彼によれば、「ものの〈ああ！〉」は「ものの悲しみ、その隠された生活、秘められた感情」を意味するというのである。[13]クローデルはそれを「高貴さや美しさや思考の深さによって感嘆を引き起こすもの」と説明している。後に彼は、この「ものの〈ああ！〉を知る」を、日本語にならって「もののあわれを知る」[14]といい換えているが、その意味するところは同じで、内奥に潜む、顕在しない生命の本質を知ることに変わりはない。

日光の講演では、それをずばり「隠れた意味」といい換え、つぎのようにいっている。

ある季節になると、それらすべての上にやむことのない雨の帳《とばり》がおり、あの不思議な靄《もや》が漂います。〔…〕靄はつぎつぎと、故意にするかのように、景色の一隅を隠したり、見せたりします。まるで誰かが、私たちの向ける注意にたいして景色の一隅を見せ、一瞬その隠れた意味を開示してくれようとしているかのようです。(15)

ここにでてくる「やむことのない雨」は、おそらく日本で経験した春雨や梅雨であろう。クローデルはその「雨」を枕に、「靄」を持ちだしている。彼にとって「靄」や霞は、あの世とこの世との境に位置し、両界の仲介をするものである。「靄」や霞を両界の仲介とする見方は、すでに一二年も前に書かれたエッセー『中国の迷信』にでてくる。そこでは、一人の旅人が「靄」の立ちこめるなかをさまよい、ふと気がつくと「両界の境」と書かれた石板に出会っているのである。(16)

先ほどの引用で、「靄」が「隠れた意味」を開示するのは、「靄」が両界の境に位置し、両界の仲介をしているからである。かなり後になるが、クローデルはこの種の「靄」に関し、次のようにいっている。

日本ではいつも靄がかかっている。〔…〕風景はひとつの劇場である。そこでは、常に幕が上がったり下がったりしていて、注意深い観客は、いかなる介入であろうと、この世のものであろうとあの世のものであろうと、あらゆる介入を待ち望むことができる。(17)

「靄」が開示する「隠れた意味」には、あの世やこの世からの介入が含まれているというのだ。だからこそ、それは被造物の深奥に潜む「隠れた意味」であり、本質であり、神髄であり、生命の息吹なのである。だが、この「隠れた意味」は一瞬開示されるだけで、それだけにはかなく捉えがたい。
このはかなく捉えがたいもの、それを捉え具象化する例をクローデルは日本の絵画に見ている。日本の絵師たちは一瞬開示される本質を捉え、それを簡潔に描くことにより瞬時の生命を画紙に留め、永遠化するというのである。

そうした絵師たちが描いたのは、〔…〕象徴とか神々ではなく、もっともろく、もっともはかないものでした。それは一羽の小鳥とか、一頭の蝶とか、いや、さらにはかないもの、開く寸前の花びらとか、いまにも散りそうな木の葉とか、多量の樹液のため目一杯になりうち震えている繊維とかといったものでした。それらは、魔法の筆のわずかな一振りで、不動のものとされるのです。こうして、ものは、私たちの前に、それ自体生命溢れる不死のものとなり、以後、その状態のまま滅びることのないものになるのです[18]。

クローデルが重視したのは、この一瞬開示される「隠れた意味」であり、「魔法の筆のわずかな一振り」によるその永遠化であった。彼は、「この飾り気のない完璧な手法」に、「断固とした、だが慎み深いこの省略」に、「この無名の様式のもとでいっそう神聖になっている生命」に、心を動かされたのである。
もちろんそこには、「神の似姿」という聖トマス的観点があったことは否定できない。万物は「神の似姿」を宿している。おそらくそうした見方が自然と働いていたのかもしれない。彼は以後、静かに流れる小川のせせらぎにも似た生命のひそやかな動きと囁きに、眼と耳を傾け続けていくことになる。
その翌年の『日本詩人』五月号には、そうした意図をうかがわせる彼の言葉が載っている。

諸君が愛して居られるとおなじやうに、この美しい國を愛することをゆるして頂きたい[19]。

微妙な揺れとその影、ひそかな動きとその反映、一瞬見せる生命の息づかい、ほとんど感知できない微細なもの、それだけにはかなく、捉えがたいもの、彼はそうしたものを日本人と同じように感じ取ろうとしたのだ。彼にはそうすることを可能にする繊細で鋭敏な神経があったのである。

詩魂の装い

日光での講演から半年ほどたった一九二三（大正一二）年二月、クローデルは、長編詩『聖女ジュヌヴィエーヴ』を伊上凡骨《いがみぼんこつ》の木版刷りで新潮社から出版している。しかし、これは、日本で書かれた詩ではない。ブラジルに全権公使として駐在していた一九一八（大正七）年六月に、任地リオデジャネイロで書かれた詩である。

当時フランスは、第一次世界大戦で苦戦を強いられていた。状況は深刻だった。ドイツ軍は首都から一〇〇㎞と離れていないタルドノワ郡にまで侵入し、パリ攻略を目指していた。タルドノワ郡には、クローデルの生地ヴィルヌーヴ゠シュル゠フェールがある。当時の彼の『日記』には、そうしたドイツ軍の侵攻に心を痛め、家族を気遣う気持ちがめんめんと綴られている。

詩の表題となっている聖女ジュヌヴィエーヴは、パリの守護聖人である。一五〇〇年ほど前にパリがフン族のアッティラの攻撃を受けた時、逃走する市民に戦闘を呼びかけ、みずから先頭にたって首都の攻防にあたった女性である。その後パリがサリー・フランク族の包囲を受けた時も、彼女は食料をパリ市民に補給し、パリを守ってくれた。

そうした彼女の姿は、クローデルにとって、苦境にあえぐフランスを救ってくれる唯一の救世主として映ったにちがいない。彼はこの聖女に首都の攻防を託し、地球の反対側の地ブラジルで祖国の勝利を歌いあげたのである。

祈願に満ちたこの詩は、つぎの句で終わっている。

図1 『聖女ジュヌヴィエーヴ』表紙

《立ちあがるのだ、わが軍よ、さぁ、立ちあがるのだ、わが民よ、太陽にむかって、立ちあがるのだ、フランスの民よ、朝日をあびて。》

〔…〕

すでに、私の耳には聞こえる、地球の向こう側で、武器を手にしたあの巨万の民すべてに呼びかけているジュヌヴィエーヴの声が、私たちを呼び、手を打っているジュヌヴィエーヴの声が[20]。

『聖女ジュヌヴィエーヴ』は、執筆された翌年に『フイエ・ダール』誌五月号に発表されたが、活字になったのはそのわずか一部でしかなかった。それゆえ、今回の新潮社版は、世界ではじめての全編出版となり、もちろん初版本であった。

できあがった書物はクローデルの希望通りの折り本仕立ての純日本風の装幀で、表紙は長方形の桐の板でできていた[21]（図1）。表紙に記された「聖女ジュヌヴィエーヴ」の文字と最終頁の「終わり」を意味するExplicitの文字は、ノエミ・ペルネッサンの手によるものであり、幾重にも折られた和紙の頁を飾っているジュヌヴィエーヴ像は、オードレ・パーが描いたものである（図2）。ノエミ・ペルネッサンは、関東大震災で崩壊したフランス大使館の仮事務所や宿舎を設計した建築家のアントニン・レーモンドの妻で、クローデルの親しい知人であった。また、ジュヌヴィエーヴ像を描いたオードレ・パーは、最初イタリアで、その後もブラジルで駐在が一緒であったイギリスの外交官の夫人で、クローデルの良き協力者であった。

ところが、この書物には、常識を破るような印刷が施されていたのである。『聖女ジュヌヴィエーヴ』のタイトルが刷られている頁の裏面に、まったく別な詩がクローデルの肉筆のまま刷られていたのだ。それは、『聖女ジュヌヴィエーヴ』の裏面を飾る詩、内壕十二景』と題する詩で、しかもその詩には、冨《とみ》田《た》渓《けい》仙《せん》の内壕の絵まで添えられていたのである（図3）。

裏面に刷られたこの詩は、日光での講演の一カ月ほど前の一九二二（大正一一）年七月に、東京で書かれた詩である。大使館が皇居に近かったこともあって、クローデルはよく内壕をひと回りする散歩に出かけていた。詩はこの散歩から生まれている。サブタイトルになっている『内壕十二景』が示すように、詩は一二の詩からなっていて、『聖女ジュヌヴィエーヴ』の裏面に刷られたのは、その第一詩であった。

それゆえ、折り本『聖女ジュヌヴィエーヴ』は、まったく異なる二編の詩からなる一冊の書物ということになる。一方は戦火に苦しむフランスの勝利をブラジルでうたいあげた詩であり、他方は日本で皇居の内壕をめぐって去来する情景をうたった詩である。

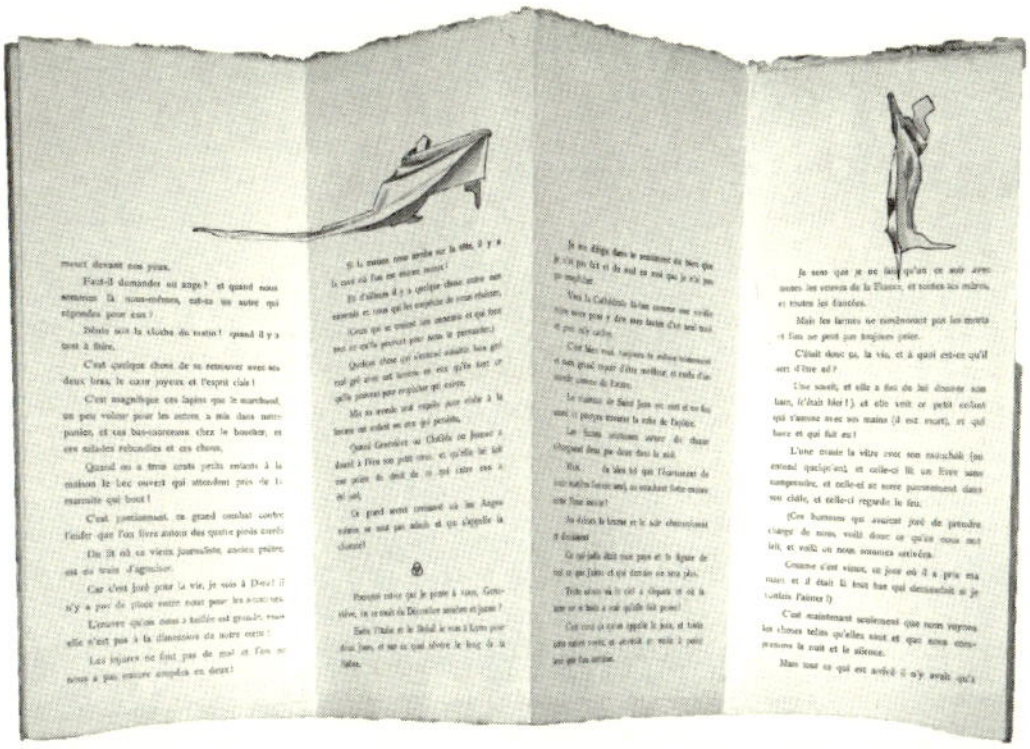

図2（上）『聖女ジュヌヴィエーヴ』
図3（下）『『聖女ジュヌヴィエーヴ』の裏面を飾る詩、内壕十二景』冨田渓仙画

しかも、この二編の詩が和風の装幀のもとにおさめられ、同じ頁の表と裏に刷られているのだ。挿絵も、一方はイギリス人のオードレ・パーが描いたジュヌヴィエーヴ像であり、他方は日本人の冨田渓仙が描いた皇居の内壕の風景画である。

それに、木版彫りをしたのは日本人の伊上凡骨であるが、詩を書いたのはフランス人のクローデルであり、もちろん、フランス語である。ところが、そうしたものが奇異な印象を与えることもなく、和風の装幀のもとにみごとに融合し、えもいえぬ調和を生みだしているのだ。まさに東西が一体となった書物であった。
だが、クローデルの意図は東西の一体化だけではなかった。二月一八日、帝国ホテルで『聖女ジュヌヴィエーヴ』の出版記念祝賀会が開かれた時、彼はつぎのようにいっている。

作家なら誰でも思うことですが、ひとつの作品の創作は、手元にある紙にいたずらに書き記すだけで完成ということにはなりません。完全で決定的な形で作品が存在するためには、魂に合う肉体のような、作品に適したある装いが必要なのです。

彼によれば、この「装い」とは、ある程度の空白や余白、ある程度の大きさの頁、ほどよい印刷や紙の質、そして挿絵、そうしたものを備えているものだというのである。

これは、ヨーロッパにいる時には解決できない問題でした。〔…〕私が日本に来なければならなかったのは、詩魂が最終的に墨と紙になるためだったのです。(22)

彼はこのような「装い」をまとう書物の出版を目指していたのだ。『聖女ジュヌヴィエーヴ』の出版は、単なる思いつきや異国趣味からではなかった。それは、西洋と東洋の融合と調和への試みであり、同時に空白と余白、詩に即した印刷や紙の質、そして挿し絵などを備えた、彼が理想とする詩集への試みでもあったのである。
この試みは、その後、日本滞在中に出版される短詩集にみごとに結実していくことになる。それは、詩にとっては、おのれに合う「装い」のもとでの真の誕生であり、詩人にとっては、おのれの創作の究極の完成である。詩魂は、ついに日本においておのれに適した肉体を、かたちを、「装い」を見いだしたのだ。そして、「墨と紙」

に、つまり一冊の書物になったのである。

息吹と気韻生動

クローデルが冨田渓仙を知るのは、『『聖女ジュヌヴィエーヴ』の裏面を飾る詩』を書きあげた一九二二（大正一一）年七月以降である。彼は出版に先立ち、この詩に絵を添えてくれる日本人の画家を探していた。その相談を受けたのが山内義雄であった。山内は、その一年前から東京外国語学校で講師を勤めていた気鋭のフランス文学者で、クローデルがもっとも信用していた若い友人の一人であった。それならということで、彼が紹介したのが、冨田渓仙だったのである。

この画家の紹介に関しては、二つの逸話がある。(23)

一つは、渓仙の名を聞いたクローデルが、「何か作品を頼んでみては貰えまいか」といったという話である。そこで山内は、渓仙に絵を依頼したのだ。描きあげられた絵は、白牡丹の絵であったという。それを見たクローデルは、渓仙特有の簡潔な筆使いに感心したというのである。

他の一つは、この年の、つまり一九二二年の九月に、上野で開かれていた日本美術院の第九回展覧会に山内義雄がクローデルを連れて行ったという話である。クローデルは、会場に展示されていた渓仙の『岬』と『漁火』を見て、「東洋の傳統の上に立って、然かも傳統を破っている」といって、ひどく感心したというのである。

今となっては、どの話が事実に近いかのか分からない。だが、クローデルが渓仙の絵に感動し、惚れ込んだという点ではいずれの逸話も一致している。彼は、渓仙に会う前に、その作品からすでに自分との共通点を見いだしていたのである。

渓仙は、東洋思想、とくに禅と老子に基づく美の世界を創りだしていく画家であった。しかし同時に、大胆な誇張とデフォルマシオンを実行する画家でもあった。渓仙みずからつぎのようにいっている。

芸術家は単なる自然の模倣者でもなければ、物体の説明者でもなくして、至高悠久なる霊感を体現し、〔…〕尺金の紙幅に、気韻生動の趣を躍出せしめる。(24)

クローデルもまた、伝統に依拠しながらも、因習に捉われない作家であった。一九二六（大正一五）年六月一八日付のジョゼフ・ド・トンケデック神父宛の手紙がそのことを雄弁に語っている。彼は伝統の良さと権威を認めながらも、伝統を「感染症、屑や汚物の堆積、慣習」ときめつけ、「ほとんどの場合、死体」であるといい切っている。しかも、こうした伝統の「欠点」に気づかせてくれたのは東洋であったというのである。(25)

また、渓仙の重視する「至高悠久なる霊感」とそれに続く「気韻生動」に関しても類似の考えがクローデルに見られる。「至高悠久なる霊感」は彼にとって、日光での講演で話した一瞬開示される「隠れた意味」の感知に通じる。それは被造物の深奥に潜む本質の感知であり、生命の息吹への感応である。詩人はこの息吹を吸い込み、それを躍動するように吐きだすことによって作品を生みだしていくというのだ。すでに二四年も前になるが、彼は戯曲『都市』（第二稿）で主人公のクーヴルにいわせている。「人は生命を吸い込み、吐きだす至上の行為を通して、／叡智ある言葉を復元する」と。(26) まさに、渓仙のいう「気韻生動」である。

こんなわけで、すっかり渓仙の画風に惚れ込んだクローデルは、この年の秋に山内義雄を介して渓仙に会っている。大使館で昼食を終えた三人は、車で内壕を一巡し、『聖女ジュヌヴィエーヴ』の裏面を飾る詩、内壕十二景』の挿絵の打ち合わせをしている。その時、渓仙が一番好んだのが、『内壕十二景』の一〇番目の詩であったという。

ある想いとその響き
一本の枝とその影〔…〕。

うっとりとまどろむ水のうえ、風が枝を揺する。枝は、あいかわらず、気長に、おなじ仕草をくりかえし、
水が応えるのを静かにうかがう。
枝がじっとしていると、水はゆっくりと揺れ、枝の影を乱す、
どこかかなたの知られざる衝撃に応えているかのように。(27)

ここでは、かすかな枝のゆれとその影を写す水面を通して、それらがかいま見せる「隠れた意味」がうたいあげられている。枝を揺らす風は「どこかかなたの知られざる衝撃」によって生じ、吹いてくる。クローデルは、その風に神の息吹を重ね、枝の揺れにこの息吹にたいする被造物の応えを見ているのだ。渓仙は渓仙で、この詩節に、「至高悠久なる霊感」と「気韻生動」を読みとったと思われる。

クローデルは、この詩を書く半年ほど前の一九二一（大正一〇）年一二月末に、道教に関する新聞の切り抜きを『日記』に貼っている。それはこの月の一一日付の『北京政治』紙に載ったA・グランサムの評論で、そのなかに次の一文がある。

タオという単語が老子の説く宇宙創造の根元を指すために使われている単語と同一であるのは意味深い〔…〕。道、方向、タオ〔…〕。枝の揺れや葦の揺らぎに見られる風の方向、これらは、そうした動きに従う気持ちを起こさせるだけでなく、人の運命の根元と意味と方向に関するあらゆる問いを、叡智に富む精神に目覚めさせてくれる。(28)

クローデルの老子への関心は、中国滞在中からであった。しかし、カトリック信者である彼は、老子のいう「宇宙創造の根元」をカトリックでの創造主として受け取っていたにちがいない。先に挙げた一〇番目の詩では、この創造主の息吹による動きが、枝や水の揺らぎを通してみごとに表現されている。渓仙がとくにこの詩を好ん

だのは、彼なりに老子の道に通じる動きと息づかいをそこに見いだしたからであろう。

クローデルも渓仙も、創造主や「宇宙の根元」から発せられるかすかな動きを敏感にとらえ、その「隠れた意味」を表現する芸術家であった。そのせいか、二人の作品には共通点が見られる。渓仙の絵は、息吹に応えるクローデルの詩の小枝や水のように、躍動に満ちているが、そこには幽玄な神秘性が漂っている。また、クローデルの作品にはユーモラスな表現が見られるが、渓仙の絵も同様の表現に彩られることがあるのだ。

折にふれ、請われるままに

渓仙の考えや画風に共鳴したクローデルは、彼をフランスに紹介することを思いたち、絵の寄贈を依頼している。それを受けて渓仙が描いたのが、『神庫』であった。『神庫』は画題にふさわしく、うっそうと茂る木々を背景に、朱塗りの高床式倉庫が中央やや奥に描かれ、高床式の小さな建物、戯れる鹿の群、大きく枝を延ばした藤の木が画布を彩っていた。

この絵は、一九二六（大正一五）年一〇月二五日に描きあげられているが、現在一〇点以上の構図の素描と一点の試作が残されている。このことから、渓仙が『神庫』の制作に取りかかったのは遅くてもこの年の夏以前と推測され、クローデルが渓仙に絵の依頼をしたのは、さらにそれよりも前と考えられる。

一方、渓仙は『神庫』とほぼ同じ構図の『奈良の藤』と題する作品をこの年に描いている。この絵の制作月日は不明であるが、絵には、クローデルのつぎの短詩が添えられている。

祈る心
窓もなく　扉閉ざしたる堂宇にも似て
ひたすら　奈良の鐘の音に応える(29)

『神庫』は、予定通り翌年二月にクローデルによってフランスに送られ、リュクサンブール美術館の別館であるジュ・ド・ポム国立美術館に収められた。当時、この美術館は、現代外国人芸術家の作品を展示していたからである。その後、『神庫』はパリの国立近代美術館に移され、現在にいたっている。

クローデルが渓仙との詩画集の合作を思いたったのも、二人の間にこんな交流があったからだと思われる。もしかしたら、『奈良の藤』に添えた短詩がきっかけになったのかもしれない。

彼は、さっそく山内義雄を介して渓仙に合作の意向を打診している。もちろん、渓仙が喜んで引き受けたのは、いうまでもない。その証拠に、渓仙は、試作品として牡丹の絵を扇面に描き、この年の六月末にクローデルに送っているのである。

一方、クローデルのほうは、渓仙が短詩を自由に選ぶには数が多いほうがよかろうと、一〇〇句あまりを書きあげている。現在、この短詩の原稿は、渓仙に渡したと思われる清書原稿のほかに、下書きを含め四種の原稿が残されている。

そのうちの二種は、日光の金谷ホテルの便箋に書かれたものと箱根の富士屋ホテルの便箋に書かれたものである。残る二種の原稿のうちのひとつは、補遺と呼ばれているもので、他のひとつは、下書き原稿とされているものである。短詩の数は、金谷ホテルの便箋原稿が三六句、富士屋ホテルの便箋原稿が一一句で、補遺は一三句である。それにたいし、下書き原稿は九六句を数える。渓仙に渡したと思われる清書原稿は、金谷ホテルの便箋に書かれた短詩と、下書き原稿に書かれた短詩を取捨選択し、さらに新しくよんだ短詩も加わえ、その数は一一三句になっている。

金谷ホテルの便箋と富士屋ホテルの便箋の原稿には、タイトルも日付も書かれていない。それにたいして、下書き原稿と清書原稿には、『百の扇のための句』というタイトルが記されている。また、下書き原稿には一九二六年六月八日という日付まで書かれているが、清書原稿のほうは、一九二六年六月としか書かれていない。

ところで、一〇〇句あまりの短詩を書きあげた期間について、「二日で」書きあげたという説と「旬日のうちに」書きあげたという説がある。「二日」にしろ「旬日」にしろ、かなりの筆力であるといわざるをえない。それについて、「おれはインスピレーションなどをたよりにしては詩を作らない。詩はいつもおれの頭の中にある」といったというクローデルの言葉が残されている。(30)

その真偽はともかく、クローデルには短詩のストックがあった。来日以後の彼の『日記』を見ると、折にふれ興のむくままに綴った短詩風の文言が散在している。その一例がつぎの短詩である。

石の台座の地蔵尊　真昼
はげしき光に眼《まなこ》とざした人さながら　両眼とぢておはします。(31)

この短詩は、下書き原稿にも清書原稿にもあるので、一九二六（大正一五）年六月に書かれた決定稿であるといえる。ところが、そのもとになっていると思われるメモが『日記』に見られるのだ。

地蔵像、強烈な光の真ん中にいる人さながら　両目とじておわします。(32)

このメモは、四年もまえの一九二二（大正一一）年の五月三日から五日にかけて日光に滞在した時に書かれたものである。日光の中禅寺湖畔には、現在でもフランス大使館の別荘がある。

別荘は当初、初代駐米大使をつとめた青木周蔵の所有であったが、その後A・シンギンガーの手にわたり、それをフランス政府が一九〇九（明治四二）年に買いあげ、大使館の別荘にしていたのだ。クローデルはこの別荘が気に入り、たびたびそこで休暇をすごしていたのである。

他方、彼は人に請われるままにその場で短詩を書き、贈ってもいた。この種の短詩に関しては、すべて人の手に渡ってしまっているので、今となってはそれがどんな短詩であったのか知るのは、不可能にちかい。その稀な例の一つが、長谷寺の牡丹をうたった次の短詩である。

わが　地の涯《はて》より来たりしは　初瀬寺《はせでら》の白牡丹
そのうち　一片淡紅の色を見んがため。(33)

この短詩は下書き原稿にも清書原稿にも書かれているので決定稿であるが、そのもとになったのが次の短詩である。

わが　地の彼方より来たりしは　初瀬の白牡丹
その心に秘めたる一片の薔薇を見んがため。

クローデルは、下書き原稿が書かれた一カ月ほど前の一九二六（大正一五）年五月六日に長谷寺を訪れている。この短詩は、その時に書かれたものである。一人の老僧が金箔模様の色紙を差しだし、彼に短詩を所望したのだ。老僧の手に渡ってしまったのに、今でもこの短詩がわかるのは、クローデルが長谷寺を訪ねた翌日の七日に、レオナール＝ウジェーヌ・オルソ宛にだした手紙が残っているからである。彼はそのなかで、老僧との出会いを語り、短詩を贈ったといって、この短詩を書き添えているのである。(34)オルソは、仏領インドシナの極東学院の教授で、クローデルと親交があり、一九二二（大正一一）年には関西旅行を一緒にしていた仲である。

このように折にふれ、請われるままに書き続けてきた短詩の数は数知れないと推測される。さらに『日記』にメモ書きした短詩風の文をそれに加えると、まさに「詩はいつもおれの頭の中にある」と豪語した通り、かなりのストックがクローデルにはあったと思われる。

春夏秋冬から

その後、クローデルと渓仙の間で、どのような話し合いがもたれたのか分からない。短詩が墨書され、全体の体裁が整うのは、一九二六（大正一五）年一〇月三日以前である。使われた用紙は、福井県の岩野製紙所製の縦が約二二㎝、横が約五三㎝ほどの扇面である。この扇面の選択には山内義雄が関わったとされるが、当然クローデルと渓仙の意向をふまえてのことと思われる。

作品としてできあがった扇面の数は、全部で三六葉で、そのうちの四葉は、春・夏・秋・冬と呼ばれる扇面である。いずれも渓仙の絵にクローデルが短詩を添えた扇面であった。残り三二葉の半数にあたる一六葉は、クローデルの短詩だけの扇面で、他の半数の一六葉は、渓仙の絵だけの扇面である。

クローデルの短詩はすべて、彼自身の手によって墨書されていた。他方、渓仙の絵は、多色または単色で描かれ、俳画風の軽妙な風物画であった。クローデルは一九二六（大正一五）年八月六日付のオードレ・パー宛の手紙で、「地方色豊かな絵」[35]にしたいといっているので、おそらく渓仙は彼の希望にそって描いたものと思われる。

完成した扇面は、いずれも絵と墨書がみごとに融合し、一種の美術品の風格を備えていた。クローデルが喜んだことはいうまでもない。彼は墨書を彩ってくれた渓仙の色彩と筆致に感動し、つぎの賛辞を贈っている。

冨田渓仙への賛

彼は、数ある色の中より、色に潜む黄金を抽きだし、それを夜より黒き一滴のなかに凝らす術を知っていた。[36]

こうしてできあがった三六葉の扇面のうち、春、夏、秋、冬と呼ばれる扇面四葉だけを選んで出版したのが、『四風帖』と呼ばれる詩画集である（図4―8）。この年の一〇月二五日のことであった。木版手刷りは伊上凡骨が引き受け、出版を手がけたのは山濤書院であった。
タイトルになった「四風」は、日本の四季によせる想いや四季ごとの息吹を意味し、クローデルの発想であったといわれる。着想のもととなったのは、彼が枕頭の書としていたミッシェル・ルヴォンの『日本文学案内』に見られる解説であった可能性がたかい。ルヴォンは、『古今和歌集』の短歌は、「春、夏、秋、冬、〔…〕といった理にかなった分類法にしたがって配置されている」[37]と書いているからである。とはいえ、「四風」には、カトリックでいう「四枢要徳」（正義、賢明、節制、剛毅）への関心が反映していた可能性も否定できない。

『四風帖』は、詩画集の名にふさわしく書物の形をとっていない。四葉の扇面は綴じられず、渓仙の揮毫によるタイトルを貼った大型の和紙に収められていたのである。

『四風帖』の発行部数は、二〇〇部であった。だがそれ以外に、オリジナルの扇面をそのまま使った著者版二部と特製版三部がつくられている。著者版は扇面六葉からなり、特製版は扇面八葉からなる豪華版である[38]。そのため、三六葉あったオリジナルの扇面は、著者版二部に一二葉が、特製版三部に二四葉が、つまり合計三六葉が使われ、この二版のためにオリジナルの扇面すべてが出版社の手から離れてしまうことになったのである。

それを惜しんでか、扇面三六葉の複製版が、『四風帖』の刊行から一カ月余りたった一二月一日に、『雉橋集《ちきょうしゅう》』というタイトルのもとに日仏芸術社から出版されている（図9）。編んだのは、『四風帖』を出版した山濤書院の山田吉彦で、部数は二〇〇部であった。扇面は『四風帖』同様に綴じられず、一葉ずつ黒色の台紙にとめられ、紺色の帙《ちつ》に収められていた。

この『雉橋集』というタイトルに関し、クローデルは雉子橋からとったと一九二六（大正一五）年一一月三〇日付のオードレ・パー宛の手紙に書いている[39]。雉子橋は、皇居近くを流れる日本橋川にかかる橋で、この橋の対岸に、つまり皇居側にフランス大使館があったのだ。そのせいか、クローデルは大使館を「雉子橋の家」と呼び、同名のエッセーをこの詩画帖が出版される一カ月ほど前に書いている。『雉橋集』というタイトルにしたのも、「雉子橋の家」に住まいする者のよめる短詩集、といった意味をこめてのことだったかもしれない。

図 5 『四風帖（春）』クローデル筆、冨田渓仙画

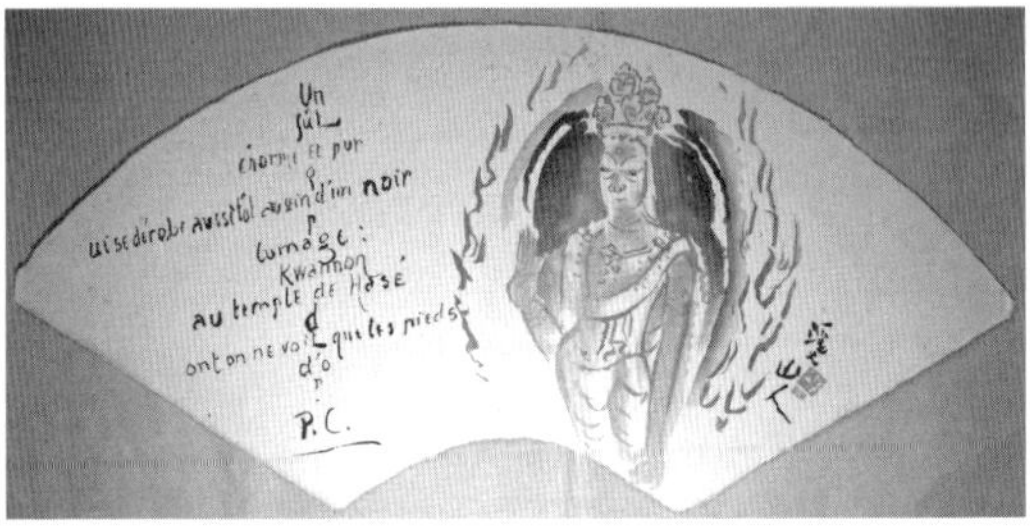

図 6 『四風帖（夏）』クローデル筆、冨田渓仙画

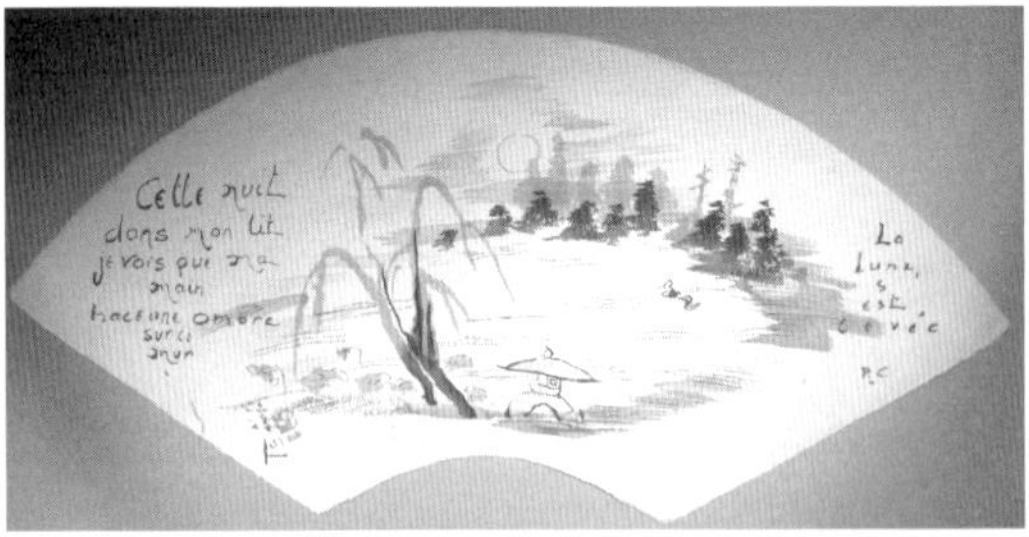

図 7 『四風帖（秋）』クローデル筆、冨田渓仙画

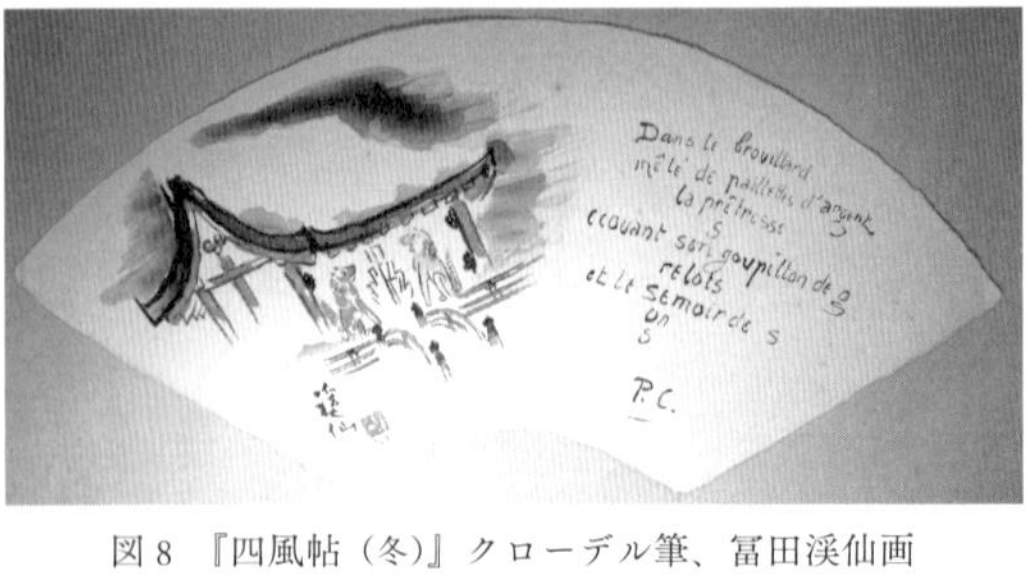

図 8 『四風帖（冬）』クローデル筆、冨田渓仙画

図 4 『四風帖』表紙、
冨田渓仙筆

『雉橋集』の「跋」には、「今や弊社、之等の詩画すべて私人の庫中深く蔵せられ、再び見るべからざるものたるを惜しみ、〔…〕凡てを精巧無比なる複製として世に贈る」と記されている。しかし、『雉橋集』は、すべてが「精巧無比なる複製」ではない。『四風帖』で彩色を施されていた絵は、すべて『雉橋集』では単色になっている。そのうえ、絵と詩句との位置がわずかだが、『四風帖』にくらべてずれている扇面がある。とはいえ、三六葉が一編の詩画集にまとめられ、そのすべてが一度に見られる意義は大きいといわねばならない。

集大成へ

ところで、この時点で世に出た短詩は、清書原稿に書かれた一一三句のうち、『雉橋集』に収められたわずか二〇句だけである。つまり、渓仙の絵とクローデルの詩句が記されている春夏秋冬の四葉に書かれた四句とクローデルの詩句のみが記されている一六葉に書かれた一六句である。したがって、九三句が未発表のまま残されていたことになる。しかも、そのいずれもが下書き原稿の時から、『百の扇のための句』というタイトルのもとに書き記されてきた短詩である。おそらくクローデルは、『雉橋集』刊行直後あたりから、こうした未発表の短詩を含めた『百の扇のための句』の出版を考えていたのではないかと思われる。

図9 『雉橋集』表紙、冨田渓仙筆

というのは、翌年の一月初旬に、彼は改めてこれらの短詩を墨書し直しているからである。しかも、短詩の数は、この時点で一七二句に増えている。このうち六二句は、清書原稿にない短詩である。『雉橋集』出版後わずか一カ月ほどの間に、彼はあらたに六二句もの短詩をつくり、それを書き加えていたのだ。

使用された用紙は、今回は扇面ではなく、中央から縦に折られた長方形の和紙である。その見開き部分は横線で三段に分けられ、各段に上から一句ずつ短詩が墨書されているのだった。(40)そのために、それぞれの短詩は、横長の四角い紙に一句ずつ書かれているような印象を与える。もしかしたら、和歌や俳句が長方形の短冊に書かれるのを見習ってのレイアウトだったのかもしれない。図10は『百扇帖』の一頁であるが、原稿はおよそこんなぐあいであったと想像される。

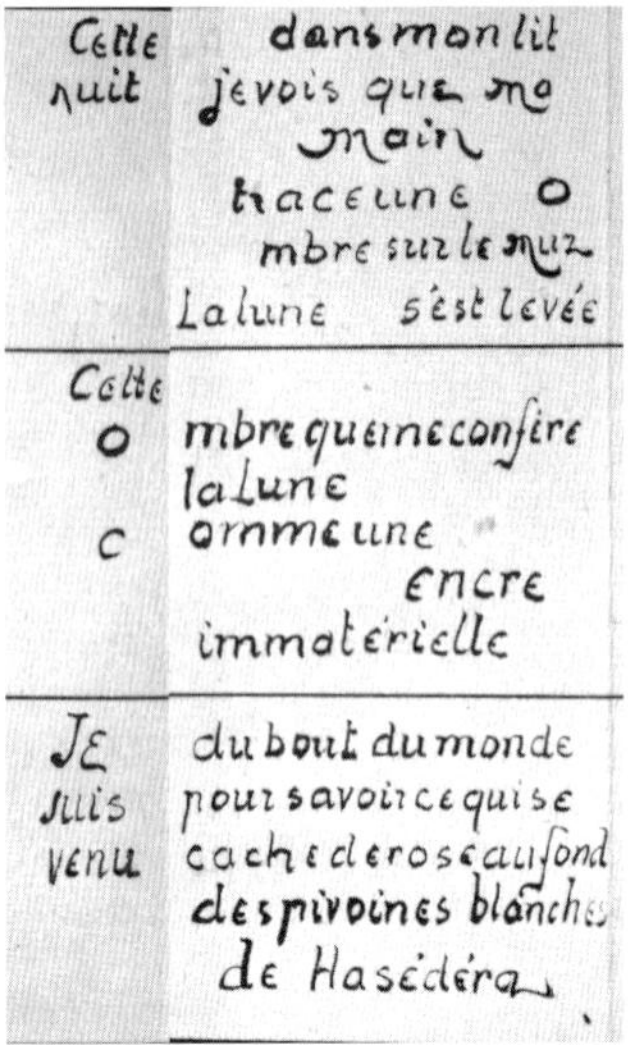
Cette nuit
dans mon lit je vois que ma main
trace une O
mbre sur le mur
La lune s'est levée
Cette
O
C
mbre qu'elle ne confère
la lune
orne une
encre
immatérielle
JE suis venu
du bout du monde
pour savoir ce qui se
cache de rose au fond
des pivoines blanches
de Hasédéra.

図10

クローデルは、その一カ月後の二月一七日に駐米大使としてアメリカに発つことになっていた。そうした事情もあってか、彼は、レイアウトした短詩の原稿を山内義雄に渡し、日本での出版を依頼している。その時の彼の希望は、それぞれの短詩に、「説明に堕しないような装飾的な漢字二字」を加え、体裁は「あくまでも日本風に」(41)ということであった。それを受けた山内義雄は、クローデルと親しくしていたフランス文学者で早稲田大学教授の吉江喬松と相談して漢字を選び、能筆家で知られていた画家の有島生馬に揮毫を依頼したのである。

出来上がった原稿の出版を引き受けたのは、小柴錦侍《こしばきんじ》が妻と経営していた小柴印刷所であった。小柴錦侍は、クローデルの肖像画を描いた画家で、クローデルをよく知っていた。彼の描いた肖像画は、山内義雄の解説とともに神田教会の壁に飾られ、いまでも見ることができる。

短詩が墨書された原稿は、有島生馬の揮毫を得て、この年の一二月に石板刷りにされ、二〇〇部限定で出版された。これが、クローデルの置き土産といわれている『百扇帖』三巻本である（図11―12）。体裁はクローデルの希望通りの折り本仕立てで、紺色の布の帙におさめられていた。

日本語のタイトルは『百扇帖』であるが、そのフランス語のほうは、『扇のための百句』である。このタイトルが、下書き原稿と清書原稿のタイトル『百の扇のため句』から取られていることは明らかである。クローデル

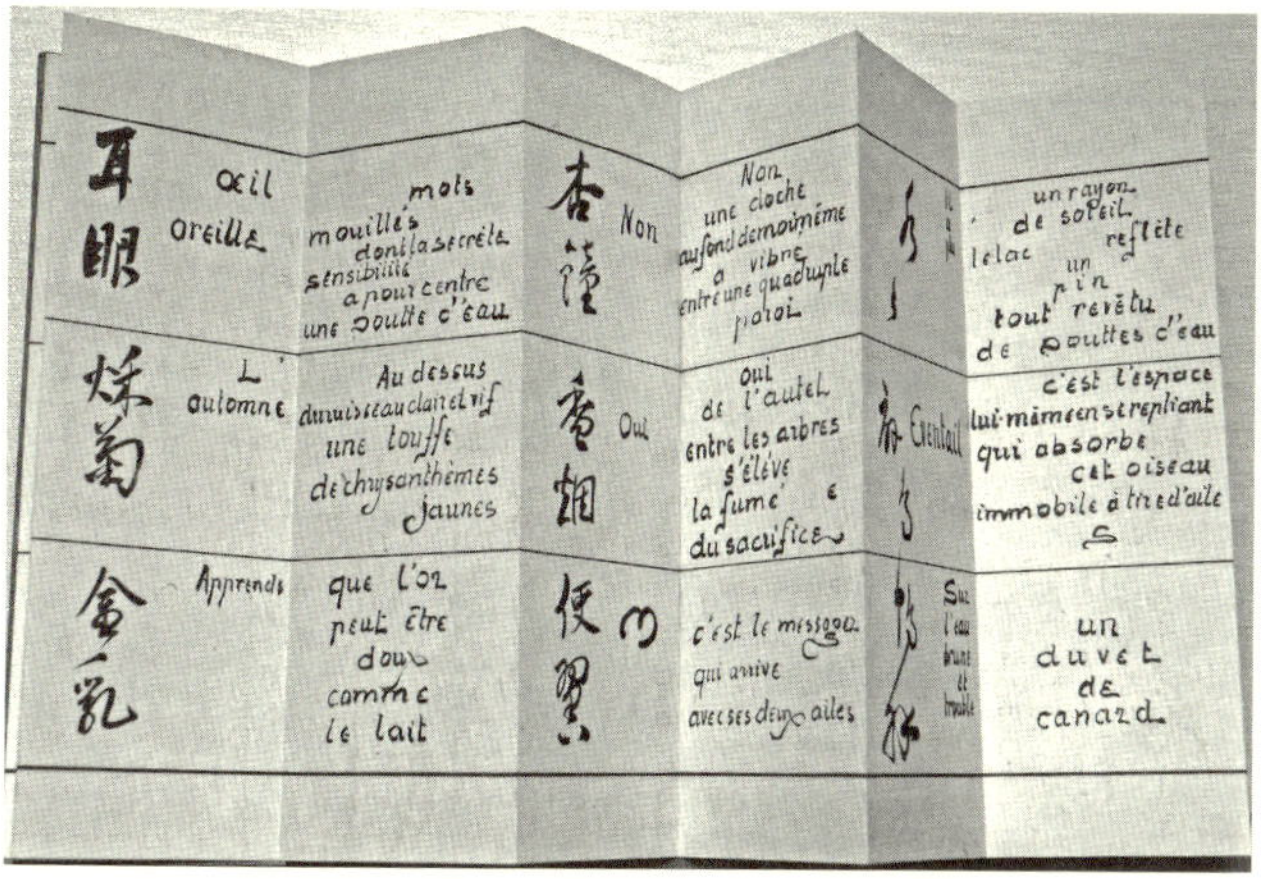

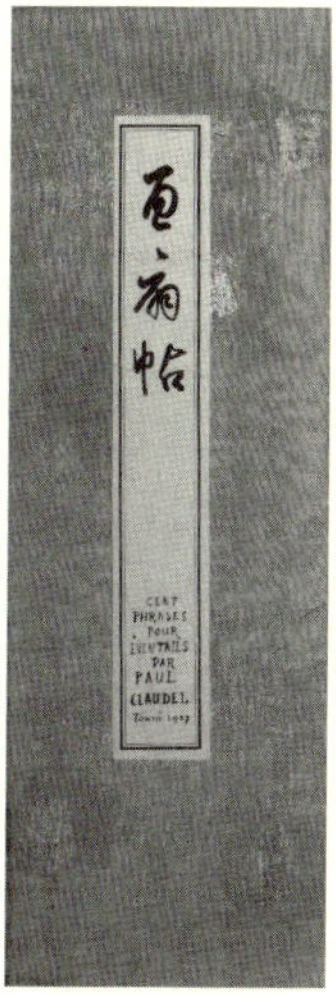

図 11(右)『百扇帖』表紙、有島生馬筆
図 12(左)『百扇帖』

はこうした構想を短詩をまとめ始めたころから持っていたらしく、『四風帖』のための下書き原稿を書き終える二日前の『日記』には、すでに「扇のための百の詩[42]」という文言が見られる。一九二六(大正一五)年六月六日のことである。その後、この文言が、タイトル通りに「扇のための百句」と記されるようになるのは、その年の一〇月三日のオードレ・パー宛の手紙においてである。クローデルは、「続いて『扇のための百句』をだします」と書いている。[43] それゆえ、この時点で『百扇帖』というタイトルが決まっていたということになる。

ともあれ、はじめから「百」という数が使われていたのは、伝統的に連歌や俳諧の句集がおよそ一〇〇句であることを、枕頭の書としてきたミシェル・ルヴォンの『日本文学案内』を通して知っていたからかもしれない。また、句集には、『愛宕百韻』(一五八二年)や『談林十百韻《だんりんとっぴゃくいん》』(一六七五年)などのように、好んで「百」を句集の題名につける風習があったのも知っていた可能性がある。

ともあれ、『百扇帖』は、クローデルがこれまで日本でつくってきた短詩を収録した詩集であり、この点、彼の短詩の集大成ということができる。

ハイカイの趣で

『四風帖』用の清書原稿を書き終えてから一カ月ほどたった一九二六（大正一五）年七月一日、クローデルはオードレ・パー宛ての手紙で、「日本のハイカイ風に、といっても、ハイカイよりもずっと短い短詩ですが、それを一〇〇句ばかり書きあげました（実際は一一三句ですが）[44]」といっている。このことにより、彼がはじめからハイカイを意識して短詩を書いていたことがわかる。

しかし、ハイカイを意識して短詩を書いたのは、これがはじめてではない。すでに三年も前の一九二三（大正一二）年に、彼はハイカイを意識して短詩を書いていたのである。

この年は、関東大震災が起きた年である。この大惨事を万人の記憶に留めようと詩話会は詩歌集を編むことにし、クローデルに詩を依頼している。この会は、六年ほど前に詩人の川路柳虹《かわじりゅうこう》を中心に設立された会で、クローデルと交流があった。五月には、会が発行している雑誌『日本詩人』をクローデル特集号にしていたほどである。

もちろんクローデルは、詩話会の依頼に応え、自分の震災体験を一編の詩にして寄稿している。震災が起こったのは、長女マリがベルギー大使のアルベール・ド・バッソンピエールの別荘に遊びにいっていた時であった。別荘は逗子にあり、地震による津波の情報もあった。娘の安否を案じたクローデルは、車で逗子に向かったのだ。だが、六郷の橋は壊れていて車では渡れない。彼は、夜通し線路づたいに横浜にむかって歩いていくことになる。詩は、その時の印象をよんだものである。

右に左に　燃え上がるひとつの都市　されど　雲間の月は　白き七人の女人のごとし。
レールを枕に　わが身は揺れ動く大地にまき込まれ　耳にひびくはいやはての蝉の声。
海面に光るは七つの音色　ただ一滴の乳[45]のしずく。

この短詩は、同年一一月に新潮社から出版された詩話会の詩集『災禍の上に』の巻頭を飾ることになるが、その時のタイトルは、『一九二三年九月一日の夜　東京と横浜の間にて』であった。

だが、クローデルは、その年の一一月八日付のルネ・ラルー宛の手紙でこの短詩を「一種のハイカイ」と呼んでいる。[46] しかも、一九二七（昭和二）年にこの短詩が藤田嗣治の挿絵入りの豪華本『朝日のなかの黒鳥』に再録された際には、短詩のタイトルを『ハイカイ』に変え、当初のタイトルの『一九二三年九月一日の夜　東京と横浜の間にて』をサブタイトルにしているのである。以後、この詩のタイトルは『ハイカイ』のまま保持され、変わっていない。ということは、すでにこの時期から、クローデルはハイカイを意識して短詩をつくっていたことになる。

たしかにハイカイは、詩人であるクローデルにとって魅力的な詩歌であったにちがいない。もちろん、フランスでも、ハイカイはかなり前から話題になっていたジャンルであった。

最初に俳句をフランスに紹介したのは、ポール＝ルイ・クシューといわれている。彼が「ハイカイ」と題して『文芸』誌に俳句の翻訳を載せたのが一九〇六（明治三九）年で、それをまとめて『アジアの賢人と詩人』として刊行したのが一九一六（大正五）年である。またこの年には、彼の友人ジュリアン・ヴォカンスがフランス語の俳句集『戦争百景』を『大雑誌』誌五月号に発表している。そしてその翌年には、ジャン・ポーランが「日本のハイカイ」を『人生』誌二月号に載せているのである。

この頃になると、ハイカイに関心を持つ人たちの集会もできてくる。一九一九（大正八）年には、クシューを中心に「ハイジンの集い」が誕生している。[47] その翌年の一九二〇（大正九）年になると、『新フランス評論』誌九月号が「ハイカイ特集」を組み、編集助手を務めていたジャン・ポーランが序文を書いている。その四年後、つまり関東大震災の一年後の一九二四（大正一三）年には、ジャン＝リシャール・ブロックが『ヨーロッパ』誌七月号に『フランスのハイカイのために』と題する一文を寄せている。そして、一九二六（大正一五）年には、アンドレ・シュアレスが『西洋のハイカイ』を出版しているのである。

ところが、こうした一連の動きに関し、不思議にクローデルは一言もふれていない。先に名を挙げたポーランやブロックはクローデルの知人である。また、『新フランス評論』誌の編集長のジャック・リヴィエールとは長年の付き合いがあり、その刊行元であるガリマール社は、クローデルの作品を世に送ってきた出版社である。さらに、シュアレスは、クローデルの長年の親友である。それなのに、こうした線上にクローデルとハイカイとの接点はまったく浮かび上がってこないのだ。彼は、「クシューやヴォカンスによって主導された三行詩の俳諧運動とは一線を画していた[48]」といわれるのも、納得がいく。

もちろんクローデルは、クシューの『アジアの賢人と詩人』を持っていた。だが、この本にはベルトロ夫人への献辞があり、もとはベルトロ夫人の所有であったことがわかる。頁は一四六頁まで切られているが[49]、かつてフランスの本は頁がカットされておらず、読者は頁をカットしながら読み進めていたので、一四六頁まで切られているというだけでは、読んだのがクローデルであるのか、ベルトロ夫人であるのか分からない。

他方、クローデルは日本にいたので、本物の俳句に接し、俳句について説明を受ける機会もあったと推測される。また当時、『明星』にフランスでのハイカイ運動が紹介され、詩句も翻訳されていたので[50]、少なくとも噂ぐらいは耳にしたと思われる。しかし、それを証明する資料は、いまだに発見されておらず、断言のしようがない。

こうしたなかで、彼とハイカイを結ぶ唯一の確実な線は、ミッシェル・ルヴォンの『日本文学案内』である。クローデルが持っていたのは、一九一八（大正七）年に出た第三版で、みずから「枕頭の書」と呼んでいた書物である。そこには、ハイカイは五・七・五の音節からなる三行詩で、「俳句」、「俳諧」と呼ばれているが、「俳諧」という名称がもっともよく使われているので「俳諧」と呼ぶことにすると書かれている。さらにフランス語としては、「エピグラム」という名称がふさわしいとの説明があり、芭蕉をふくめ著名な俳人の俳句七二句が仏訳されて載っている。一例を挙げれば、芭蕉の有名な「古池や蛙飛びこむ水の音」である。この句は「Ah! le vieil étang〔ああ！　古池〕／Et le bruit de l'eau〔そして水の音〕／Où saute la grenouille〔そこに蛙が飛びこむ〕」と訳され、三行で表記されているのである[51]。

だが、ミッシェル・ルヴォンの俳句に関する説明は、イギリスの日本研究家バジル・ホール・チェンバレンが一九〇二（明治三五）年に『芭蕉と日本の詩的エピグラム』で説き、その八年後に『日本の詩歌』で再説した説をそのまま受け継いだものである。

このチェンバレン説は、先に挙げたクシュー以後のフランス人のハイカイ愛好家たちにも継承されていて、彼らが創る、また訳す俳句は、五・七・五の音節まで実現することができなかったとしても、すべて三行で書かれている。たとえば、クシューの俳句は「Elle hâle le bateau〔彼女は舟を曳く〕／Quand l'épaule est meurtrie〔肩が傷めば〕／Elle tire avec le ventre〔腰で曳く〕」といったぐあいである。[52]

クローデルのハイカイ理解もミッシェル・ルヴォンから逸脱していない。彼は一九二五（大正一四）年七月に、一時帰国を利用してマドリードで『日本文学散歩』と題して講演をしている。そこではハイカイを三行詩として紹介し、ミッシェル・ルヴォンの『日本文学案内』からフランス語訳の俳句を七句引用しているのである。

そういえば、たしかに、先に引用した関東大震災をうたった『ハイカイ』も、定説通り三行で書かれている。しかも、そこでは、九月の季語である「月」と「蝉」までが組み込まれている。おそらく「月」も「蝉」も、ミッシェル・ルヴォンの『日本文学案内』から着想をえたものと思われる。この本には、芭蕉の「名月の花かと見えて棉畠」をはじめ月をうたった句が九句翻訳・紹介されていて、「蝉」をうたった句も芭蕉の「やがて死ぬけしきは見えず蝉の声」と内藤丈草《ないとうじょうそう》の「ぬけ殻に並びて死ぬる秋の蝉」の二句が翻訳・紹介されているのである。[53]

しかし、当初のタイトルをサブタイトルにし、『ハイカイ』に改題した、関東大震災をうたったこの短詩は、そうだからといってハイカイとはいいきれない。そもそも、一行が長すぎる。じつは一句を三行に分けたのではなく、一句を改行なく一行で書いた短詩が三句並んでいるともとれる。

ともあれ、こうしたハイカイとの差を一番よく承知していたのはクローデル本人のはずである。彼はこの短詩に『ハイカイ』というタイトルをつけてはいるが、それはあくまでもハイカイの趣で書いた短詩ということで、ルネ・ラルーには、既述したように「ハイカイ」とはいわず、「一種のハイカイ」といっている。しかも、彼がいうハイカイとは、フランスで流行っていたハイカイではなく、ミッシェル・ルヴォンのいうハイカイであったことは否定できない。

さらなる表現を求めて

関東大震災をうたったこの短詩が、「一種のハイカイ」というならば、その翌年の一〇月に、伊香保で書かれた一八の短い詩からなる『峨眉山の老人』もそう呼ばれても不思議ではない。詩の数は、後に二三に増えているが、いずれも峨眉山の老人が実際に目にする光景や、彼の胸中をよぎる想いやそれにともなう光景を端的にうたったものである。たとえば、『汚れなき大地』に見られる秋の草花や枯れ木、肌寒い強風、そして小鳥などは、詩を書いた時に見たり感じたりした伊香保の秋の光景である。それにたいし、『真夜中にて』にでてくるクリスタルのイルミネーションのなかに消えていく白孔雀や、『ひっかき』に見られる食卓をひっかいて交わす死者たちとの会話などは、脳裏や胸中をよぎる光景や情景である。

研究者のなかには、こうした内容からか、それとも関東大震災をうたった詩にクローデル自身が『ハイカイ』と題をつけたせいか、『峨眉山の老人』も「ハイカイ風」の詩だという人がいる。

だが、どう見てもハイカイ風とはいいがたい。たしかにほとんどの詩は短かい。とはいえ、どの詩も散文のようにべた書きにされていて、三行で書かれているわけではない。この点、現在容易に手にすることのできるプレイヤード版の『詩作品』に収録されている『峨眉山の老人』が参考になる。そこでは、最後の一詩を除いて、すべてタイトルがつけられていて、どの詩も改行もなく、一篇の散文詩のように書かれている。

それにクローデルも、一度としてこれらの詩を「ハイカイ」とも「ハイカイ風」ともいったことはない。唯一彼が口にしたのは、「真夜中にランプを灯したとき、一度に全部の詩が、小屋の壁を飾る絵のように現れるようにしたい(54)」という言葉だけである。最後の一詩は、その言葉をなぞるように、「真夜中、ランプを灯す。すると、わが隠れ屋の壁面のあたり、一面に格言と絵が現れる」となっている。

じっさい一九二五年に『コメルス』誌第四号に掲載された時には、縦一九・五cm、横三二・五cmの紙一面に、すべての詩が、まさに壁面に現れた絵のように印刷されていた。いずれの詩も額に入れられた絵のように枠にはめ込まれ、その枠は一詩だけが瓢箪形の枠で、他の詩は形の異なる長方形の枠であった。全体として、絵画展の壁面の一部を思わせる配置だったのである。

その後、この作品は、一九二七年にエクセルシオール社からだされた『朝日のなかの黒鳥』に再録されることになる。その時も、わずかな字句異動が三カ所あるだけで、詩は『コメルス』誌同様の配置になっている（図13）。

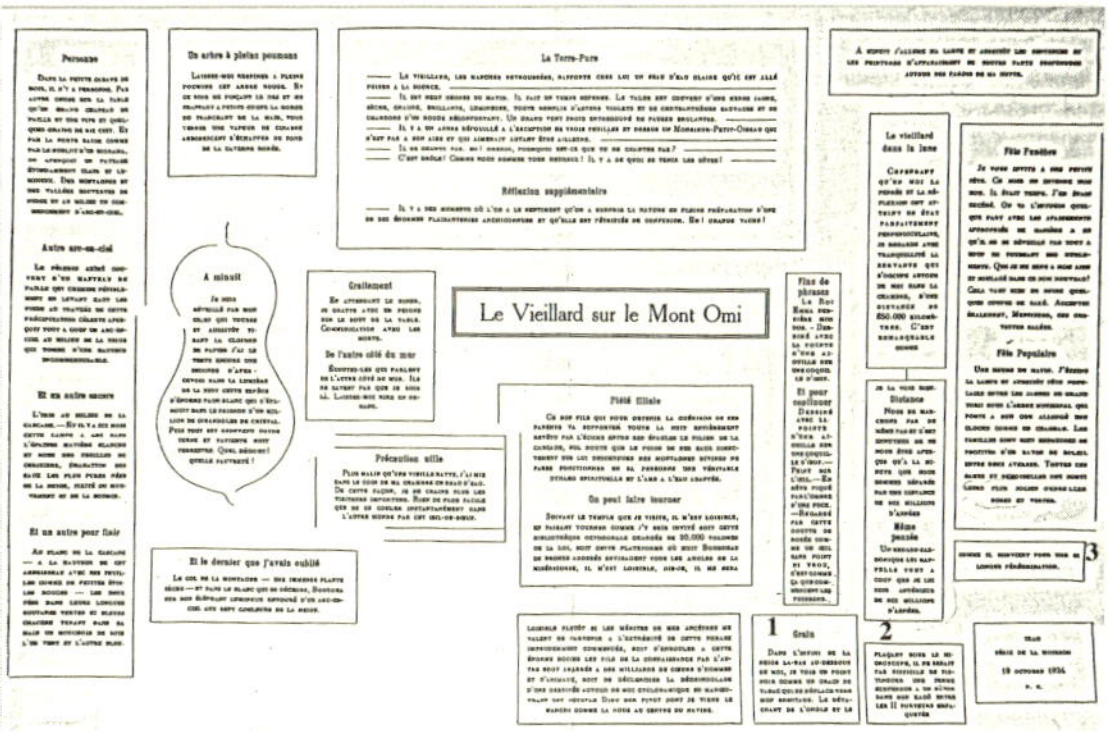

図13 『峨眉山の老人』、『朝日のなかの黒鳥』エクセルシオール 1927年版

ここで注目しておきたいのは、エクセルシオール社版の場合も『コメルス』誌の場合と同様に、『粒』の題を持つ詩が右下の三つの枠に分散されて書かれていることである（図13の番号参照）。こうした分割が、紙の大きさのせいか、当てはめようとした枠が小さすぎたせいか、それとも意味上の理由のせいか、はっきりしない。さらにこの年、この作品は、『聖女ジュヌヴィエーヴ』の挿絵を描いたオードレ・パーによる蝶のデザインのもとにふたたび出版されている。だが、そこでは枠ははずされ、すべての詩はプレイヤード版の『詩作品』に見られるように通常の形式になって印刷されていたのである

意表をつく形式

このように、一九二三（大正一二）年に発表された関東大震災の短

詩も、その翌年に伊香保で書かれ、その一年後に発表された詩も、どれもハイカイの形をとっていない。その後も、日本で書かれ、日本で出版された『四風帖』をはじめとする短詩集に見られる短詩もハイカイの形をとっていない。下書き原稿はまだしも、清書原稿の段階でさえ、すべての短詩は三行書きではなく、メモ書きのように改行のないべた書きにされている。それが発表段階になると、クローデル自身の手によって複数行に改行され、墨書され、そのままレイアウト原稿となって、刷られているのである。

もちろん、なかには三行で墨書された短詩も、わずかながらある。だが、ほとんどの短詩はそうではなく、しかも多くの単語の綴り字は、『四風帖』以後の短詩集になると、正書法に準じた切り方では書かれなくなっている。

正書法では、一つの単語を分切する場合、綴り字の音節ごとに切る。たとえば、つぎに挙げる短詩にでてくる plumage という単語の音節は plu《プリュ》 ma《マ》 ge《ジュ》 で、三音節である。したがって、この単語を分切する場合は音節ごとに、plu《プリュ》 / ma《マ》 / ge《ジュ》 と切らなければならない。ところが、短詩では p / lumage と切られているのである（図14、六―七行目）。このように短詩には、異常な綴り字の分切と、意表をつくような改行が行われているものが少なくない。

一例として挙げれば、『百扇帖』にも採録されている長谷寺の十一面観世音像をうたった『四風帖』の一句である。(55)

太しく　浄らな一基《き》の柱
たちまち漆黒の暗にすがたをかくし
初瀬寺《はせでら》の観世音　金色《こんじき》の御《み》足のみぞほの見ゆ

この短詩は『雉橋集』にも収録されているが、『雉橋集』では十一面観音像がモノクロになっているだけで、短詩の書き方は同じである。

Un
fût
énorme et pur
q
ui se dérobe aussitôt au sein d'un noir
p
lumage:
Kwannon
Au temple de Hasé
d
ont on ne voit que les pied
d'o
r
.

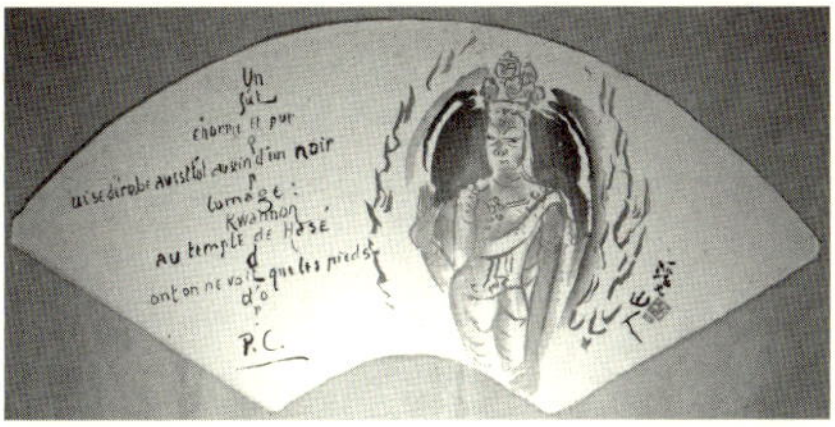

図 14

問題となる単語の分切と改行は、図14の写真では分かりにくいので、全体を活字体に書き直してみる。太字下線部は、正書法に従わず、異常な分切がなされている単語である。

あらためてこの書き方を見ると、極端な綴り字の分切や改行は、扇面の右側に描かれている観音像を視覚化するためであったようにも思われる。改行による詩句の配置が、渓仙の絵と同じ形になっているような印象を与えるからである。小刻みに切られた詩句は、ゆるやかな曲線を描きながら中央部にふくらみを持たせ、衆生に右手を差しだして立つ観音像をかたどっているかのように見える。そこには、渓仙の絵に見られる静寂と躍動さえ感じられる。

しかも、短詩では、観音像の身体部を「一基の柱」とうたっていることから、この柱をかたどるかのように、詩句を縦断する形で中央に、Un / fût / et / q / [...] / d'o / r と、文字をほぼ垂直に並べている。また、渓仙の描かなかった観世音像の足を補うかのように詩では、「その金色の御足のみぞほの見ゆる」とうたっているので、それに呼応させるかのように、最後の「金色」を意味する or という単語の r だけを切り離して最後の行に置き、そのうえ、文末につけるピリオドまで切り離して r の後に置いて、いかにも観世音像の足が「漆黒の闇」に「ほの見ゆる」ようにしている。それに反し、この短詩の主役である観世音を意味する単語 Kwannon は、分切されずにやや下方に置かれ、威風を放っているように思われる。

そう見てくると、ここでは絵と、詩句の内容と、詩句の書き方とが、たがいに補い合い、ひとつの調和を生みだしているとさえいえる。

だが、観世音像をかたどるためだけなら、ここまで大胆に綴り字を分切しなくてもよさそうに思われる。すべてを正書法で書いても、この程度の改行は可能であり、それなりに観世音像を視覚化することができるはずである。

しかし、同様の分切と改行が、その後に出版された『百扇帖』の短詩でも、絵図がないにもかかわらず行われている。

一例として、観世音像をうたった同じ短詩を『百扇帖』から取りあげてみる。この短詩は、『四風帖』や『雉橋集』同様に墨書されているが、『百扇帖』ではまったく違った形で書き直

金
足

Un énorme et pur qui se **d**
fût **érobe** aussitôt au sein **d'**
un noir feuillage
Kwannnon
au temple de Hasé dont
on ne voit que les pied d'or

図 15

されている。

今回も分切部を明確にするために、異常な分切部を太字下線引きにして、全体を書き直してみる（図15）。

ここでは、『四風帖』で使われた単語 plumage《プリュマージュ》 が feuillage《フィヤージュ》（三行目）に変えられている。plumage《プリュマージュ》 は鳥の体全体を覆う羽毛を意味し、feuillage《フィヤージュ》 は草木の葉叢を意味するので、観世音の身体を木の柱にたとえていることから、葉叢を意味する feuillage《フィヤージュ》 に換えたものと考えられる。

改行数は『四風帖』や『雉橋集』にくらべると少なく、先の二作品で分切されていた単語は、ここでは分切されずに書かれている。それにたいし、あらたに別な単語が分切されている。この変移は、観世音像の視覚化より

も、意味の表出に重点をおいたためと考えられる。

いうまでもなく、この短詩の詩魂は、「漆黒の暗に」、「すがたをかくす」、「一基の柱」である。それゆえ、ここではこの三点を意味する語句の単語が分切の対象になっている。

まず左一―二行目の Un《アン》 fût《フュ》 である。この語句は「一基の柱」を意味するため、柱のように縦に並べて書かれ、観世音像の身体を強調している。ついで右の一―二行目である。「すがたをかくし」を意味する se《ス》 dérobe《デロブ》 は、se d《スド》 / érobe《エロブ》 と切られ、スラッシュ以下がつぎの行に移されている。あえて日本語にすれば、「すがたをか／くし」という切り方になろうか。最後に、二―三行目である。「漆黒の暗に」を意味する au《オ》 sein《セン》 d'un《ダン》 noir《ノワル》 feuillage《フィヤージュ》 が、au《オ》 sein d'《センド》 / un《アン》 noir《ノワル》 feuillage《フィヤージュ》 と切られ、同様にスラッシュ以下がつぎの行に移されている。これもあえて日本語にすれば、「漆黒／の暗に」となろうか。これまたへんてこな切り方である。

しかし、こうした一連の分切は、この短詩の詩魂ともいえる「漆黒の暗に」、「すがたをかくす」、「一基の柱」のそれぞれの意味を鮮明に打ちだすためであったと考えられる。つまり、通常の綴り字に慣れている読者を一瞬戸惑わせ、そこに秘められている意味を思考させる手法であったと思われる。

短詩に見られる詩句の改行や綴り字の分切をこのように検討してくると、そこには二種類の手法があることがわかる。そのひとつは、『四風帖』に見られる観世音像をうたった短詩のように、描かれた観世音像をかたどることにより意味を形象化し、視覚に訴える手法である。他のひとつは、『百扇帖』に収められた同一短詩のように、強調したい意味を持つ単語の綴り字を異常に分切することにより、読み手に一種の驚愕を与え、知覚に訴える手法である、いずれも意味を十全に、しかも的確に表現するために編みだされたクローデル独自の手法であることに変わりはない。彼はこの二種類の手法を、『四風帖』、『雉橋集』、『百扇帖』を通し、その都度、自在に使い分けていたのである。

意味の出血

ところで、異常ともいえる綴り字の分切や詩句の改行は、日本で書いた短詩にはじめてでてくるものではない。じつは、三六年も前に発表され、処女作とされている戯曲『黄金の頭』（第一稿）にも、この種の分切が見られる。そこでは、「あなたがた」を意味するvous《ヴゥ》がv《ヴ》 / Ous《ウ》と分切され、スラッシュ以下が次の行に送られている。これをあえて日本語にすれば、「あ／なたがた」という切り方になろうか。

この語以外にもこの作品では、他に三つの単語が分切・改行され、vousと合わせると計四単語がこの種の手法で書かれているのである。

こうした分切や改行に関し、後にクローデルは、シェークスピアの影響によるものであったといっている。シェークスピアは、クローデルが青年時代に愛読した作家の一人である。英語を学んだのもシェークスピアからであり、その読み方も一語一語ていねいに訳しながらといったぐあいであった。その過程でとくに彼の関心をひいたのは、韻文で書かれたシェークスピアの文体であった。

> 『冬物語』以後、シェークスピアは詩句を切っています。それはインスピレーションによる切断ではなく、いってみれば、意味の出血を起こす切断です。まったく予想外の個所で詩句を切っているのです。[56]

ここで彼が注目した「意味の出血を起こす切断」とは、「詩句の跨がり」と呼ばれるものである。一般に詩では、律動や意味を強調する時以外は、ひとつながりの意味を持つ語句を途中で「切断」し、つぎの詩句に跨がらせることには慎重である。だが、シェークスピアはかならずしもそうではない。たとえば『冬物語』第一幕第二場の第一八七行では、I play too（私も演じているぞ）をI / Play tooと切り、スラッシュ以下を次の句に跨がらせている。[57] あえて日本語にすると「私／も演じているぞ」という切り方になろうか。「私も演じているぞ」に慣れている者には、「私／も演じているぞ」と切られると、一瞬戸惑い、意味を反芻するにちがいない。

クローデルが注目したのは、この点であった。しかも、彼はシェークスピアにならってこの切り方を実行したのである。「深く考えもせず、いわば本能的に『黄金の頭』で試みてみました[58]」、そう彼はいっている。

たしかに、先に挙げた『黄金の頭』（第一稿）では、シェークスピアにならい、「彼らの父」を意味する leur《ルール》 père《ペール》 を leur / Père, つまり「彼らの／父親」と切り、ほぼ平行して書かれた『都市』（第一稿）でも、「君は知るだろう」を意味する tu connaîtras《チュ コネトラ》 を tu / Connaîtras つまり「君は／知るだろう」と切って、いずれもスラッシュ以下をつぎの詩句に跨がらせている。

しかし、「切断」はそれだけではない。クローデルはさらに押し進め、先に示した v / Ous（あ／なたがた）のように単語の綴り字までも分切していったのである。こうした手法は、シェークスピア的な「詩句の跨がり」以上に、「意味の出血」を高めるためであったと考えられる。

だが、この種の極端な綴り字の分切は、フランス人でさえ奇妙に思ったらしく、批評家のシャルル＝アンリ・イルシュは、「なぜこんな気まぐれをするのか[59]」と疑問を投げかけている。その言葉がよほどこたえたのか、晩年になってクローデルは次のようにいっている。

> その後、こうした手法はやめました。ずっと後になって、中国や日本の詩を書く時になって、まさにこの種の手法を試みて愉しみました。三、四〇年も後のことです[60]。

たしかにその通りである。その後しばらくは、この種の分切が現れることはない。分切があらためて現れるのは、まさに「三、四〇年も後のこと」であり、日本で短詩を墨書する時である。彼は、異常な分切をあえてすることにより、そこに潜む本来の意味の噴出を期待したのである。そのために、シェークスピアの文体から学んだ「意味の出血をおこす切断」を再び試みたのだ。

この点に関し、一九二五（大正一四）年に書かれた『フランス詩に関する省察と提言』には次の一文がある。

> 〔…〕音節の正当な切り方に従わず、音節を切ってみる。すると、そこに含まれている意味の出血がおこる。たとえば、La Clo / che〔鐘〕と切って書かずに、la C / loche と書く場合である。[61]

ここに記されている La Cloche《ラクロッシュ》 の La《ラ》 は定冠詞で、問題は「鐘」を意味する Cloche《クロッシュ》 の切り方である。「正当な切り方」に従えば、つまり音節単位で分切すると、Clo《クロ》 / che《シュ》 と切ることになる。それを、C《ク》 / loche《ロシュ》 と分切することによって、この単語が秘める「意味の出血がおこる」というのである。

そういえば、そのように切って発音すると、たしかに「意味の出血がおこる」気がする。鐘が揺れ始め音をだす寸前の一瞬がC《ク》となり、その直後に炸裂する鐘の大きな響きが loche《ロッシュ》 となって、一気に視聴覚化されてくるような気がするのである。

そこで、改めて先に挙げた観世音像をうたった短詩を見てみる。『百扇帖』では、「すがたをかくし」にあたる se dérobe《スデロブ》 が se d《スド》 / érobe《エロブ》 と分切され、「すがたを／かくし」となっている。それゆえ、分切されない通常の音になれている読者は、一瞬緊張を強いられ、その結果、「すがたをかくし」の「意味の出血」を感知することになるにちがいない。

綴り字を分切するクローデルの意図は、単語が含む本来の意味をより鮮明に表現することにあったのだ。彼は、詩句が含む「意味」を、「息吹」を、「生命」を、「詩魂」を、綴り字の分切によって「出血」させ、それを鮮やかに表現しようとしたのである。

極端な分切

L'encens
comme ce vers que j'écris
moitié **c**
endre et **m**
oitie´ **fumé** **e** **.**

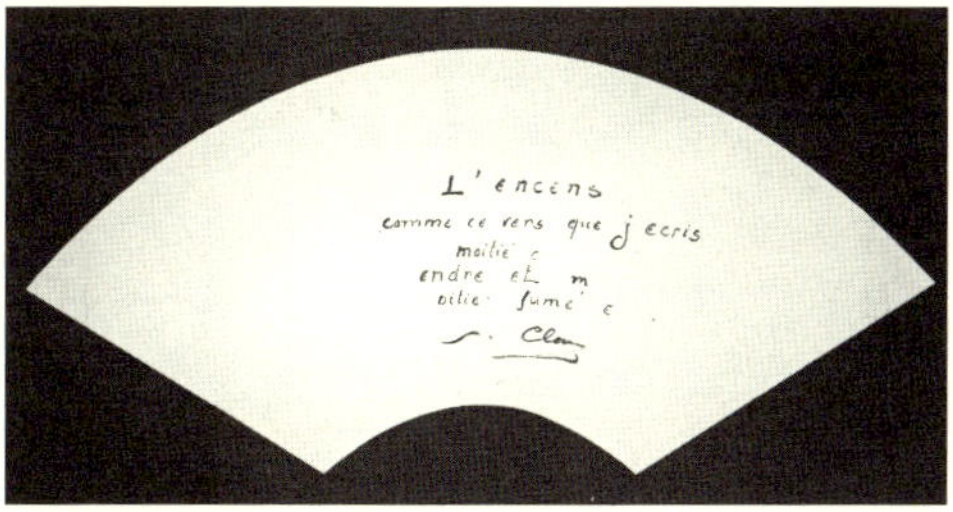

図16

ところで、フランス語の綴り字には、発音される文字と発音されない文字がある。ここでは、前者を有音の文字と呼び、後者を無音の文字と呼ぶことにする。図16の短詩、一行目のencensは、「香」を意味するが、この単語の最後のsは発音されず、sを除いたencenだけが「アンサン」と発音される。この場合、encenは発音されるので有音の文字群であり、最後のsは発音されないので、無音の文字ということになる。また、フランス語には、綴り字記号と呼ぶ記号が文字につく場合がある。この短詩の三行目にでてくる「半ば」を意味するmoitié《モワチエ》の最後の文字éについている「´」がそれにあたる。

この観点からクローデルが試みた分切を細かく見てみると、分切は有音の文字やその文字群ばかりではなく、驚くべきは、無音の文字、さらに、綴り字記号や句読点にまで及んでいることがわかる。その例は、『百扇帖』だけではなく、それ以前の『雉橋集』にも見られる。

一例として『雉橋集』と『百扇帖』に収録されている一句を取りあげてみる。

香《こう》こそはわが詩のすがた　半ばは灰　半ばはけふり(62)

まず、『雉橋集』の句から見ていくことにする。分切部を明確にするために、ここでも分切部を太字下線引きにして、書き直してみる（図16）。

ここでは、三―四行目にかけて「灰」を意味する単語cendre《サンドル》がc《ク》/endre《アンドル》と分切されている。あえて日本語で表記すると「灰」が分離され、「厂／火」というぐあいになっているといえよう。さらに、四―五行目の「半ば」を意味する単語moitié《モワチエ》も

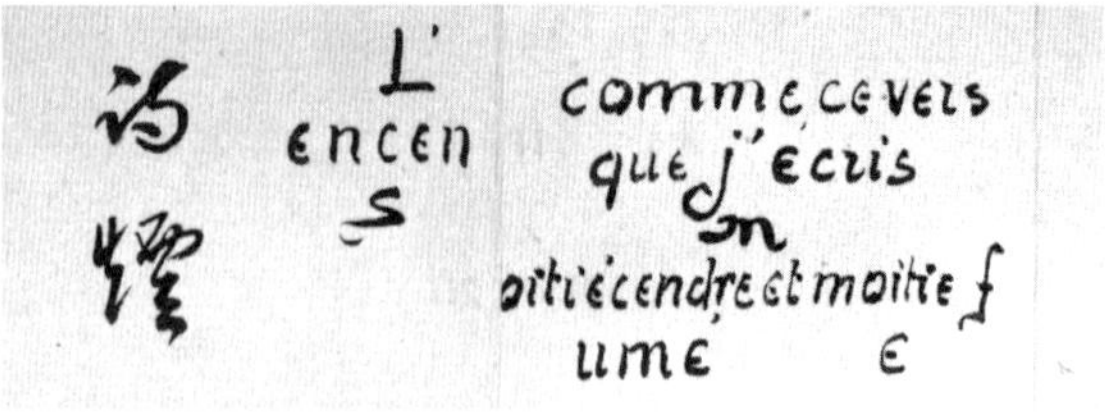

詩
煙

L'
encen
s

comme ce vers
que j'écris
m
oitié cendre et moitié **f**
umé **e**

図 17

m《ム》／oitie《ワチ〔エ〕》／、と分切され、最後の文字 e の綴り字記号である「、」までが切り離されている。あえて日本語に直すと「半／は／゛」というぐあいに、「は」の濁点が切り離されているようなものである。また、五行目では、「けふり」を意味する fumée《フュメ》 が fumé《フュメ》／e と分切されている。これも日本語にすれば、「けふ／り」となろうか。そのうえ、ここでは、最後に置かれているピリオドまでが切り離されているのだ。切り離された moitié の é の綴り字記号の「、」も、fumée の最後の文字の e も、その後に置かれているピリオドも、いずれも発音されない無音の文字、記号、句読点である。

これが『百扇帖』になると、同じ短詩が図17のように書かれている。ここでも、分切部を明確にするために、これまで通り分切部を太字下線引きにして、書き直してみる。

まず気付くのは、『百扇帖』では「香」を意味する L'encens《ランサン》 が、L'《ル》／encen《アンサン》／s と分切されて左側に縦に書かれていることである。あえて日本語で表記すれば、「香」の文字が分解され、「ノ／木／日」と書かれていることになろうか。そして、四―五行目の fumée《フュメ》 も、f《フ》／umé《ユメ》／e と分切されていて、これまた日本語で表記すると「け／ふ／り」となるかもしれない。この場合も、切り離された L'encens の最後の s と fumée の最後の e は発音されない無音の文字である。

この点に関し、『雉橋集』、または『百扇帖』の「序文」として書かれたと推測されるメモが残されていて、そこに興味深い記述がある。

詩句の行や単語の配置に関しては、空白を入れたり、白紙部に無音の子音字やピリオドや綴り字記号を切り離して置いたりした。それは、詩想や表現、意味や音声、夢想や記憶、書体や思想がたがいに協力し合い、そして、ひとつひとつの単語が、つまりそれぞれの単語が秘める根源的な部分が知的に振動し合い、それらが忍耐強い読者に感知されるようにするためであった。(63)

ここでは「無音の子音字」といっているが、すでに見てきたように、無音の e といった無音の母音字も分切の対象にされ、綴り字記号、句読点までもが分切されているのである。

こうした極端な分切は、短詩という語数の少ない形式ゆえに、限られた数の単語の意味を十全に発現させる必要があり、それゆえに試みられた手法だと考えられる。綴り字が分切されることにより、「それぞれの単語が秘める根源的な部分」、つまり単語を構成する文字や文字群、それらの有音性や無音性、さらに綴り字記号や句読点の持つ意味までもが表出し、つまり「出血」することになり、その結果、「出血」した諸要素がたがいに「知的に振動し合い」、それら諸要素によって構成される詩の意味がより鮮明に表出されることになるからである。

たしかにその通りかもしれない。最終行の fumée は f / umé / e と分切され、この短詩の主題となっている香をみごとに形象化することに成功している。fumée が提示する「けふり」は「け／ふ／り」となって立ちのぼり、空中に漂い、ゆっくりと姿を消していく香を思わせる。とくに『雉橋集』では、最後のピリオドまでも切り離し、香がほのかに漂い、やがて静かに消えてゆくさまが目に浮かぶようにしている。こうした視覚的な面からも、この種の分切は「意味の出血」に寄与しているということができる。

漢字への関心

おそらくこうした極端な分切の背後には、クローデルの漢字への関心があったのではないかと思われる。

三〇年ほど前、上海の領事館に勤務していた一八九五（明治二八）年に、彼はイエズス会の宣教師で中国研究家であるレオン・ヴィージェに出会っている。当時、ヴィージェの漢字に関する著作はまだ出版されていなかったが、クローデルの漢字に関する知識は、この宣教師や、中国に滞在している他の宣教師たちとの交際や手紙のやりとりを通して得られたものだといわれている。

他方、彼はコロンベ神父から紹介されたジョゼフ＝アンリ・ド・プレマール神父の『キリスト教の主要教義の痕跡』を、一八九五年から翌年にかけて読んでいる。この書物には、漢字の説明が見られるので、そこからもある程度の知識を得ていたと思われる。

その証拠に、一八九六（明治二九）年に書かれた戯曲『七日目の休日』の第三幕には、十字架の形を漢字の「十」になぞらえている台詞がある。(64)

また、同じ年に書かれ、後に『東方所観』に収録された散文詩『表徴の宗教』には、漢字に関する一種の分析が見られる。

> 西洋の単語は文字の連続からなり、漢字は画の配置からなる。漢字を見て、横線は、たとえば種類を、縦線は個を、多様に引かれる斜線は全体に意味と方向を与える特性とエネルギーの総体を、余白に置かれた点はほのめかすこと以外に伝えようのない、ある関係を表しているといえまいか。それゆえ、命あるものと同じようにおのれ自身の本性と様態を、固有の活動と秘めた徳を、独自の構造と外観を、そうしたものを持つ図形化されたひとつの存在を、書記化された一人の人物を漢字に見ることができる。(65)〔強調は原文〕

クローデルは、漢字を画に分解し、画それぞれに固有の意味を見いだしているのだ。したがって、漢字は固有の意味を持つ複数の画からなるひとつの総体ということになり、それゆえに漢字は、独自の個性を持つ「ひとつの存在」、「一人の人物」だというのである。

これをフランス語の単語に置き換えてみると、漢字一文字を構成する画は、単語一語を構成するアルファベットの文字に相当し、画が固有の意味を持つように、それぞれのアルファベットの文字も固有の意味を持つことになる。しかも、こうした文字からできている単語は、漢字同様に、個性を持つ「ひとつの存在」、「一人の人物」ということになる。

しかし、その後、この見方は姿を消し、それが改めて現れるのは、三〇年ほど後に日本で短詩を墨書する時である。

きっかけは、一九二三（大正一二）年に再版されたレオン・ヴィージェの『漢字』であったと思われる。この書物には、漢字の部首とそれを構成する画の説明がある。たとえば、この書物の「第三課」は、「王」という漢字の説明にあてられていて、「王」が皇帝を意味するのは、横に引かれた三本の画が天上、人間、大地を表し、縦に引かれた一本の画がそれらを結んでいるからだ、という説明がある。

その三年後の一九二六（大正一五）年六月のクローデルの『日記』には、まさにこの「王」という漢字が書かれ、そこには、「王」を構成する横の三本の画と縦の一本の画について、ヴィージェとまったく同じ説明のメモが記されているのである。

漢字の画とフランス語の単語の文字との関係が具体的に結びつくのは、この時点であったと思われる。というのは、その三カ月後の一〇月三日には彼は『四風帖』のために短詩を墨書していて、すでに綴り字を分切しているからである。しかも、その二〇日後の一〇月二三日には、『西洋の表意文字』と題する講演を日仏会館で行い、その冒頭で、フランス語の単語を構成するアルファベットの文字や綴り字記号、さらに符号や句読点までも漢字を構成する画に結びつけ、つぎのようにいっているのだ。

私たち西洋の書記にも、漢字と同様にそれが意味するものを見つける方法がないだろうか、と思うようになりました。そのとたん、つぎのような単語が頭に浮かんだのです。(66)

こうして、クローデルは六十余りのフランス語の単語を挙げ、それぞれの単語を構成するアルファベットの文字や綴り字記号、さらに符号や句読点までをもひとつひとつ取りあげ、それらが表す意味を説いている。たとえば、パンを意味するPain《ペン》という単語のpは、パン焼き釜にパンを入れるへら、aは丸いパン、iはパン焼き釜の火、nはパン焼き釜の丸みをおびた上部といったぐあいである。

こうした解釈は、恣意的といえばそれまでだが、確実に漢字の画から着想を得たものといえる。『四風帖』、『雉橋集』、『百扇帖』に見られる綴り字の分切や綴り字記号や句読点の切り離しの根底には、単語を構成する文字や記号や句読点を漢字の画のように見たて、それぞれが持つ固有の意味を十全に発現させようとする意図があったと考えられる。

しかも、『百扇帖』になると、先に示したように、漢字そのものが短詩一句ごとに添えられるようになる。もしかしたら、ヴィクトール・セガレンの『碑』がクローデルの脳裏をかすめていたのかもしれない。『碑』は、中国の碑文に刻まれた漢字を詩の冒頭に添えて編まれた散文詩集で、一九一三（大正二）年に出版され、クローデルに献呈されていたからである。

『百扇帖』に見られる漢字は、「説明に堕しないような装飾的な漢字二字」を選定するように山内義雄に依頼したものだが、その言葉を補うかのようにクローデルは、つぎのようなメモを残している。

ほとんどの詩は見開き二頁にわたって書かれている。最初の頁は、おおむね詩の題名である（フランス語と日本語〔漢字〕による）。つまり、詩を要約する基本語、または、単なる読者への誘い、無音に近い印である。(67)

そういえば、『百扇帖』では、先に引用した香をうたった短詩のように、「最初の頁」にあたる左側に、短詩の初句部分が書かれている。そして、漢字はその初句部分のさらに左側に墨書されているのである（図15・17、七六、八二頁）。彼は、そうした漢字が「墨書された星座(68)」となり、「図形化されたひとつの存在、書記化された一人の人物」として、短詩全体に寄り添うことを期待していたのだ。

とはいえ、墨書された漢字は日本人でも読みづらく、まして、漢字を知らない外国人には、なおさらのことであろう。たとえ読めたとしても、かならずしも漢字と短詩との関係が明確になるわけではない。

しかし、漢字は、まるで命あるもののごとくさりげなく短詩に寄り添い、短詩を引き立て、短詩が発散する意味や香を周囲に漂わせる静的な存在となっている。そうした漢字にたいし、短詩に見られる極端な改行や綴り字の分切、それによって生ずる多くの余白や空白、それらを利用して縦横に広がりを見せる詩句は躍動的であり、詩魂を余すところなく伝える動的な存在となっている。こうした暗示と明示、静と動との交叉、それらが生みだす絶妙な効果、それをクローデルは『百扇帖』で期待していたにちがいない。

老子の空虚から

正当な切り方に従わない綴り字の分切は、その一方で異常な改行を招き、結果として紙面に空白を広げることになる。それも、クローデルの意図するところであった。

短詩の下書きが書かれる一年あまり前の一九二五（大正一四）年五月、一時帰国していた彼はフィレンツェで講演をしている。そのなかに、極東での長い滞在のおかげで気づいたとして、詩における空白について語っている個所がある。

基本的に頁は、印刷された箇所、つまり行が並んでいる箇所と、空白、つまり欄外の余白とのある関係からなりたっています。この関係は、純粋に物理的ではありません。空白は思考が活動し、音や言葉となって現れる時に、生気がなかったり、形ができていなかったりしたためにできたものではありません。空白は、周囲に残さざるをえない、まだいい尽くされていない部分のイメージなのです。それは、印刷された箇所を取りまく沈黙であり、磁場のようなもので、そこから発せられた声は、ふたたびこの沈黙に浸っていきます。言葉と沈黙、文字と空白のこの関係は詩独特の表現法なのです。〔…〕空白は、詩が存在するため、詩が生命を持つため、詩が呼吸をするための条件そのものなのです。(69)〔強調は原文〕

詩における空白や余白の重視は、クローデルが師としていたマラルメにも見られる。フィレンツェでの講演から三三年も前になるが、クローデルが外交官試験に合格し、外務省に勤務していた一八九二（明治二五）年の一〇月に、マラルメはシャルル・モリスにつぎのように書き送っているのだ。

詩の知的な構造部は姿を隠し、詩節間の空隙と紙面の空白に潜み、そこに存在する——場を占める。意味深い沈黙、それをつくることは、詩句を編みだすのと同様にすばらしい。(70)

空白に関するマラルメのこの考えは、クローデルの考えに通じる。しかも、マラルメは、その後、常識では考えられない改行を繰り返し、多くの空白を持たせた詩『骰子の一擲』を一八九七（明治三〇）年に発表している。こうした事情を考慮すると、当時クローデルは中国にいたとはいえ、彼に落ちた空白に関するマラルメの影響を否定することはできない。

しかし、クローデルに直接影響を与えたのは、むしろ老子だと考えられる。彼は、マラルメが『骰子の一擲』を出版する一年前の一八九六（明治二九）年に、『老子』の空虚を説く第一一章をジェームス・レッグの英訳から仏訳しているのである。(71) 該当する原文は次の通りである。

三十輻共一轂。當其無有車之用。挻埴以爲器。當其無有器之用。鑿戸牖以爲室。當其無有室之用。故有之以爲利、無之以爲用。（車においては、三十本の輻《や》が、一つの轂《こしき》を中心にして集まっておる。従って表面的に見れば、輻や轂が車をやるのに大切なもののようにも考えられるが、実際に最も大切なのは、轂の中の、軸を通す空虚な孔の部分である。この空虚な部分があればこそ、初めて車が廻転する用をなすのである。それと同様に、陶器を作る場合は、粘土を打ちこねて茶碗なり徳利などの器を作るのであるが、その作られた茶碗なり徳利などの器の内部に、何もない空虚な無の部分があればこそ、その器がそれぞれの役立ちをするのである。又建物について考えて見ても、入り口の戸や出窓など様々な設備をして室を作るのであるが、その室が室として役立ちをするのは、中に何もない空な部分があるからである。このように考えて来ると、有というものが人生に利沢をなすのは、それに先だって無というものがその働きをなすためである(72)。

しかも、彼は仏訳するだけですませていない。この年に書いた戯曲『七日目の休日』で、『老子』のこの部分を直接引用して、主人公にいわせているのだ。

器も、ふいごも、空虚な部分によって存在している、琴も同じだ。同様に、車軸をあつめ車輪を回す輻《や》も空《くう》である。そのように、万物は空なる在り方によって成りたっている(73)。

さらに『老子』からの引用は、その二年後の一八九八（明治三一）年に書かれ、後に『東方所観』に収められる散文詩『運河での小休止』にも見られる。

中国では、建設的な空無がいたるところに見られ、それを大切にしている。『老子』には、「車輪に有用性を付与し、琴に階調を与える空虚を崇めよう」と書かれてある(74)。

『老子』に端を発したこうした空無への関心は、一八九八（明治三一）年の日本旅行で明確な対象を持つようになる。すでに引用したように、彼は散文詩『そこここに』で、日本人は「本質的で意味深い点だけを表現する。画紙に、気づかれぬような印をここそこにわずかにつけるだけである」と書き、絵画に見られる「空白」に注目しているのである。

クローデルが『老子』を通して空無の有用性を知ったのは、中国においてであった。しかし、その具体例を見いだしたのは、日本である。その後、この関心は、駐日大使時代の日本滞在を通して深まり、フィレンツェの講演に見られるように、詩における空白や余白に発展していったのである。

このフィレンツェでの講演の一年ほど前の一九二四（大正一三）年一月、クローデルは『日記』に、つぎのように書いている。

> 無は否定的な意味だけで解釈できない。無は積極的で、建設的な価値を持ちうる。大砲の内口のようなものだ。[75]〔強調は原文〕

ここでは、「無」が、つまり老子の説く「空虚」が大砲の内口に比較されている。大砲の内口を意味するフランス語は魂を意味するâme《アーム》なので、すでのこの時点で、「無」を「魂」として、ものの中心的・本質的な存在と見ていたことがわかる。

フィレンツェでの講演の二カ月後、クローデルはマドリードで講演をし、ここでも空白について触れている。

> 日本人は、詩や美術に関して、私たちとたいへん異なった考えを持っています。私たちの考えでは、すべてをいい、すべてを表現することが大切です。〔…〕日本ではその反対で、文字であれ絵であれ、それらがかかれている頁でもっとも大切な部分は、つねに空白のままにしておくのです。[76]

『老子』に端を発した「空虚」への関心は、一八九八（明治三一）年の日本旅行の時に発見した日本絵画における「空白」を契機に、二十余年後の日本滞在を通して詩作をも包括するまでになっていったのである。

短詩はマドリードでの講演の翌年、一九二六（大正一五）年に書かれている。そこに見られる異常な綴り字の分切とそれによる極端な改行は、こうした経緯をへて完成した手法だといえる。というのも、分切による改行は必然的に「空白」を生み、それによる意味の十全な表出を、さらなる「意味の出血」を実現させることになるからである。

墨書

「意味の出血」のために使われた手法は、これまで見てきた分切や改行、それによって生ずる空白や余白、さらに『百扇帖』に見られる漢字の併置だけではない。墨書もまた、「意味の出血」に寄与する手法として利用されたのである。この点、クローデルはつぎのようなメモを残している。

どの詩もきわめて短い。たったの一文でしかない〔…〕。こうした詩では、書体が大きな働きをする。フランス語でも中国語でも、書かれた文字の形は、詩想の表現と無関係ではない。詩人みずから墨書し、それを東京のもっとも腕の良い木版彫師の一人が刻んでできあがった書には、幾千という密かな想いが隠されている。(77)

墨書は、彼にとって意識的な行為だったのである。たしかに洋ペンよりも筆のほうが、柔軟に文字を書くことができ、それによって、密かな想いも的確に形象化することができる。墨と筆を使ったのは、短詩であるがゆえに限られた字数では表現しきれない、「幾千もの密かな想い」を表出するためであったのだ。

しかし、墨書は日本で知った手法ではない。筆と墨は、中国に滞在していた頃から彼の関心をひいていた用具であった。『百扇帖』は、日本で出版されてから、一五年ほどたった一九四二（昭和一七）年に、洋風の綴じ本としてはじめてフランスで出版されるが、その時の「序文」には次の文が見られる。


中国と日本でしばらく生活した詩人は、想いを表現できる彼の地の用具を、私もという気持ちで眺めずにはいられなかった。その用具とは、内面の夜陰と同じほど黒い墨である。硯にわずかな水を落とし、それを擦る。すると、魔法の水が凹んだ部分に集まる。想念を描きだそうとする者よ！　軽やかな空気にも似た筆をその水に浸すだけでよい。筆は、指先を通して心の底に詩を噴出させてくれる。(78)


クローデルにとって、墨水は「魔法の水」であった。この「魔法の水」に浸した筆を用いたのは、心の底に「詩」を「噴出させ」、紙上に「想念」を「描きだす」ためであった。こうして、墨書により「単語は、ゆっくりと眼下に描きだされていき、凝りかためられていたさまざまな有効な構成要素の意味全体を発現していく」(79)ことになるのである。

それにしても、筆や墨は中国時代からクローデルの身近にあった用具である。であるならば、中国時代にそれを使って詩を書いてもよさそうなものである。しかし、彼はそうはしなかった。

墨と筆をはじめて使うのは、日本であり、それも短詩を書く時であった。墨書は、短詩という限られた字句の背後にある意味を、詩人の想いを、文字の形象化を通して表現するのにもっとも適した手段だったのである。「私は美しい白い紙に筆でいくつかの文字を書きました。黒い文字は意味を生みだしてくれます。すると、空気のような翼がかの世界からの息吹で、その意味に生命を吹き込んでくれるのです」(80)、そうクローデルはいっている。そういえば、短詩のみではなく、『百扇帖』に添えられた漢字二文字も、彼の依頼による墨書であった。

振り返れば、空白や余白といい、漢字の画といい、墨と筆といい、これらすべては中国滞在中に芽生えた関心事である。それが日本で使われ、みごとに開花しているのだ。となれば、そのための土壌が日本にあったからと考えざるをえない。おそらくそれは、日本の俳句であり、短歌であり、そして、それを記す墨と筆の文化であり、日本という風土であり、その風物であり、それらを描いた絵画であったにちがいない。

常識的な詩の域を超えたこうした短詩を「画詩」や「総合芸術」と呼ぶ研究者がいる。[81] 絵や文字を加え、あらゆる手法を用いて書かれた短詩を思うと、いずれも納得のいく命名であるといえる。

仮名序の精神

後にクローデルは、『百扇帖』に関し、「ハイカイの礼儀正しい群に厚かましくも加えてみたかった[82]」と、告白めいた言葉をはいている。ハイカイの仲間入りが目的で短詩を書いたのなら、当然お手本はハイカイだったはずである。だが、既述したように、一九二〇（大正九）年代前後にフランスで試みられていたハイカイとクローデルとの関係を示す資料は、今のところまったく見つかっていない。したがって、すくなくとも当時のハイカイをお手本に短詩をつくったとは考えにくい。

むしろ彼にとってのお手本は、日本の伝統的な詩歌に見られる詩魂であったと思われる。ハイカイの母胎が、和歌と呼ばれる短歌であることをルヴォンの『日本文学案内』を通して知っていたからと考えられる。

クローデルは、『百扇帖』を書きあげる四年ほど前の一九二三（大正一二）年二月に、『聖女ジュヌヴィエーヴ』の出版記念祝賀会でスピーチをしている。そのなかで、彼は、ルヴォンが『日本文学案内』で紹介していた『古今和歌集』の「仮名序」の冒頭部分、つまり「やまと歌《うた》は、人《ひと》の心《こころ》を種《たね》として、万《よろず》の言《こと》の葉《は》とぞ成《な》りける」を日本詩歌の基本的な精神として引用しているのである。[83]

だが、この文言の引用は、これがはじめてではない。その前年の九月に書かれた舞踊劇『女と影』でも、同じ文言を登場人物の一人にいわせている。その後も、一九二五（大正一四）年のマドリードでの講演でも、日本詩歌の神髄を示すものとして、この文言を引用をしているのである[84]。

このことから、クローデルは短詩を書く以前から、「人の心を種として」よまれる日本の伝統的な詩歌に注目していたことがわかる。彼が関心を持ったのは、詩句の形式や書記法にこだわるハイカイではなかった。「人の心を種として」、心にひびくものをうたう詩歌だったのである。

日本の文化や芸術についてもいえることですが、私の理解するかぎり古き日本の詩歌は、人の魂に交差するこだまを言葉の構造物の中に閉じ込めるというよりも、むしろ天地創造の永劫の様相を描きだし、ほとんど気づかれない手法で、その恒久なる意図を示唆することを目指しています[85]。

そう彼は、先の『聖女ジュヌヴィエーヴ』の出版記念祝賀会でいっている。「古き日本の詩歌」が描きだす「永劫の様相」も、示唆する「恒久なる意図」も、人の目に映るものではない。それは人の心にひびくものであり、繊細な感覚によって感知されるものである。

思えば、前年の八月に、彼は日光で「隠れた意味」について話していた。日本の詩歌が描きだす「永劫の様相」や「恒久なる意図」も、まさにこの「隠れた意味」に相当する。いずれも被造物の内奥に潜む本質であり、生命であり、神髄であり、創造主の始源の息吹だからである。それゆえ、それらは顕在することのない「隠れた」存在であり、目には映らず、心にひびく存在なのである。彼にとってそれは、被造物に宿る神の痕跡であり、似姿でもあったであろう。

そうした存在を、秘められた「隠れた意味」を感知するのが詩人の繊細な心である。詩人は、はかなく消え去る一片のかけらをも感知することができる。しかも、その一片のかけらを通して「隠れた意味」を、創造時の神の息吹を、瞬時と永遠を認識することができる。いや、それだけではない。詩人は、その一片のかけらを、その瞬時を描くことにより、可視の奥に潜む不可視を、深奥に息づく「永劫の様相」を描きだし「恒久なる意図」を示唆することができるのである。クローデルは、先のスピーチに続けていっている。

> 自然の片隅をあますところなくいっきに照らし、その隠れた意図を感知させ、散在しているさまざまな要素を結びつけるには、一房のあやめ、黄色く色づいた一枝の木の葉、水車小屋の水車、藁葺き小屋の屋根、すり潰された碑文で十分であった。(86)

これが彼の理解した日本の詩歌の詩魂であり、神髄であった。まさに「「もののあわれ」の詩学」(87)といってもいい。「もののあわれ」が日本人の精神に深く根づいていることを彼は知っていたのだ。彼はそうした精神に基づく詩歌に心を動かされ、自作の短詩に採り入れようとしたのである。

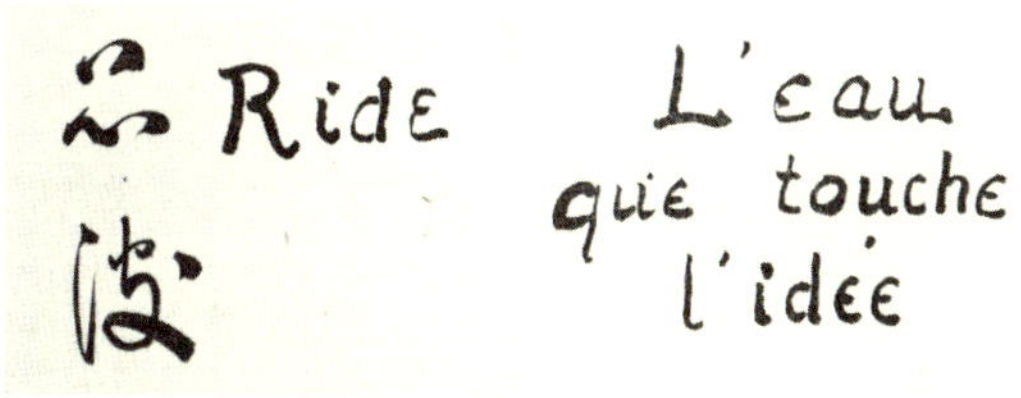

思 Ride L'eau
que touche
波 l'idée

図 18

つかの間のもの

じっさい、クローデルの短詩には、わずかな一片をうたい、その一片を通してそこに広がる永劫の世界を映しだしている作品が多い。

> なにもない水面への一触れ、それが同心円状に無数の輪を広げていく。(88)

そう彼は、マドリードでの講演でいっている。だが、それだけではない。「思波」の二文字をともない、『百扇帖』に収録されている短詩を、その後

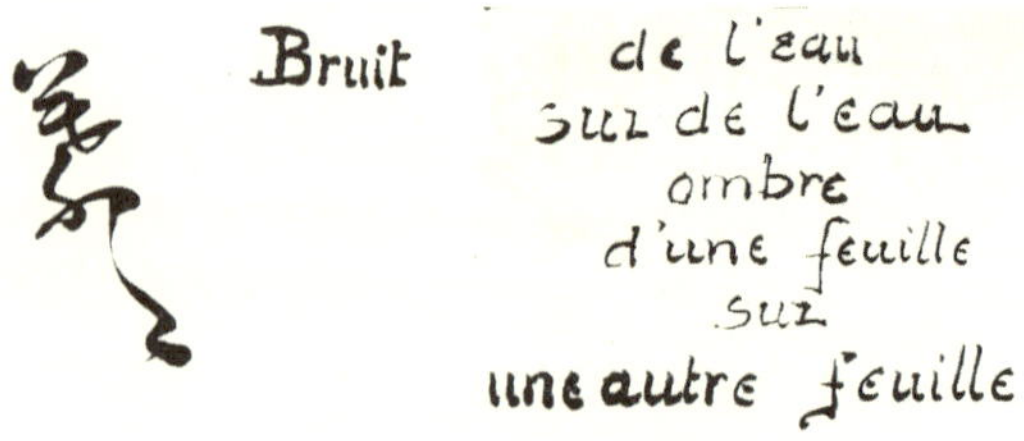
Bruit
de l'eau
sur de l'eau
ombre
d'une feuille
sur
une autre feuille

葉　々

Bruit　de l'eau
sur de l'eau
ombre
d'une feuille
sur
unr autre fueille

図 19

彼は書いているのだ（図18）。

水の上《へ》に　ひとつの思ひ触れて
水の皺(89)

まるでマドリードでの講演の一言をそのまま短詩にしたような内容である。そこでは、「ひとつの思ひ」に触れて一瞬水面にできた波紋がゆっくりと広がっていく様子に想いをはせ、「ひとつの思ひ」の無限の広がりをみごとに描きだしている。

また、「葉々」の二文字を添えた短詩もそうである（図19）。

水の上《へ》に水のひびき　葉のうへにさらに葉のかげ(90)

ここでは、密やかな水の流れと木の葉のわずかな動きを捉え、静寂無限のなかで鼓動する永劫の様相を映しだしている。

だが、こうした作風は、この時期に始まったものではない。すでに一九二二（大正一一）年に書かれた『内壕十二景』にも見られるのだ。先に引用したその一〇番目の詩では、枝や水に映る影の一瞬のわずかな動きがうたわれ、それを通して神の息吹とそれに応える被造物の呼応が示唆されている。この詩が書かれたのが日光での講演の一カ月ほど前であることを思うと、この頃からクローデルは、日本の詩歌の作風を心がけるようになっていたのではないかと推測される。

また、先に引用した「香《こう》こそはわが詩のすがた　半ばは灰　半ばはけふり」も、彼が理解した日本詩歌の作風をよく表している。焚かれた香は、煙とともにゆっくりと空中に漂い、やがて静かに消えてゆく。その様子が、分切と改行によって形象化され、「香」や「けふり」といったはかないが姿を消しても永遠に心に残る存在が、みごとに表現されている。

短詩のなかには、ユーモラスなものもある。おそらくルヴォンがハイクやハイカイを、当初は「滑稽な句」または「滑稽な詩」と解釈していたと解説をしていることが頭にあったのかもしれない。[91]「猫魚」の二文字が添えられた短詩はその一例である（図20）。

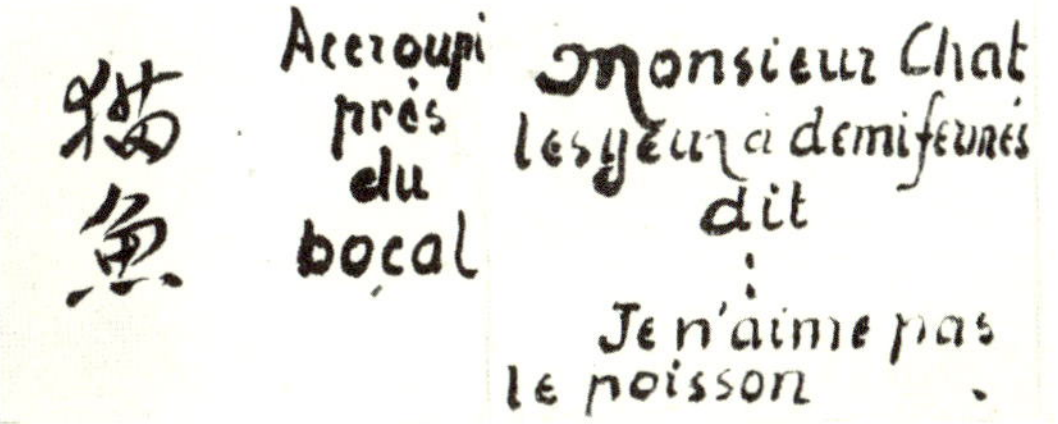

猫　魚

Accroupi
près
du
bocal

Monsieur Chat
les yeux à demi fermés
dit
:
Je n'aime pas
le poisson .

図 20

鉢のそばにうづくまった猫どの
薄目をあけて曰《のたま》はく「わたしは魚がきらひです[92]」。

たしかに、この句は、鉢のそばにうずくまって金魚をねらっている猫のおかしな仕種を描いている。しかし、猫が人の気配を感じ、手をだすのを止めて、「魚はきらひ」というかのように薄目をあけたその一瞬を捉え、ふてぶてしい態度に自尊心の強い猫の本性をみごとに描きだしている逸品である。

このように、短詩の中枢をなすのは、一瞬の仕種、はかない、つかの間の動き、消え去るほのかな気配といった、わずか一片のかけらであり、「詩句となる生命の一瞬[93]」である。この「一瞬」は、綴り字の分切とそれによる改行をともなって墨書され、その結果形象化され、水面に広がる波紋のように紙面を満たし、静かに「永劫の様相」を描きだし、「恒久なる意図」を示唆していくことになる。

もちろん、そこに見られるのは、詩人としてのクローデルの注意深い眼であり、繊細な心である。しかし、それとともに、彼に寄与した日本の絵画や詩歌や自然の存在も忘れてはなるまい。だが、なによりもその根底には、神の似姿や痕跡を被造物に見る聖トマス的観点があったことも認めねばなるまい。

よろしく金粉を

クローデルにとって日本は、一瞬の動きに宿る生命を、一瞬開示される「隠れた意味」を、瞬時に、しかも的確に捉えることを教え、それを表現する書記法を編ませてくれた国であった。『四風帖』、『雉橋集』、『百扇帖』は、そうした試みの産物であり、完成でもあった。その根底には、カトリック教徒として聖トマスから学んだ万物に潜む神の似姿や痕跡の概念があったことも否定できない。

だが、その後、クローデルは二度とこの種の書記法を利用することも、この種の作品を書くこともしなかった。たしかに彼は、一九四二（昭和一七）年にフランスで『百扇帖』をだしている。しかし、その中身は、日本で出版した『百扇帖』に序文をつけただけの再版にすぎない。また、その三年後には『どどいつ』と題する日本詩歌集を世に送っている。これは、その一〇年前に出版されたジョルジュ・ボノーの『日本詩歌案内』から仏訳された日本俗謡を選択し、自分なりに書きかえたものである。そこに使われているのはごく普通の書記法で、短詩に見られた極端な分切もなく、常識的な分切すら行われていない。

日本を去って以来、クローデルはふたたび短詩に手を染めることはなかったのだ。東洋の地を踏むこともなく、まったく異質な環境に身を置くことになったからかもしれない。恐らく、いや確実に、日本にいたからこそ詩想が湧き、短詩を書くことができたのであろう。『百扇帖』にまとめられた一七二句の短詩は、その内容と形態において、まさに日本との「共同出生」による果実であり、貴重な記念碑的存在であるといっても過言ではない。

別

Si l’on veut
me séparer du Japon
que ce soit
avec une poussière
d’
or

離

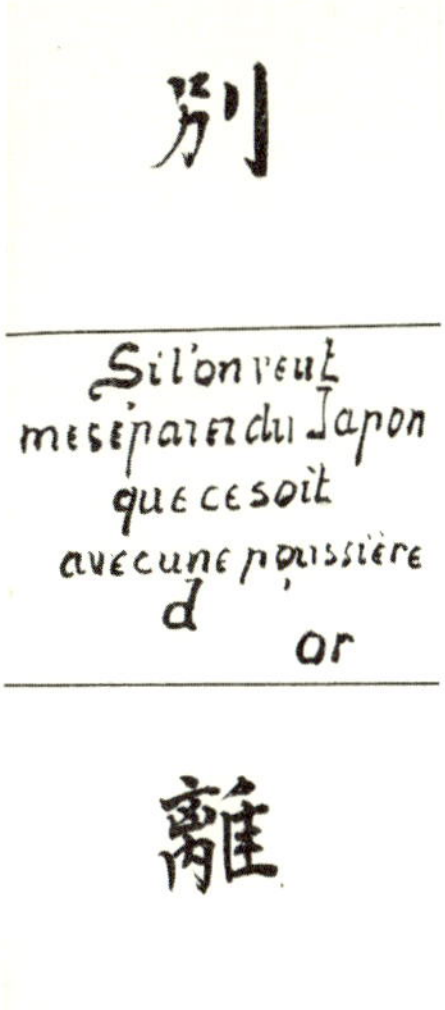

図21

『百扇帖』は「別離」の二文字をともなったつぎの短詩で終わっている（図21）。

われを日本より別たんとせば　よろしく撒くに金粉をもってせよ[94]

日本は、クローデルにとって特別な国であったにちがいない。中国で知ったことを開花させたのも、それを『百扇帖』の短詩に結実させたのも、すべて日本であった。日本は、まさに「金粉」にあたいするほどの国だったのである。

彼は日本を去るにあたり、日本という「金粉」を撒かれ、その「金粉」とともに、日本という「金粉」を身にまとい、彼を待つ別の世界に旅立って行こうとしたにちがいない。「別離」の文字に彩られたこの短詩は、そうしたクローデルの想いをもっともよく表していると思われる。

第III章　劇作家

劇作術の変化

クローデルは詩人でもあったが、劇作家でもあった。文壇に出たのも、既述したように、一八九〇（明治二三）年に匿名で出版した戯曲『黄金の頭』（第一稿）によってである。以後、彼は来日する一九二一（大正一〇）年一一月までに、一四本の劇作品を書いている。在日中は、畢生の大作といわれる戯曲『繻子の靴』を完成しているが、その一方で、舞踊劇『女と影』や『埴輪の国』といった小品も残している。離日したのが一九二七（昭和二）年二月であるが、その後も、聖書注解に精力を注ぐかたわら、小品をふくめ一〇本もの劇作品を書きあげている。

これら長年にわたる彼の劇作品を初期作品から見直してみると、日本滞在を境に大きな変化が生じていることがわかる。来日前に書かれた作品と離日後に書かれた作品とでは、筋の運び方が違うのである。ひと言でいえば、来日前の作品では、筋が通時的に進行しているのにたいし、離日後の作品では、いったん時間を遡行したうえで展開していくといった構成になっている。

処女作『黄金の頭』を例にとってみると、主人公は第一幕で啓示を受け、第二幕で皇帝を倒して世界征服に向かい、第三幕で東西の境であるコーカサスで重傷を負って死んでいる。つまり、時間の流れにそって筋が展開しているのである。

その後に書かれた作品も同様で、筋の展開は通時的である。たとえば、一九一六（大正五）年に書きあげられ、来日する一年前の一九二〇（大正九）年に出版された『辱められた神父』では、第一幕と第二幕が一八六九年に、第三幕が一八七〇年に、第四幕が一八七一年に時代が設定され、時間は通時的に流れている。(1)

この作品の舞台となっている一九世紀後半は、イタリアが統一戦争の最終段階を迎えていた時期にあたる。表題の『辱められた神父』は教皇領を失い、ヴァチカンに逃れ、「ヴァチカンの囚人」と呼ばれたピウス九世を指している。

物語は、ローマ駐在フランス大使の娘で盲目のパンセと、教皇の甥とされるオリアンとの愛の芽生えから始まる。だが、オリアンは第二幕で、教皇から聖職者としての道を歩むようにいわれる。第三幕になると、彼はパンセに別れを告げ、危機にさらされているローマを救うために戦場に向かう。しかし、第四幕で彼の戦死が告げられ、彼の心臓が彼の子を宿しているパンセのもとに届けられる。

このように物語は、時間の流れにそって展開している。付言すれば、『辱められた神父』は、三部作の最終編にあたり、当然といえば当然だが、三部作全体の時間構成も通時的になっている。一九一〇（明治四三）年に書きあげられた第一部の『人質』は、一八一二年から一四年を舞台にし、パンセの祖父にあたるトゥッサンが登場する。一九一五（大正四）年に書きあげられた第二部の『堅いパン』はその三〇年後の話で、トゥッサンの息子のルイが登場している。そして、最終部となる『辱められた神父』は、さらにその三〇年ほど後の話になり、ルイがローマ駐在の大使となり、彼の娘のパンセが登場するといったぐあいである。

このように来日以前の作品では、どの作品も筋の展開は通時的である。しかし、それにたいし、離日後の作品では、筋の展開がいったん時間を遡行してから始まっている。つまり、まず主人公の死、または主人公の死の直前から、物語は始まるのである。そして時間をさかのぼり、主人公の生前の出来事があらためて通時的に舞台に展開されていくことになる。

たとえば、離日した年の一九二七（昭和二）年に書かれた『クリストファ・コロンブスの書物』では、後述するように、まず死ぬ寸前のクリストファ・コロンブスが登場し、合唱隊の勧めと支えによって、これまでの人生を、つまりこれまでの自分の過去を舞台に展開していく。このようにおのれの過去を呼び寄せ、それを舞台に展開して見せるということは、換言すれば、過去の再展開にほかならない。

それゆえ、来日前の劇作品と離日後の劇作品とを区別する最大の要因は、過去の再展開の有無ということになる。来日前の作品は、通時的な展開であるゆえ、そこには過去の再展開は見られない、それにたいし、離日後の作品は主人公の死から始まり、主人公の過去が展開されるため、必然的に物語は過去の再展開によって織りあげられていくことになる。これが、来日を境に劇作品に現れた大きな変化なのである。

過去展望の三要素

そこで問題となるのは、過去の再展開である。

クローデルが書き残したもののなかで、はじめて過去の再展開に関係するメモがでてくるのは、一九一九（大正八）年一二月初旬の『日記』である。そこには、アンリ・ベルクソンの『精神エネルギー』から引用した一文が記されている。

（死ぬ時に）過去が展望できるのは、すぐ死ぬことを確信したためであり、突然人生への執着がなくなるためである。(2)〔強調は原文〕

文章の冒頭に見られる「死ぬ時に」の文言は、ベルクソンの原文にはなく、クローデルがかっこ付きで加筆したものである。ベルクソンが「すぐ死ぬ」と書いているにもかかわらず、クローデルは念を押すように「死ぬ時に」と書き加えているのだ。「死ぬ時」も「すぐ死ぬ」時も、死ぬ直前を指していて、生と死の境であることに変わりはない。それにもかかわらず、このような加筆をしたのは、生と死の境をことさら強調するためであったと考えられる。

生と死の境とは、あの世とこの世の境、つまり両界の境であり、あの世とこの世に開かれた場所である。それゆえ、まだこの世にいる人間も、つまり自然界の存在も、そこに身をおくことができる。その自然界の存在が過去を「展望」できるということは、過去もまたその場に身をおくことができ、かつての姿を展開して見せているからである、つまり再展開しているからにほかならない。

いうまでもなく、過去とは、すでに過ぎ去ってしまったもの、かつては自然界に存在していたが、今では存在しなくなってしまったものである。換言すれば、今では、超自然界の存在となってしまったものである。そうした超自然界の存在が、自然界の存在を前にして再出現しているのは、場所が両界の境だからである。

引用文で問題となっている「過去が展望ができる」ということを整理してみると、つぎの三つの要素が働いていることがわかる。その一つは過去を展望している自然界の存在である。もう一つはかつてのおのれを展開して見せている過去という超自然界の存在である。最後の一つはこの両者の出会いを可能にしている両界の境である。

この三要素だけに限ってみれば、それらはベルクソンの引用を契機にこの時点ではじめてでてきたものではない。はじめからクローデルの戯曲に見られる要素である。処女作とされている『黄金の頭』(第一稿)以前に、つまり一八八六—八七(明治一九—二〇)年ごろに書かれたとされる『眠れる女』という戯曲に、すでに問題の三要素が利用されている。

舞台は海辺近くの夜の森である。そこに、酔って月の光と戯れる牧神たちと、突然迷い込んできた詩人が登場する。詩人は「人間」であり、自然界の存在である。それにたいし、牧神たちは神話上の存在であり、超自然界の存在である。彼らが出会う場所は、月の光を浴びている夜の森という幻想的な場所で、両界の境といえる。そこでは詩人という自然界の存在、牧神という超自然界の存在、そして月の光を浴びている森という両界の境といった三要素が、みごとにそろっている。

その後、この三要素は、アメリカ勤務中の一八九四（明治二七）年に書かれた戯曲『交換』（第一稿）で、はっきりと定義されることになる。

舞台はアメリカの東海岸で、物語は、若いカップルと中年のカップルによってくり広げられる男女の争奪・交換戦である。だが、そうした筋とは別に、問題の三要素に関連する対話が中年のカップルの一人である女優のレッシー・エルベルノンと若いカップルの一人であるマルトとの間に見られる。

レッシー　みんな、見ているの、舞台の幕を、そして、幕が上がると、幕の後ろにあるものを。

するとよ、舞台で何かが起こるの、まるで本当に起こっているかのように。

マルト　でも、それ、本当じゃない！　寝ている時に見る夢みたいに。

レッシー　そうなの、だから夜なの、お客さんが小屋に来るのは。〔…〕客席は、服を着ている生きた肉体だけよ。(3)

レッシーとマルトとのこの対話は、「舞台」、「客席」、「幕」の関係を明確に定義している。「舞台」は夜に見る「夢」の世界であり、「客席」は「服を着ている生きた肉体」、つまり人間がいる現実の世界である。換言すれば、「夢」の世界である「舞台」は超自然界であり、「生きた肉体」が占める「客席」は自然界ということになる。この両者の境に位置し、両者を分けているのが「幕」である。それゆえ、「幕」が上がれば、超自然界と自然界との区別がなくなり、劇場は両界の境となる。ひとたび両界の境となれば、超自然界の存在も自然界の存在も出没可能となり、両者の出会いも可能になる。

だが、『交換』では、超自然界の存在と自然界の存在がそろって舞台に登場することまでは言及していない。

したがって、両者の出会いも起こっていない。舞台で展開するのは、単純に「寝ている時に見る夢」のような世界であり、非現実の世界である。とはいえ、この二人の対話が自然界の存在、超自然界の存在、両界の境といった三要素をはじめて明確に定義し、その関係を明らかにしている点では、きわめて重要な作品といわざるをえない。というのも、以後のクローデルの戯曲は、この三要素をたどるように発展していくからである。

招魂者の登場

アメリカ勤務を終えたクローデルは、一八九五（明治二八）年に上海に赴任し、その翌年の三月に福州に転任している。『七日目の休息』は、この年の八月に福州で書かれた戯曲である。

舞台を古代中国にとったこの作品は、死者跋扈に苦しむ民衆を救おうとして地獄に下った皇帝を主人公にしている。彼は、七日のうち一日は休息せよという教えを得て地上に戻ってくるが、手にしていた王笏は十字架に変わり、その顔はハンセン病に冒されていた。臣下をまえに地獄で得た教えを伝え、帝位を皇太子に譲ると、彼は静かに山の彼方の僧院に去って行くのであった。

ここで問題にしたいのは、この戯曲の第一幕の後半にあたる皇帝廟の場である。そこでは皇帝が、死者跋扈の防止策を求め、先祖の霊に祈っている。だが、先祖の霊は彼の祈りに答えてくれない。それどころか、徴ひとつ見せてくれない。皇帝は「生者の王ではあるが、死者の群れには力が及ばない」(4)のである。

そこで、招魂者が呼ばれることになる。招魂者はけたたましく呪具を鳴らし、呪文を唱え、先祖の霊を呼びだす。だが、姿を現した先祖の霊は、皇帝の求めに具体的に答えてくれない。死者たちのもとに下り、戻って来た者が解決策を手にするというだけである。そこで皇帝は、意を決し地獄に下っていくことになる。

ここで注目したいのは、この場の登場人物たちと彼らをとりまく環境である。それらすべてが、問題の三要素になっている。第一に皇帝という自然界の存在であり、第二に姿を現した先祖の霊という超自然界の存在であり、そして、第三にこの両者の出会いを可能にしている皇帝廟という両界の境である。しかもこの三要素は、きわめて明確な形で舞台にのせられ、それぞれがおのれの役割をきちんと果たしている。

そのうえ、ここでは両界の仲介者ともいうべき招魂者がこの三要素に加えられている。この付加はきわめて重要である。というのは、その結果、先祖の霊の出現が可能になっているからだ。換言すれば、この付加は、超自然界の存在を確実に出現させ、三要素を円滑に機能させるために必要な措置であったといえる。

この点で『七日目の休日』は、劇作術上、一つの転機となるきわめて重要な作品である。問題の三要素に招魂者を加えた四要素がはじめて劇中に組みこまれ、それが皇帝の地獄下りに始まる物語の展開にみごとに寄与しているからである。

そこで、問題となるのは、なぜこの時期にこの四要素がすべて劇中にくみこまれたのかである。それは、クローデルの中国体験によるものであったと考えられる。

彼の中国滞在は、はじめから死者と隣り合わせの生活であった。最初に赴任した上海の領事館は、中国人の墳墓がいたるところにある共同租界に建てられていた。領事館が創設された一八四八年には、四六軒の平屋にたいし、一〇〇基あまりの墓があったといわれる土地である。こうした状況は、租界地をでても変わることはなかった。上海の龍華寺を訪れた時の印象を綴った散文詩『寺塔』には、「田野は広大な墓地である。いたるところに棺がある」(5)と綴られている。

『七日目の休日』を書いた福州でも、状況はまったく変わっていない。副領事館のある南台の蒼前山は、三割強が墳墓で占められている土地であった。家屋はまばらで、目に入るものといえば、樹木と墳墓だけであった。「中国では、死は生と同じ場所を占めている。〔…〕私自身、墓場に住んでいる」(6)と、当時の散文詩『墓――ざわめき』には書かれている。『七日目の休日』では、招魂者が「山深き人住まぬ地の者」(7)と説明されているが、おそらくこの呼び名は、山野に住む怪しげな人を「山野村人」と中国では呼んでいたことを知り、そこから着想をえたものであろう。まさにそうした人物がでてきてもおかしくない土地だったのである。

こうした日常的な生活環境に加え、さらに決定的な影を作品に落としているのが中国演劇である。クローデルの中国演劇への関心は、最初の赴任地であったニューヨーク時代にさかのぼる。当時、中国オペラハウスと呼ばれていた小屋は、フランス領事館から二㎞と離れていないドイヤー通り五番地にあった。一八九三（明治二六）年四月二五日付のモーリス・ポトシェ宛の手紙によると、そこで彼が注目したのは、胡弓に合わせた中国の役者たちの「正確な所作」と「身体の柔軟さ」であった。(8)

彼の中国演劇への関心は、本場中国に赴任してからさらに強まっていったと考えられる。それを知る唯一の貴重な史料が、『東方所観』に収められている散文詩『演劇』である。『演劇』の原稿には、「福州一八九六年三月—四月」との日付がある。この日付は、『七日目の休日』を書き終える四カ月ほど前にあたり、『七日目の休日』に落とされた中国演劇の影を知るうえで、注目すべき日付である。他方、当時クローデルが使っていた『手帳』の同年三月二三日には、「広東劇」というメモが見られる。さらに、四月一六日と一七日にも「演劇」とのメモ書きがある。(9) このことから、すくなくとも彼は、このメモを残した日に福州の広東会館で芝居を観ていたのではないかと推測される。『演劇』はこうした観劇をもとに書かれたものと思われる。

広東会館は、フランス副領事館から一㎞ほどくだった、現在の六一南路五二番地に建っていた豪華な館であった。現在ではその面影をしのぶ痕跡はほとんどないが、庭には高さ二ｍ半、幅一〇ｍ、奥行き六ｍほどの戯台があり、その両側には酒楼と呼ばれる上客用の見物席を併設した娯楽施設があった。

散文詩『演劇』は、この広東会館の描写からはじまり、それに続いて、クローデルが観た中国演劇の印象が綴られている。残念なことにそれがどんな演目であったのか、現地に当時の資料がなく不明であるが、彼の中国演劇観を知るには十分な一文である。

そこでは、芝居が展開し、伝説がみずから語り、かつて存在したものの幻影が雷鳴の轟きとともに姿を現す。

ここには、眠りの世界を分け離す、あの帷にも似た幕がない。〔…〕祖国を嘆く皇帝、覚えのない非難を受け、怪物や蛮族に身をよせる姫君、兵は出動し、戦闘がはじまり、歳月と距離は身振り一つで消され、古老の前では議論がはじまり、神々は下り、悪鬼は壺からでてくる。(10)

ここでクローデルが注目したのは、登場人物と戯台である。登場人物は、「皇帝」、「姫君」、「古老」といった自然界の存在と、「怪物」、「神々」、「悪鬼」といった超自然界の存在である。その両界の存在たちが、堂々と同じ戯台に立ち、たがいに交流しているのだ。そこには、『交換』で語られていた、両界を分ける「帷にも似た幕」がない。「身振り一つで」「歳月と距離」がかき消されてしまっているのだ。それゆえ、戯台は非時間・非空間に位置することになり、まさに両界の境ということになる。

この中国演劇観は、そのまま『七日目の休日』の第一幕を構成する劇作術にあてはめることができる。そこでは、皇帝という自然界の存在と先祖の霊という超自然界の存在が、皇帝廟という両界の境にともに姿を現し、死者跋扈の防止策をめぐって交流しているからである。もちろん、こうした場面設定には、死者と隣り合わせの日々を送っていたクローデル自身の生活体験があったことも否定できない。

『七日目の休日』は、彼の中国体験をもとにこれまでの三要素にあらたに招魂者を加え、それらを採り入れた劇作術に基づいて書かれた最初の作品であるということができる。

観客の導入

一九〇七（明治四〇）年、クローデルは天津の領事館に勤務していた。彼はこの年の五月二五日に、信仰問題で悩むジャック・リヴィエールに手紙を書き、ミサだけは上手に説明できないといっている。しかし、その直後だと思われるが、ジョン・ヘンリ・ニューマンの『損失と利得』からミサに関する部分を仏訳し、リヴィエールに書き送っている。

ミサは祈願ではない。あえていえば、永遠なる方の呼びだしである。永遠なる方は、肉と血となって祭壇に現前される〔…〕。この驚くべき事実こそ、ミサ聖祭のすべての目的と解釈である。〔…〕誰もかれも、私たち一人ひとりが、おのれの場所から、このおおいなる降臨のほうに目をあげる。〔…〕私たちは神の司祭を支えると同時に彼に導かれながら、彼と共にこの到来にあずかるのである。(11)

ミサが行われている場所は、教会である。教会が超自然界の存在である神と、自然界の存在である信者との交流の場であるとすれば、それは当然、両界の境である。この両界の境で、《永遠なる方》を呼びだすのが司祭である。しかも、「永遠なる方」は、司祭に呼びだされ、「肉と血となって現前」する。となれば、司祭を招呼者、つまり招魂者と見ることができる。そこで、教会を両界の境、司祭を招魂者、「永遠なる方」を超自然界の存在、信者を自然界の存在とすれば、ミサを構成する要素は、『七日目の休日』に見られる四要素、つまり両界の境、超自然界の存在、自然界の存在、招魂者ということになる。

しかし、『七日目の休日』では自然界の存在である皇帝が超自然界の存在である先祖の霊と直接交流していたのにたいし、ミサでは、超自然界の存在である「永遠なる方」と直接交流をするのは、招魂者である司祭である。皇帝と同じ自然界の存在である信者ではない。ミサでは、信者はその交流にあずかるだけで、それに直接介入してはいないのだ。

もとよりミサは、最後の晩餐を再展開する儀式である。キリストは十字架につけられる前の晩に弟子たちにパンと葡萄酒を与え、これが私の体であり血であるといった。それゆえ、ミサで信者の前に展開するのは、《永遠なる方》と交流する司祭の動きであり、パンと葡萄酒を弟子たちに与えるキリストの姿である。信者は弟子としてそれにあずかり、キリストの代理を務める司祭からパンと葡萄酒を拝領しているということになる。この点、信者は、晩餐の再展開劇にあずかる観客であり、聖体を拝領するがゆえに再展開劇に加わる参加者でもある。となると、ミサは、先の四要素に観客という要素を加えた五要素から成りたっていることになる。

だが、ここでクローデルは、ミサを劇と呼んでいるわけではない。とはいえ、ミサを劇とする見方は、当初からクローデルにあったと思われる。ノートルダム寺院での啓示から回宗にいたる四年間を綴った『回心の記』には、つぎの記述が見られる。

私は毎日曜日をノートルダム大聖堂で過ごし、週日にもできるかぎり通った。〔…〕目の前には、想像を絶するほどの荘厳さで聖なる劇がくり広げられていた。〔…〕私は、こうしたミサの上演を見ることにあきることを知らなかったし、司祭のひとつひとつの動きは、私の記憶と心のなかに深く刻み込まれていった。(12)

聖堂内で展開され、クローデルが目にしたのは、ミサであった。ミサは儀式であり、典礼である。しかし、彼はそれを「聖なる劇」として眺め、ミサの施行を「上演」といっているのだ。ミサが最後の晩餐の再展開であるならば、回心前のクローデルがそれを、「聖なる劇」の「上演」として、つまり演劇として見ていたとしても不思議ではない。『回心の記』が書かれたのは、ミサに関する引用文をリヴィエールに送ってから六年もたった一九一三（大正二）年である。それを思うと、ミサを演劇とするこの見方は、回心後も続いていたといえよう。

先に指摘したミサに見られるこの五つの要素、つまり両界の境、超自然界の存在、自然界の存在、招魂者、そして観客という要素は、その後、ブラジルに二等全権公使として駐在していた一九一七（大正六）年五月ごろに書かれる戯曲『熊と月』に、劇作術として採用されることになる。

『熊と月』は、ドイツ軍に捕まったフランス人捕虜の見る夢の物語である。捕虜は病に倒れ、収容所内の感染病棟で深い眠りにおちている。そこへ月が現れ、彼が夢に見ている「生活を見せてあげる」(13)と声をかける。すると、舞台は、この言葉を機に人形劇の舞台に変わり、熊をはじめとする人形たちが登場して、飛行士と彼を慕う娘との物語が展開していくことになる。やがて空が白みかけると、捕虜は夢から覚め、舞台はもとの捕虜収容所の病棟に戻る。

この場合、人形劇に登場する人形たちは、超自然界の存在であり、彼らを現出させる月は、招魂者ということになる。それにたいし、フランス人捕虜は自然界の存在であり、また人形劇を見ているがゆえにミサの信者と同じく、観客でもある。人形劇が展開する舞台は、夢の世界だが、同時に両界の境でもある。だからこそ、そこには夢に登場する超自然界の存在である人形たちと、彼らを見ている自然界の存在であるフランス人捕虜が同時に存在しているのだ。『熊と月』は招魂者をふくめたこれまでの四要素に観客という要素を採り入れた最初の劇作品ということができる。

過去の再来

『熊と月』を書き終えて四カ月ほどたった一九一七（大正六）年の九月、クローデルはバレエ台本『男とその欲望』を書きあげている。

台本の舞台は南米の原始林を思わせる深い森である。月明かりのなか、一人の男が眠っている。すると、男の前に死んだ女の亡霊が二手に分かれて現れる。一方は彼を押し、他方は彼を引っぱるようにしてつきまとう。いったん亡霊が消えると、男は再び、絶望的な欲望にもだえる。すると、今度は女の亡霊が一人で現れ、身にまとっている衣で男をくるみ、連れ去っていく。

ここでは、問題の三要素がすべて揃っている。男という自然界の存在、眠りという両界の境、その眠りに現れる死んだ女の亡霊という超自然界の存在である。欠けているのは、招魂者だけである。

死んだ女は、招魂者がいなくても亡霊として現れている。とはいえ、彼女は、何の仲介もなくみずから現れたのではない。彼女が姿を見せたのは、絶望的な欲望にもだえる男の想いにひき寄せられたからである。それゆえここでは、男の想いが招魂者の役を果たしていることになる。

男の想いの対象は、死んだ女である。死がこの世での存在を消し、存在すべてを過去のものにするとすれば、死んだ女に想いをはせることは、過去に想いをはせることになる。『男とその欲望』は、過去に想いをはせる人物を登場させることにより、過去を現出させた最初の作品である。

なぜこの時期に過去への想いが、しかも死んだ女への想いという形で表現されてきたのだろうか。

そのきっかけとなったのは、とつぜんクローデルを襲った過去の再来である。『男とその欲望』を書く一カ月前の八月のことである。かつて愛した人妻ロザリー・ヴェッチから、一三年間の沈黙を破って、とつぜん彼のもとに一通の手紙が舞い込んできたのだ。まさに過去の再来であった。

クローデルがはじめて彼女に出会ったのは、一七年も前の一九〇〇年のことである。(14) 彼は三二歳の独身で、福州駐在の領事であった。彼女は美貌と才知に恵まれた二九歳の人妻だった。二人が出会った場所は、中国に向かうエルネスト・シモン号の船上である。

クローデルは、その前年に休暇をとって中国から帰国していた。外交官という職を棄て、僧院に入るつもりだった。そのためにリギュジェ修道院にこもっていたのだ。だが、神は彼の願いに応えてくれなかった。神の拒絶にあったと思った彼は、暗い気持ちで任地福州に戻る途中であった。

彼女のほうは四人の子供を連れていた。福州で事業をはじめようとしている夫のフランシスについてきたのである。フランシスはその前年に、福州でクローデルに会っていた。そのせいか、一家はしだいにクローデルと親しい間柄になっていった。

しかし、それだけではなかった。一カ月におよぶ船旅は、クローデルの一生を貫くドラマをひき起こしたのである。それは、彼とロザリーの間に燃え上がった激しい情念の炎であった。

福州に着くと、クローデルは公邸の一室をロザリーに提供し、(15) フランシスをあたかも領事館員であるかのように調査や交渉にあたらせた。福州での事業を企図していたフランシスにとっては、願ってもないことであった。

一方、クローデルにとっても、フランシスが福建省の鉱山開掘権の取得に尽力してくれることは、フランスの利益になることであり、自分の業績にもなることであった。日本の外務省史料館には、フランシスのこの種の活動を追った文書が残されている（日 1/7/5/2-17-1）。それに、なによりも彼の不在は、ロザリーとの時間が持てる好機でもあった。

フランシスは、クローデルとロザリーとの関係を疑っていなかったようである。こうしてロザリーは、しだいにクローデルの妻のように振る舞い始め、副領事館の女主人であるかのように、レセプションやパーティを取り仕切るようになっていったのである。

だが、二人の関係は、内密のままであるはずがなかった。ついに本省にまで届く醜聞沙汰となり、ヴェッチ一家は別の家に引っ越すことになる。だが、クローデルはその後も彼女のもとに通い続けた。一九〇四（明治三七）年の春、ロザリーがクローデルの子を宿していることがわかると、ひそかに彼女が伝えた約束は、とりあえずヨーロッパに戻り、離婚手続きをとることであった。もちろん、クローデルと正式に結婚するためだというのである。

彼女はこの年の八月一日、上の二人の子供を連れて福州を去っていく。以後、いくら手紙をだしても、彼女から返事はこなかった。

失意にくれたクローデルは休暇をとり、翌年の三月にブリュッセルに向かっている。フランシスも一緒だった。二人とも、ロザリーがヤン・リントナーという男とブリュッセルで同棲していることを、彼女の叔母の手紙によって知ったのである。しかも、ロザリーは、その前年の一九〇四（明治三七）年一〇月二二日にクローデルの子供ルイーズを生んでいたのだ。

ブリュッセルでロザリーが住んでいるマンションをつきとめると、まずフランシスが乗り込んでいった。クローデルは外にいたが、彼の目に映ったのは、窓際でひげを剃っているリントナーの姿であった。

身の危険を感じたロザリーは、その夜、リントナーと姿を消す。クローデルとフランシスは彼女を追ってユトレヒトに車をとばした。まさにそれは、後にクローデルが『日記』に記す「ベルギーとオランダを貫いたあの狂気の一夜」(16)であった。

『真昼に分かつ』は、この強烈な愛をもとに一九〇六(明治三九)年に書きあげられた戯曲である。物語は、船上での出会いから始まり、中国での激しい愛の燃焼をへて、主人公の男性が「神の栄光に包まれた大いなる牡」(17)に変容していく過程をたどっている。それは、「全身から吹きだした」「不幸な魂の受難」〔強調は原文〕の物語だと、クローデルはフランシス・ジャムに一九〇五(明治三八)年九月一九日付の手紙で告白している。(18)彼は、いっさいを吐きだすことにより、この苦しみから脱却する必要があったのだ。

教会の勧めもあり、狂乱よりも安らぎを選んだ彼は、一九〇六(明治三九)年の三月一五日に一二歳年下のレーヌ・サント＝マリ・ペランと結婚する。彼女は、リヨンのフルヴィエルの丘に建つバジリカ聖堂の建築にかかわった著名な建築家の娘であった。その後、彼は四人の子供に恵まれ、平穏な生活が続いていくことになる。

ところが、その安らぎを破るかのように舞い込んだのが、ロザリーからの手紙であった。前述したように、一九一七(大正六)年の八月のことである。彼は、手紙に目を通すと人払いをして、一人公使館の庭にでてしばらく感慨にふけっていたという。『男とその欲望』は、その一カ月後の九月に書かれた作品である。

一三年間の沈黙を破って訪れたこの過去の再来は、それまで胸のうちに秘めてきたロザリーとの愛をいっきに目覚めさせる事件であった。過去への想いは、日ごとに強まっていくばかりだった。

残された文書がそれをみごとに物語っている。『男とその欲望』を書いた月の一三日には、「あなたは、愛そのものであり、天国そのものでした」と、彼はロザリーに返事をしている。そして、その翌年の一九一八(大正七)年二月一五日には、「この二年間〔…〕、夜になりあたりが静まりかえると、しばしば叫び声を、私を呼ぶあなたの声を聞いたように思われました」(19)と、書き送っているのである。

そして、八月の『日記』には、「今となって一九〇〇年に起こった出来事がよく理解できる」(20)との文言が見られる。一九〇〇(明治三三)年といえば、ロザリー・ヴェッチと出会った年である。激しく燃えあがったかつての炎の意味を実感したのかもしれない。

クローデルは翌年の八月、一等全権公使に昇格して、デンマークに赴任している。前述したベルクソンからの引用が書かれているのは、その四ヵ後の『日記』である。そこで問題になっているのは、前述したように、過去の再出現とその「展望」であった。

しかも、それを追うかのように、一九二〇（大正九）年九月の『日記』になると、「覚えているだろうか、あの暗い冬の午後を」[21]で始まる感傷的な文が綴られ、彼女との過去が堰を切ったように喚起されることになる。もはや過去をたんに「展望」するだけではすまなくなっていたのだ。そこに見られるのは、再出現し、再展開し始めた過去を享受しようとするせつなくも、激しい気持ちに揺れ動く姿である。

過去の喚起

クローデルが駐日大使の任命を受けとるのは、その翌年の一九二一（大正一〇）年一月である。その報せを知ったデンマークでは、数々の送別会が開かれている。その一つが二月二八日に開かれた文学関係者の送別会である。クローデルはそこで『さらば、デンマーク』と題して講演をしているが、そのなかにつぎの一文がある。

ものごとから離れてしまうと、はじめてものごとがよく見えてきます。すると、それを再描写したいという欲求にかられます。つまりそうした存在を想像上の存在に置きかえたいという欲求にかられるのです。このような欲求は、ものごとが身近なものでなくなってしまった時に、知覚していた対象が想いと愛の対象に変わってしまった時に、はじめて起こるのです。[22]〔強調は原文〕

もちろん、ここでいう「ものごと」とは、別れを告げるデンマークを指していることはいうまでもない。しかし、過去という言葉こそ使われていないが、この「ものごと」は過去と同質である。というのは、それは、たとえ実際に存在しているとしても、今では「離れて」しまい、「身近なものでなくなってしまっている」からである。しかも、今ではじっさいに「知覚していた対象」ではなくなり、「想いと愛の対象」になってしまっている。それゆえ、こうした存在は、現実に存在しない超自然界の存在であるといってさしつかえない。「再描写」とは、こうした存在をふたたび現出させ、描きだす行為である。しかし、この行為は、かつての姿をそのまま描きだすことではない。「想像上の姿に置きかえる」ことである。この点、クローデルはつぎのように説明を続けている。

詩想にふけったり旅をしたりしますと、私たちはものごとから切り離され、私たちとものごとの間に、現実の垣根にしろ虚構の垣根にしろ、ひとつの垣根ができ、知覚されていた姿が精神的・霊的なものに置きかえられていきます。すると、私たちは、そのおかげで、いっそう繊細に親密にそれらを感じとり、以前よりもよく理解することができるのです。(23)

「再描写」とは、「離れて」しまったものを、過去を、たんに想起または喚起するだけではない。それは過去を「想像上の存在に」、つまり「精神的・霊的なものに」置きかえ、描くことなのだ。それゆえ、「再描写」される過去は、過去そのもの、つまりかつて存在したままの過去ではない。いっさいの物質的なものが剝ぎおとされ、「精神的・霊的なものに置きかえられ」、本質のみになった過去である。それは過去の真髄ともいえるものなのだ。だからこそ、私たちは、この真髄に接し、かつて存在したものを以前よりもはるかに「繊細に親密に感じとる」ことができ、「よく理解すること」ができるのである。

このデンマークでの講演から三カ月ほどたった一九二一（大正一〇）年五月一七日、クローデルはパリでダンテについて講演をしている。この年は、ダンテ死後六〇〇年にあたる年であった。

彼〔ダンテ〕は、可視界であるこの世で見ることができるのは、存在のまったき姿ではなく、〔…〕つかの間の徴であり、その永遠の意味はとうてい把握できないことを理解していました。彼は、自分がおかれている時の流れをあますところなく描こうとしたのです。それは、時によって形成される決定的な形象の歴史で、偶然の起源から神の智慧に宿るまでの道程であり、譲渡不可能な結果にいたる道程です。ダンテは、死者のミサにでてくるあの「永遠の書物」の一頁を一文字一文字読みあげていくのです。[24]〔「」内は原文ではラテン語〕

ここに記されているダンテの行為は、前述した過去の「再描写」を具体的に説明している。ダンテは、「「永遠の書物」の一頁を一文字一文字読みあげていく」というのだ。「永遠の書物」の原語はLiber Scriptusで、『典礼書』では「よろず記されし書《ふみ》」と訳されている。そこには、死者の一生が書き込まれているといわれている。

それゆえ、ダンテが「読みあげていく」のは、「永遠の書物」に書き込まれている死者の一生である。この一生は、「時によって形成される決定的な形象の歴史」であり、可視界・自然界では「つかの間の徴」しか見えなかったものである。それがいまでは、「神の智慧に宿る譲渡不可能な結果」に達し、「永遠の意味」に還元され、「永遠の書物」に書き込まれているというのだ。

こうした「「永遠の書物」の一頁を一文字一文字読みあげていく」ダンテの行為は、まさに過去の再描写といえる。彼によって読みあげられていく過去は、もはや生のままの過去ではなく、「想像上の姿に」、「精神的・霊的なものに」置き換えられている過去である。

ところで、「永遠の書物」という言葉こそでてこないが、これに類似した考えは、六年も前の一九一五（大正四）年に書かれた戯曲『一九一四年キリスト降誕祭の夜』にすでに見ることができる。登場人物の一人であるジャンは、つぎのようにいっている。

ジャン　天上から見れば、この世に起こることは何一つ消えることがない。そこでは、すべてがおのれの意味を見だすのだ。[25]

おそらくクローデルは、『一九一四年キリスト降誕祭の夜』の執筆当時からこうした考えを持っていたのだろう。それがダンテに関する講演で明確に表明されたものと思われる。しかも、この考えは、彼の一生を貫く考えでもあった。晩年、彼はいっている。

一度起こったことはけっして消えることがなく、死者のミサで歌われる「怒りの日」にでてくるあの「永遠の書物」に書き込まれています。そうしたことを私たちは、聖典によって知っているのです。[26]〔「　」内は原文ではラテン語〕

「永遠の書物」に書き込まれた過去の読みだしは、その後、過去の再描写に直接結びついていくことになる。

劇作への導入

一九二一（大正一〇）年一一月に来日したクローデルは、その三年後の一九二四（大正一三）年一二月に畢生の大作といわれる『繻子の靴』を書きあげている。上演に一〇時間以上も要するこの戯曲は、スペイン黄金時代の日割り形式を取り入れているため、四幕ではなく、四日仕立てになっている。

筋はかなり複雑だが、一言でいえば、南米北部の征服を目指すロドリグと人妻プルエーズとのこの世では結ばれぬ愛の物語である。時は一六世紀の大航海時代で、場所はヨーロッパから南米、アフリカに飛び、登場人物もヨーロッパ人、日本人、中国人、アフリカ人と多種で、聖ヤコブ、守護天使、月といった超自然界の存在まで登場している。そのうえ、背後のスクリーンには、地球をはじめ遠くの風景や登場人物の思いなどが投写され、第二日目第一三場では、この世で結ばれぬ主人公の男女が、時空間を超えた夢のなかでひとつになる「二重の影」が映しだされている。さらに、アルチュール・オネゲルの音楽も入ってこの壮大なドラマを盛りたてているのである。まさに総合演劇という名にふさわしい作品である。

だが、もとはといえば、この大作は、一九一九（大正八）年に「一種の海上寸劇」として書きはじめられた戯曲であった。それが男女の宿命的な愛を中心とするこのような大作に変化したのは、ロザリーとの愛の再来がきっかけであったと考えられる。

換言すれば、『真昼に分かつ』で描いた愛の再構築である。かつては、自制がきかないほど「全身から吹きだし」、はげしく燃えあがっていた愛であったが、それが今では、時空間の隔たりを経て、「いわば栄誉と喝采をうけたかのように、安らぎのうちに終わろうとしている」のだ。クローデルは、愛の沈静化が深まるにつれ、かつての愛に、つまりそれを描いた『真昼に分かつ』に、「決定的な解決を印す」必要を感じていたのだ。[27]「一種の海上寸劇」として出発した作品は、彼の愛の昇華によって『繻子の靴』に生まれ変わっていったのである。それを証すかのように、戯曲は、「解き放たれたのだ、囚われの魂たちは！」[28]という台詞で終わっている。

そこで問題となるのは、沈静化し純化した愛をいかに舞台に再展開して見せるかである。そのために彼が採用した手法が「永遠の書物」の導入であった。ダンテに関する講演で話していたあの「永遠の書物」である。この書物には、「精神的・霊的なものに」置き換えられ、「永遠の意味」に還元された過去だけが書き込まれている。ロザリーとの愛も「永遠の書物」に、そのように書き込まれているにちがいない。

だが、『繻子の靴』は「永遠の書物」の読みあげではじまっていない。冒頭におかれているのは、その前段階にあたる「永遠の書物」への書き込みである。「永遠の書物」への書き込みを冒頭にもってきたのは、以後に展開する物語が、この書物に書き込まれる物語であることを、あらかじめことわっておく必要があったからだと考えられる。しかも、「永遠の書物」の導入は、『繻子の靴』ではじめて試みられた劇作術であり、一般になじみの薄い手法だったからでもある。

この第一日目第一場には、印刷された決定稿との差がほとんどない「B」と呼ばれる草稿が残されている。そこには、「オステルにて、一九二一（大正一〇）年七月一日」という場所と日付が記されている。オステルはフランス南東部のアン県にあるクローデルの妻の実家が所有する別荘を指し、この日付は、ダンテに関する講演の二カ月後で、新しい任地日本に向かう二カ月前にあたる。

このことは、デンマークでの講演でとりあげていた過去の「再描写」が、ダンテに関する講演を機にこの時期に、「永遠の書物」の読みあげによる過去の再展開にむかっていったことをうかがわせる。しかし、前述したように、『繻子の靴』では、「永遠の書物」の読みあげは見られない。その前段階にあたる「永遠の書物」への書き込みが試みられているだけである。

問題となる第一日目第一場の舞台は、海賊に襲われ、沈みゆく船上である。時は真夜中、場所は新旧両大陸の中間、赤道より数度南下した大西洋上である。折れたマストの端には、死に瀕しているイエズス会神父が縛りつけられている。彼は、この戯曲の主人公ロドリグの兄である。

神父は漂う船上で死と向き合っている。つまり、生と死の中間におかれている。それゆえ、この第一場の場所は、東西南北の中間、天地の中間、昼夜の中間、生死の中間となり、まさに両界の境ということになる。両界の境は、同時に教会でもある。神父は、体をくくりつけられているマストを「十字架」と呼び、自分が置かれている場所を「祭壇」といっている。迫り来る死を目前にし、彼は最後のミサをあげる。その祈りは、つぎの言葉で終わっている。

二人の恋人を激しい欲望で満たしてやってください。日々のとりとめもない生活に身をおくことなく、原初の完璧さと、かつて神が二人を断ち切ることのできない絆のもとに生みだした、彼らの本質そのもので充満した欲望で満たしてやってください！　私がここにいるのは、彼〔ロドリグ〕が悲惨のなかから地上で口にすることを天上に翻訳するためなのです。[29]〔強調は筆者〕

この台詞で注目したいのは、傍点部である。神父は、地上での出来事を「天上に翻訳する」といっている。この「天上に翻訳する」という行為は、ダンテに関する講演にでてきた「永遠の書物」への書き込みにほかならない。地上での行為はこうして「天上に翻訳され」、「永遠の書物」に書き込まれていくことになる。あとは、その書物を読みあげるだけでよい。それだけで過去は呼び戻され、再描写され、再展開されることになる。

だが、『繻子の靴』には、その書物の読みあげがない。神父による書き込みだけで終わっている。それにもかかわらず、神父の祈りが終わると、場面は一転して第一場から第二場に変わり、ロドリグとプルエーズの愛の物語が一気に展開し、大きなうねりとなって最終場に流れ込んでいく。そこで進行する物語は、あきらかに、イエズス会神父によってつぎつぎと「翻訳」され、「永遠の書物」に書き込まれ、定着していく物語である。

それゆえ、観客は、生の現実ではなく、「精神的・霊的なものに」「翻訳」され、「永遠の書物」に書き込まれていく物語を観ることになる。過去の再展開が、ダンテのように、「「永遠の書物」の一頁を一文字一文字読んでいく」ことによるものだとすると、観客が見ている物語は、その前段階の物語ということになる。しかし、書き込みの段階とはいえ、それは、すでに神父によって「精神的・霊的なものに」「翻訳」されているがゆえに、読みあげによる物語にかぎりなく近いことになる。

したがって、この『繻子の靴』の第一日目第一場は、「天上に翻訳する」イエズス会神父を登場させることで「永遠の書物」への書き込みを明示し、それを読みあげることによる過去の再展開への道を開いているといえる。『繻子の靴』には、それを意識した台詞がある。第二日目第一三場の「一度存在したものは、消えることなく、不滅の文書の一部になる」[30]という二重の影の台詞である。

クローデルが目指したのは、このような過去の再展開であった。彼にとって重要なのは、かつて存在した現実をそのまま再展開することではなく、純化され、「精神的・霊的なもの」に置き換えられた過去を再展開することであり、その「永遠の意味」を開示することであった。そのために「永遠の書物」が必要だったのである。第一日目第一場の草稿執筆から二カ月後の九月二日、彼は駐日フランス大使として日本に向かってマルセイユを発っている。過去の再展開への関心は深まるばかりであったが、劇作術としては、いまだ確立してはいなかった。

能への関心

駐日フランス大使として来日したクローデルは、滞日中、職務のあいまをぬってよく劇場に出かけていった。それも歌舞伎、文楽、能といった伝統演劇を観るためであった。彼自身、歌舞伎に関しては、「私は歌舞伎というすばらしい国民的な演劇の熱心な観客であった」といっているし、また、文楽に関しては、「いかに感嘆させられていることか」と漏らしている。さらに能に関しても、「五年間というもの、私は、すっかり能に魅了され、注意深く鑑賞する観客であった[31]」と書き残しているのである。

じじつ、クローデルは、歌舞伎も文楽も能も愛した劇作家であった。しかし、そのなかでもっともつよく惹かれたのは、能であった。「熱心な観客」であった歌舞伎にたいし、能では「注意深い観客」であった。能は、なによりも注意を集中させ、学ぶことの多い演劇だったのである。

じっさい、彼は、「能から多くのものを学んだ[32]」といっている。彼にとって、歌舞伎も文楽も、結局は能に収斂する芸能であった。歌舞伎については「能のもっとも新しい形態[33]」といっているし、文楽に関しては「表現手段が異なっても、能と同じ結果にいたる[34]」といっている。

クローデルがいつごろから能に関心を持ちはじめたのか、はっきりしない。おそらくミッシェル・ルヴォンの『日本文学案内』がきっかけであったかと思われる。この本には、能の解説と『羽衣』の抄訳が載っていて、前述したように、クローデルが持っていたのは一九一八（大正七）年に出た第三版である。こうしたことから、能への関心は、来日以前から彼の胸中にあったと推測される。

そのせいか、日本に来て一カ月ほどたった一九二一（大正一〇）年一二月二〇日または二一日に、彼は華族会館で催されていた能の装束展に出かけている。しかも、その前の一二月一七日には、日仏協会主催の歓迎会に出席しているので、そこで協会理事長の古市公威《ふるいちこうい》と副理事長の杉山直治郎に会っているはずである。古市は、東京帝国大学工学部の教授で、後にクローデルが渋沢栄一の協力を得て設立する日仏会館の理事長に就任する人物である。彼は能に造詣が深く、とくに仕舞と小鼓は素人ばなれしていると評判であった。杉山も同じ大学の法学部教授で、後に日仏会館の理事を務めることになる人物だが、「ポール・クローデル大使にその請に應じ始めて能を観せたのは實は私である」[35]と書き残こすほど、熱心な能の愛好家でもあった。

しかも、それだけではない。この年には、ノエル・ペリの『能五番』とアーサー・ウェリーの『日本の能劇』が出版されていて、クローデルはこれらの書物を読んでいる。それに、一九二四（大正一三）年には、後に『能における仏教思想』や『能』を発表するガストン・ルノンドーが、フランス大使館付武官として赴任しているのだ。

クローデルは日本語を解さなかった。しかし、彼はこうした環境のなかで、能に関する知識をしだいに深めていき、機会あるごとに能楽堂に通い、能に傾倒していったと思われる。

彼が最初に観た能は、一九二二（大正一一）年一〇月二二日に上演された『道成寺』である。それ以前にも能を観ていた可能性がたかいが、それを証明する資料がない。その後、『翁』、『羽衣』、『景清』、『隅田川』、『船弁慶』、『砧』、『蝉丸』、『楊貴妃』、『敦盛』、『遊行柳』、『芦刈』、『土蜘蛛』を観ていることが、『日記』などからわかる。[36] しかし、それ以外にも多くの曲を観ていた可能性がある。というのも、当時は、一回の能会で五曲を演ずる慣わしがあったからである。たとえば、先に挙げた『道成寺』を観たのは観世別会であるが、この会では、『道成寺』の他に『国栖』、『敦盛』、『松風』、『石橋』が演じられている。そのすべてを観なくても、一曲か二曲は観ているのと考えるのが自然である。だが、彼がそれらを見たということを証明する資料も傍証もない。

ともあれ、こうした能体験をもとに、彼は離日直前の一九二六（大正一五）年に『能』と題するエッセーを書きあげている。このエッセーは、後に作品集『朝日のなかの黒鳥《くろとり》』に収められることになるが、一見海外向けの能の紹介ともとれる小論である。しかし、この一編にはクローデル独自の能解釈が記されていて、彼が能をどのように理解していたかを知るうえで貴重な資料となっている。

シテとワキ

クローデルの能論の特徴は、一言でいえば、過去を再展開するドラマとして能をとらえている点である。過去をふたたび舞台に展開してみせる能という演劇は、過去の再展開の手法を模索していた彼にとって、絶好のお手本であったはずである。まさに「多くのものを学ぶ」ことのできる演劇だったのである。

それゆえ、『能』は、つぎの一文で始まる。

劇では何かが起こり、能では誰かがやって来る。(37)

一読して戸惑う文言であるが、この「何か」と「誰か」が、彼の能論を決定する鍵になる。劇では、まず「何か」が起こらなければならない。つまり、事件や出来事が起こらなければはじまらないのだ。劇とは、それを契機に筋が展開し、最後は大団円に終わるものだからである。

しかし、能では、この種の「何か」は起こらなくてよい。その必要もない。過去を再展開する「誰か」がやって来るだけでいいのだ。能とは、過去を再展開して見せる演劇だからである。この「誰か」さえやって来れば、能はそれだけで成立する。

もちろん、この「誰か」はシテである。クローデルによれば、シテは「未知の国の使者」である。シテは、「死から、未完から、忘却から抜けだして来る」(38)。それゆえ、シテはこの世の存在ではなく、いまはなき過去の存在であり、あの世の存在、超自然界の存在である。

シテが面《おもて》をつけているのは、そうしたおのれの素性を堅持するためである。面は、「たえずあの世の空気を吸い続け」、「現在時の外に人物をおき」(39)、超自然界の存在であることをいっそう際だたせてくれる用具である。

シテはあの世から「壁を通して」この世にやってくる。『交換』で説かれていた「幕」が、ここでは「壁」にいい換えられている。「幕」は、自然界と超自然界の境にあり、両界を仕切るものであった。「壁」も同様である。それを越えてシテはこの世にやって来るというのだ。この場合、シテをあの世から舞台に導くのは、能舞台の左端にある揚げ幕からのびる橋懸りである。橋懸りは「壁を通して」現れる「シテの登場と退場を荘厳にとりもってくれる」(40) 通路であり、文字通り両界を結ぶ橋である。

だが、シテはみずから姿を現すのではない。ワキに呼びだされてはじめて姿を現す。この点、ワキは、超自然界の存在であるシテを呼びだすがゆえに「招呼者」(41) と呼ばれ、両界に通じている人物とされる。つまり招魂者なのである。

だが、招魂者として両界に通じているとはいえ、ワキは超自然界の存在ではない。あくまでもこの世の存在である。それゆえ、シテと違い、「彼〔ワキ〕はけっして面をつけることがない。この世の人間だからである」(42)。

ワキに呼びだされ、あの世から現れたシテは、謎の存在である。ワキは、シテに問いかけ、そのヴェールをはぎ、本性を明かしていく。

それ〔シテ〕は、隠され、覆われた何ものかで、ワキに自分の本性を明かしてもらうためにやって来る。その歩みと動きは、ワキの眼差しのままである。シテはその眼差しにおびき寄せられ、この夢想の地〔能舞台〕の囚われの身とされてしまう(43)〔…〕。

こうして、ワキはシテに問い、シテがワキに答える場面が続く。シテの本性がしだいにとき明かされ、ほぼ明らかになったところで、第一幕にあたる前場《まえば》が終わる。以後ワキは舞台の片隅にすわり、二度と筋の進行に参加することはない、そうクローデルはいって、ワキを、舞台の進行を見守る「証人」(44)と呼び、同様に舞台を見守る観客という不特定多数の代表者とみなしている。

ここで注目しておきたいのは、前場の機能である。前場では、自然界の存在であるワキが超自然界の存在であるシテを呼びだし、結果として両者の対面と対話が行われる。クローデルは、このような展開を見せる前場を「現存や不在をたえず出現させる」「夢の館」(45)と呼んでいる。「現存」を自然界の存在と解し、「不在」を超自然界の存在と解すれば、両者を出現させる「夢の館」と呼ばれる前場は、両者がたえず出現し出会う場所であることになり、両界に開かれた場所、つまり両界の境ということになる。

このようにクローデルは、前場を両界の境と見ている。前場は両界の境であるがゆえに、そこでは超自然界の存在であるシテの登場と、自然界の存在であるワキの登場が可能になり、両者の出会いと問答が可能になる。問答を通してシテの本性がしだいに明らかになってゆき、最終的にシテによる過去の再展開へと向かっていくのである。この点、前場は、文字通り過去の展開を準備する前段階の場ということになる。

過去の再展開

ついで、間狂言《あいきょうげん》をはさんで、第二幕にあたる後場《のちば》が始まる。いったん退場したシテは、装束を変え、姿形まで変えてふたたび現れる。シテが手にしているのは、扇である。クローデルによれば、扇は「表面に現れる可視界と側面に隠れている不可視界のあらゆる関係を結びつける道具」(46)である。つまり、両界を結ぶ道具なのである。シテはこの道具を使って、両界の境であった前場の舞台を一気に超自然界に変えてしまう。

魔法の扇を一振りすることにより、シテは現在時を霧のように一掃し、その不思議な翼のゆっくりとした風によって、今では存在しなくなってしまったものにたいし、自分の周囲に浮かび上がってくるように命じたのだ。〔…〕すると、この世の下に潜む庭園が、すこしずつ形を整えていくのであった。(47)

こうして舞台は、超自然界に変わり、そこに立つのは、その住人であるシテだけになる。いまや舞台はシテ一人だけのものとなり、シテは舞台に存在するすべてを掌握することになる。こうして、シテによる過去の再展開がはじまるのである。

彼〔シテ〕が、かつて基盤となり表現していたあの人生の断片すべてが、彼とともに目ざめ、いまでは想像上のものとなったその容積で、夢の湖水のただ中に眠るこの四阿《あずまや》〔舞台〕を満たしていく。〔…〕彼は、縦横に歩み、確認し、証言し、展開し、さまざまな身振りをし、姿態や向きを変え、この夢遊病的ドラマのあらゆる変遷を表現していく。(48)

いまや舞台に展開するのは、一種のトランス状態に陥ったシテの描きだす過去である。

すべてが、物象化された夢の印象を与える〔…〕。一つ一つの仕種は、あの重厚な衣装の重みと襞をもって死を乗り越えねばならぬかのように見え、永劫のなかで今はなき情念をゆっくりと映しだしているかのようである。それは、亡霊の国から引き戻され、瞑想に沈む我々の目に描きだされるかつての人生そのものである。(49)

だが、シテが再展開するこの過去は、かつての現実そのままではない。そこに描きだされる過去は、主人公の思念を通して純化され、本質化された過去である。まさに、デンマークでの講演で語った「精神的・霊的」になった過去であり、ダンテに関する講演で語った「永遠の意味」に還元された過去である。それゆえ、クローデルは、「シテの動きから残るのは、意味だけになる[50]」という。

クローデルの脳裏には、師とあおぐマラルメのバレエ観がよぎっていたのかもしれない。マラルメはバレリーナについて「彼女は踊る女性ではなく、〔…〕メタファーである[51]」〔強調は原文〕といっている。それにたいしクローデルは、「マラルメが我々のバレエのヒロインを女性ではなく、メタファーだといったのは正しい[52]」といっているのである。

クローデルがもっとも深い関心を寄せたのは、意味作用のみが残るこうした過去の再展開であった。舞台に呼び戻され、ふたたび展開される過去は、まぎれもなく純化され、本質化され、普遍化された過去である。それは、一個人の過去を越え、万人に共通する過去である。いまや舞台はそうした過去を映しだす「鏡」となっているのだ。「私たちは、そこに映るみずからの姿を絶望を抱いて眺めることになる[53]」、そうクローデルはいっている。クローデルが理解し、愛した能は、こうした過去の再展開を見事に実現し、それを頂点として終わる能であった。

いうまでもなく、この種の能は、かぎりなく複式夢幻能にちかい。一般に、複式夢幻能のシテは過去の人であり、この世の人ではない。だが、シテは前場でこの世の人の姿で現れる。そして、自分の本性をほのめかした後、いったん退場する。その後、後場ではありし日の姿で現れ、本性を明かし、自分の過去を再展開してみせる。

一例を挙げれば、クローデルも観ていた『敦盛』である。この曲は、ノエル・ペリの『能五番』に仏訳されているので、彼もよく知っていたはずである。

主人公のシテは、一ノ谷の合戦で敗れた平敦盛の霊である。彼は前場では、草刈の若者の姿で現れる。それが後場になると、一ノ谷で戦った敦盛の姿で登場し、戦いの様子を語る。そして、熊谷次郎直実に敗れ、無念の死をとげる場になると、実際に刀をぬいて再現してみせるのである。

もちろん、能には現在能といって、シテがこの世の人間である能もある。この種の能では過去の再展開は見られない。クローデルはノエル・ペリの前記の書物を通して、その区別を知っていたはずである。だが、それにもかかわらず、彼は現在能までも夢幻能として解釈しているのだ。

その一例が、一九二三（大正一二）年二月一五日に観た現在能の『隅田川』である。この能のシテは、人さらいに息子をとられ、気の狂ってしまった母親である。彼女は息子を探し、隅田川のほとりまで来る。だが、息子は死んでいる。渡し船で息子の塚にたどりつき、そこで我が子の霊と対面する。クローデルは、このシテをワキとしている。[54]というのは、クローデルによれば、ワキは死者を呼びだし、死者と対面するからである。死んだ息子と対面する母親は、まさにワキにあたる。

この日、芥川龍之介もこの曲を見ていて、「欠伸をしてゐたクロオデル大使に同情の微笑を禁じ得なかった」[55]と後に書いている。しかし、だからといって、シテをワキと取り違えるほどぼんやりと見ていたとは思われない。やはり、シテをワキとした解釈は故意といわざるをえない。

さらに付言すれば、クローデルは『翁』や『羽衣』に感動し、ながながと『日記』に感想を書いている。[56]しかし、この二曲が夢幻能でないせいか、『能』ではまったく触れていない。

クローデルがもっとも関心を寄せたのは、典型的な複式夢幻能に見られる過去の再展開である。能は彼にとって、これまで模索していた超自然界の存在の出現と過去の再展開をみごとに統合し、具現化して見せる演劇であり、同時に、過去を意味の次元にまで還元して表現する演劇だったのである。

もちろん、能に接する以前に彼が書いた劇作品にも、『七日目の休日』のように、能の前場となっている両界の境や、ワキと同様の働きをする招魂者や、シテのような超自然界の存在が見られる。しかし、どの作品をとっても、能の中核となっている過去の再展開は行われていない。

たしかに、彼はミサを「聖なる劇」と呼び、能も同様に「聖なる劇」と呼んで、[57]そこに過去の再展開を見ている。しかし、ミサはあくまでも聖祭であり、過去の再展開を行う演劇そのものではない。それが能では、納得できる形で、しかも正真正銘の演劇として過去の再展開が処理され、みごとに実践されているのである。過去を再展開させて見せる手法を模索していた彼にとって、能はこれまで求め続けてきた手法のよきお手本だったことはたしかである。

「私の能」とも「一種の能」とも

来日して半年ほどたった一九二二（大正一一）年七月、クローデルは羽衣会の訪問を受けている。羽衣会は、五代目中村福助によって結成された新舞踊研究会で、この年の二月に第一回の公演をすませていた。今回の訪問は、次回公演に新大使のバレエ台本『男とその欲望』の上演許可を得るためであった。この作品は、前年の六月にパリのテアトル・デ・シャン゠ゼリゼで初演されていて、日本では、その年の一一月二三日、二五日の『東京朝日新聞』に柳沢健によって紹介されていた。

しかし、クローデルの返事は否であった。『男とその欲望』は西洋人のために書いた台本であり、舞台は四段組になるので日本の劇場のように天上の低い舞台では無理だというのである。そのうえ、山田耕筰にワグナー風の作曲でもされたら、という懸念もあった[58]。

だが、そうはいったものの、彼は、日本の舞台に向くものを考える、といって、九月には舞踊台本『女と影』を書きあげている。さらに、唄があったほうがよかろうといって、唄を加えた決定版を一二月に完成しているのである。

筋は、供養灯籠の前で死んだ先妻を想う武士からはじまり、そこに現れる先妻の亡霊、後妻の登場、後妻と先妻の亡霊とのやり取り、そうした女同士のごたごたを断ち切ろうとして剣を振りあげる武士、その剣に触れて息絶える後妻、それを嘲う先妻の亡霊といった話である。

『女と影』は、その翌年の一九二三（大正一二）年三月に、羽衣会によって帝国劇場で初演されている。もちろん、歌舞伎役者による歌舞伎形式の上演であった。クローデルは、最初から上演が歌舞伎形式になることを承知していたと思われる。許可願いに来たのが羽衣会であったし、彼自身も七代目中村幸四郎が出演することを望んでいたからである。しかし、クローデルはこの作品を「私の能」、または「一種の能」[59]と呼んでいる。

この呼称は、この時点で彼が能をどこまで知っていたのか、という疑問を呈する。そもそも、初稿を執筆した一九二二（大正一一）年九月までに、彼が実際に能を観たという資料が見あたらない。たとえ能を観ていたとしても、この時点で既述したような能解釈を持っていたのか、まことに疑わしい。この時までの日本演劇体験といえば、一九二一（大正一〇）年一二月と二二（大正一一）年六月に観た歌舞伎と二二年三月と五月に観た文楽だけである。

そのせいか、『女と影』には、後にクローデルが解釈する能の要素がほとんど見られない。

舞台は、靄がかかっている荒涼とした場所で、傍らには「両界の境」[60]と記されている道標がたっている。舞台を「両界の境」と定義するのは、この作品がはじめてであり、能の前場を意識してのことではないかとも思われる。だが、「両界の境」は、これまでの作品でもたびたび利用されてきた場所であり、能の影響によるものとはいいがたい。それに一二年前の一九一〇（明治四三）年に書かれた散文『中国の迷信』では、靄のかかる場所をすでに「両界の境」とし、そうした場所には、この世に現れるのを待っている死者の魂がいると記しているのである。[61]

とはいえ、この「両界の境」に先妻の亡霊が現れる点は能を思わせる。まず武士が登場し、先妻の菩提を弔う灯籠の前で想いにふける。すると先妻の亡霊が現れる。これは、ワキとシテの関係に呼応する。クローデルが説く能では、シテはワキに呼びだされて現れる。ここでも同様に、武士の想いに呼びだされて先妻が現れている。

しかし、超自然界の存在のこの種の出現は、前作『男とその欲望』にすでに見られる。この作品では、「絶望的な欲望」にもだえる男の想いにひき寄せられて死んだ女の亡霊が現れている。それゆえ、『女と影』での先妻の亡霊の出現は、能の影響と断言することはできない。

この作品に関し、あえてまぎれもなく能的といえる点をあげれば、つぎの一点しか見あたらない。

それは、舞台下手に設置された橋である。一人の武士がこの橋を渡って「両界の境」である舞台に登場する。これは、両界の境と現世をつなぐ能の橋懸りを意識しての設定であると思われる。

見あたらない能の影響

ところで、前作『男とその欲望』では、自然界の存在である男は眠っていて、そこに超自然界の存在である死んだ女の亡霊が現れている。つまり、眠りのなかでの出会いになっている。しかし、『女と影』では、自然界の存在である武士は眠っていない。彼は覚醒状態で先妻を呼びだし、その亡霊に会っている。この点、武士は、つねに覚醒状態にあるワキにかぎりなくちかい。とはいえ、この種の人物は、すでに『七日目の休日』に登場している。そこでは、自然界の存在である皇帝が覚醒状態のまま、超自然界の存在である先祖の霊に会っている。それゆえ、武士の覚醒状態は、能からの借用とはいいがたい。

『女と影』では、靄を表すために舞台の奥に「幅広い紙のスクリーン」[62]を張り、そこに女の影を映しだしているが、この手法も能にはない。

クローデルは、『女と影』の初稿が完成する一カ月前の一九二二（大正一一）年八月の日光での講演で、前述したように、靄が映しだす超自然界の存在に触れている。そこでは、止むことのない雨の帳がおりると、不思議な靄が漂い、その靄を通して「隠れた意味」が一瞬開示されるといっている。靄のなかに先妻の亡霊が現れるという設定は、日本でのこうした体験から生まれたものと思われる。

だが、亡霊や影への関心は、一九二二（大正一一）年一二月二〇日付のアンリ・オプノ宛の手紙が証言しているように、すでに四年も前のブラジル駐在時代に見られる。[63] スクリーンの利用にかんしても、ヨーロッパで知られていた東南アジアの影絵芝居、または当時関心を集めていた映画などの影響も無視することはできない。とはいえ、スクリーンに影を映しだす手法は、『女と影』で初めて試みられた手法である。ほぼ同時期に書かれたと推定される『繻子の靴』の第二日目第一三場でも、スクリーンが利用され、「二重の影」が写しだされている。後述する『クリストファ・コロンブスの書物』でも、スクリーンの使用が見られる。いずれも、日本滞在中か滞在後の作品である。

こうしたことを考慮すると、スクリーンの利用は、日本の障子などから直接着想を得たものといわざるをえない。その契機になったのが、日本で経験した靄が開示する「隠れた意味」であったと思われる。日本は、来日以前に思いついた亡霊および影の表現法を、靄や障子などを通して具象化させ、作品に組みこませる契機を与えた国だったということができる。

このように見てくると、『女と影』と能との関連性はきわめて薄いといわざるをえない。とくにその希薄さを決定づけているのが、死んだ先妻の影が現れているのに、その影による過去の再展開が行われていない点である。もともと『女と影』は、バレエ台本の『男とその欲望』を、和風の舞踊台本に書き直した作品である。クローデルは「私の能」、「一種の能」と呼んでいるが、以上のような理由から能と呼ぶにはほど遠い作品といわざるをえない。とはいえ、この呼称から、彼がいかに能的要素を自作に採りいれようとしていたかがうかがえる。『女と影』は、クローデル的能に向かう第一歩、つまり習作と見るほうが正しいといえよう。

その後、一九二六（大正一五）年に一種の舞踊台本『埴輪の国』を書いているが、こちらは「和風の寸劇」[64]〔強調は原文〕と呼び、能とはいっていない。しかも、六代目尾上菊五郎の出演を希望していることから、能ではなく、歌舞伎形式の上演を考えていたらしいことがわかる。それを仲介したのが、山内義雄である。彼は、早稲田大学教授でフランス文学者の吉江喬松に相談し、吉江は歌舞伎界にも顔がきく同大学教授で著名な文筆家でもあった坪内逍遙に話をもっていっている。しかし、一二月二五日に大正天皇が崩御されたこともあったせいか、この上演計画はうやむやになったようで、実現されていない。

この年の一〇月一〇日付の『東京朝日新聞』朝刊によると、『埴輪の国』は、この年の春の京都旅行中に見た埴輪にヒントを得て書かれたとされている。だが、春に行ったのは奈良で、京都旅行は七月である。どちらが源泉であるかはっきりしないが、確実にいえるのは、一年ほど前に書いたメモ風の寸劇『自分の魂を探すジロー』が、この作品の下敷きになっているということである。『埴輪の国』も『自分の魂を探すジロー』もいずれも主人公はジローという名の知的障害児である。

『自分の魂を探すジロー』では、場所がスペインに設定され、ジローは自分の魂を探すために村をでていく。彼は、魔法使いにいわれるままに小さな穴をのぞき、超自然界の人物たちに出会う。すると、ジプシーの女王の行列が現れ、ジローは女王をめがけて進んでいくが、殺されてしまう。だが、ジローの望みがかなったかのように、彼の死体は倒れた柱の台座に置かれ、それを夕日が金色に染め、天国にはオルガンが現れる。

それが、『埴輪の国』になると、場所は日本である。ジローは骨董屋の主人に用事を頼まれ出かけていくが、道に迷い、墓地で眠り込んでしまう。夢のなかで、彼は埴輪の国の女王に出会い、持ち金を渡せば結婚するといわれ、金を与える。世俗を象徴する金を棄てたジローは、眠りのなかで女王の迎えを受け、彼女ら一行とともに天に昇っていく。その様子を映しだすのが障子である。『女と影』では「幅広い紙のスクリーン」が使われていたが、ここでは、眠りという時空間を超えた両界の境ともいえる場所を描きだす用具として、障子というスクリーンが利用されている。

歌舞伎を念頭において書かれた舞踊台本『埴輪の国』には、当然ながら、能的要素を見いだすことができない。この作品の執筆が、『能』をほぼ書きあげていた時期にあたるだけに、奇妙な感じがしないでもない。しいて能的要素を挙げるとすれば、ジローの眠りにでてくる埴輪たちが、暁を告げる鐘の音とともに消えていく点かもしれない。複式夢幻能の後場では、シテが姿を消すのは、多くが夜明けだからである。

日本滞在中に執筆された劇作品には、能的要素がほとんど見あたらない。それが見られるようになるのは、『能』執筆後の劇作品になる。

書物の読みあげ

駐米フランス大使に任命されたクローデルは、一九二七（昭和二）年二月に日本を離れ、ワシントンに直行している。しかし、当面の業務の片がついたのか、四月には帰国し、八月までフランスに滞在することになる。

彼がブラングの館《やかた》と呼ばれる城館を購入したのは、この時期である。呼称のいわれは、リヨンから七〇㎞ほど離れた小村ブラングにあったからである。ひろびろとした庭園にかこまれた館は、一四世紀に建てられた城塞を一七世紀に別荘風に改築したものであった。

一家がこの新居に移ったのは、七月一四日である。当日の『日記』には、「ついに私のものとなった一つ屋根の下で、やっと妻と五人の子供たちに囲まれるようになった(65)」との一文がある。「土地に根付いた人間」でありながら、「旅人」として過ごしてきた彼には、感慨深い日であったにちがいない。

じじつ、これまで彼は、自分の持ち家で、一家が一つ屋根の下に住むといった生活を送ったことは一度としてなかった。日本駐在中は、長男は勉学のため、次男は病気療養のためフランスに残さざるをえず、大使館での生活は妻と三人の娘とであった。それも関東大震災後は、安全を気遣い、妻と三人の娘をフランスに返し、その後は、再来日した次女と暮らす日々であった。『日記』に記したように、ブラングの館に落ち着いた七月一四日はフランス革命記念日ということもあり、久しぶりの一家団欒であったにちがいない。

こうした雰囲気が一種の環境作りをし、創作意欲を刺激したのかもしれない。オラトリオ形式の戯曲『クリストファ・コロンブスの書物』が書かれたのは、その一カ月後の八月、このブラングの館であった。

クローデルは、以前からオーストリアの演出家マックス・ラインハルトに「一種の奇蹟劇」の執筆を依頼されていた。しかし、なかなか筆が進まず、そのままにしていたのである。その後コロンブスのテーマを示唆されるが、それも気のりがしなかった。ところが、七月二三日にパリでラインハルトに会い、ブラングの館に戻ると、突如感興が湧き、二週間余りで一気に書きあげたというのである。[66]

完成した作品では、まず解説者が一冊の本を持って登場する。彼はそれを、「アメリカを発見したクリストファ・コロンブスの一生と航海が記されている書物[67]」と紹介する。ついで場面は祈りの場に変わり、解説者の声が響く。

全能なる神よ、これは、アメリカを発見し、そのかなたにあるものを見いだしたクリストファ・コロンブスの一生と航海が記されている書物、それを開き、説明する知恵と能力を私に与えたまえ。[68]

こうして、書物は開かれ、読みあげられていく。すると、舞台はヴァイャドリードの貧しい旅籠に変わり、死を待つコロンブスが現れる。解説者は、このコロンブスを呼びだし、合唱隊はその呼びだしを助ける。

解説者 クリストファ・コロンブス、クリストファ・コロンブス、私たちのところに来るがいい、クリストファ・コロンブス。

クリストファ・コロンブス 誰だ、私を呼ぶのは。

合唱隊 クリストファ・コロンブス、クリストファ・コロンブス、私たちのところに来るがいい、クリストファ・コロンブス。

クリストファ・コロンブス 誰だ、私を呼ぶのは。

合唱隊 私たちは後世の者だ。〔…〕ほんの一歩踏みだすだけで、私たちと一緒になれる。死というこのわずかな境界線を超えるだけで。[69]

すると、コロンブスは二人に分かれる。呼び声に応えて死を超えるコロンブスと、死を超えないコロンブスの二人である。死を超えなかったコロンブスは、クリストファ・コロンブス一となり、舞台に残って生前のコロンブスを演ずる。死を超えたコロンブスは、クリストファ・コロンブス二となり、死んだコロンブスとして合唱隊のもとに来る。以後、彼は霊として、かつての自分を演ずるクリストファ・コロンブス一を見守り、ときおり忠告し、激励する。

こうして過去が、クリストファ・コロンブス一によって舞台に再展開されていくのである。

ここで過去の再展開のために用いられている手法は、主人公の一生が記されている書物の持ち込みと、その読みあげである。書物は読みあげられ、コロンブスの過去が舞台に再展開されていく。やがてその展開が終わると、つまり、コロンブスの生涯が閉じられると、舞台はふたたびヴァイャドリードの旅籠の場に戻り、そこに死を待つコロンブスが現れる。そして、天国に召されていくコロンブスの場となって幕が下りるのである。

ところで、クリストファ・コロンブスの一生が記された書物の持ち込みは、七月二三日以前に書かれたとされる初稿メモには記されていない。だが、すでに初稿メモの段階で過去の再展開が見られるのだ。まず旅籠で死を待つコロンブスが登場し、ついで、彼の過去が展開していくといったぐあいになっている。(70) このことから、過去の再展開の構想は、初稿メモの段階から試みられていたことがわかる。しかし、そのための手法として書物の持ちこみが記されるのは、八月七日に完成する決定稿の段階である。

いうまでもなく、この書物は、ダンテについての講演にでてきたあの「永遠の書物」である。「永遠の書物」は、すでに『繻子の靴』でも触れられていたが、そこでは、主人公の地上での言動を「天上に翻訳」するというイエズス会神父の祈りを通して暗示されていたにすぎない。ところが、『クリストファ・コロンブスの書物』では、じっさいに主人公の一生が書き込まれている「永遠の書物」が舞台に持ち込まれ、それが読まれ、それによって主人公の過去が再展開されていくという仕組みになっているのだ。

過去を再展開させるこの手法の背後に、クローデルの能体験があったことはいうまでもない。しかし、能には「永遠の書物」という考えはない。それゆえ、能では舞台に書物を持ち込むことをしない。だが、クローデルは能に見られる過去の再展開を実現するために、「永遠の書物」にヒントを得て、その読みあげを思いついたのだ。そこに彼独自の能解釈による彼独自の劇作術の誕生を見ることができる。

クローデルは『能』で、後場のシテがおのれの過去を再展開する動きについて、「永劫のなかで今はなき情念をゆっくりと映しだしているかのようである」[71]と書いている。注目すべきは、そこに見られる「映しだしている」という文言である。何かを「映しだす」には、そのオリジナルが存在していなければならない。人の一生すべてが「永遠の書物」に書き込まれているとすれば、この場合のオリジナルは「永遠の書物」ということになり、「映しだす」という行為は、その読みだしになる。

クローデルは、能に見られる過去の再展開を、ダンテの講演で話した「永遠の書物」の読みだしに重ねることにより、彼なりに過去の再展開を実現したのだ。過去を再展開するには、「永遠の書物」というオリジナルを読みだせばいい。それを映しだせばいいのだ。それだけで過去は、おのずと再展開していくことになる。それが彼が編みだした手法だったのである。

主人公の二分化

他方、能からの直接の借用または着想は、この作品の解説者とコロンブスに認められる。まず解説者があの世の存在となっているコロンブスを呼びだす。すると、それに応えてコロンブスが現れる。これは、明らかにクローデルの説く能のワキとシテの関係にあたる。

しかし、能では、シテがコロンブスのように二人に分かれることはない。一般に複式夢幻能では、シテは前場で里女とか漁夫といったこの世の人間の姿で現れる。それが後場になると、かつての姿で現れる。しかし、シテはすでに死んだ人間であるがゆえに、その本体は一貫して霊である。それが前場と後場で姿を変えて現れるだけである。それゆえ、シテ役の役者は、この三役を、つまり本来の姿である霊と、前場で現れるこの世の人間と、後場で現れるかつての自分の三役を、一曲を通して一人で演じきることになる。

クローデルはそれを知っていて、この三役から本来の姿である霊と、もっとも関心を寄せていた後場で現れるかつての自分との二役を選び、それを二人に分けて演じさせたと考えられる。それが、クリストファ・コロンブス二とクリストファ・コロンブス一である。前者は霊である本来のシテであり、後者は過去を再展開する後場のシテである。シテの本質を的確にとらえ、生かしている点では、能にそった人物設定といえる。しかし、能ではシテ役を二人に分けることはしない。この点、能にほど遠い手法といわざるをえない。

能から遠のくことを知っていながら、コロンブスを二人に分けたことに関し、彼はつぎのようにいっている。

ヴァイャドリードの旅籠で死を待つコロンブスの目の前に、これまでの過去が結審を受けようとして現れてくる。すると、彼はおのれを二分し、一方をおのれ自身の叙事詩の観客と裁判官にする。(72)

コロンブスを二人に分けたのは、かつてのおのれを眺め、判断をくだす別なコロンブスを登場させるためでもあったのだ。そのために、コロンブスに死を超えさせ、霊とし、クリストファ・コロンブス二にしたのである。霊となったコロンブス二は、「おのれ自身の叙事詩の観客と裁判官」となり、かつての自分に判断を下す存在となり、同様の立場にたつ後世の人々の群である合唱隊の仲間入りをするのである。この点も能とは異なる。

さらにもう一点、『クリストファ・コロンブスの書物』を能から遠ざけているものがある。それは、『女と影』や『繻子の靴』で使われていたスクリーンの採用である。そこには、登場人物の内面、舞台上での動き、コメントの内容などが映しだされる。一般に劇の進行に必要なこの種の叙景や解説は、合唱隊か解説者が受け持つのが普通であり、能では主に地謡《じうたい》がその役を引き受けている。それを知っていながらあえてスクリーンを使用したのは、「感情、記憶、思考のもっとも微妙なニュアンスを表現する」(73)ためであったと、クローデルは説明している。障子などにヒントを得て『女と影』や『埴輪の国』で利用したスクリーンが、ここでも時空間を超えた両界の境ともいえる場所での出来事を描きだす用具として利用されているのである。

主人公の一元化

『クリストファ・コロンブスの書物』で、書物を持ち込み、それを読みあげることによって過去の再展開を実現させたクローデルは、その七年後の一九三四(昭和九)年一二月初旬に、同じ手法を用いて『火刑台上のジャンヌ・ダルク』を書きあげている。これも、前作とおなじオラトリオ形式の戯曲である。

当時、クローデルは駐ベルギー大使であった。一一月にはいった頃、彼は作曲家ダリウス・ミヨーの紹介もあり、イダ・ルビンシュタインからジャンヌ・ダルクをテーマにした戯曲を書いて欲しいとの手紙を受けとっていた。(74)だが、彼はその依頼を断っている。イダ・ルビンシュタインは、ロシア生まれの舞踊家で、女優でもあり、芸術活動の庇護者でもあった。ところが、ブリュッセルに向かう車中で、突然戯曲の構想が湧いたという。

ある一生を理解するには、風景を理解するのと同様に展望台が必要である。高い頂上こそ、最適な場所である。ジャンヌ・ダルクの一生が展望できる頂上、それは死である。ルーアンの火刑台である。(75)

ここで注目したいのは、死を迎えた時に自分の過去が展望できるという考えである。この考えは、一九一九(大正八)年一二月の『日記』にベルクソンの一文を引用した時と変わっていない。クローデルの過去の再展開への歩みをたどってみると、そこにはつねに離別と死が通底していることがわかる。

デンマークでの講演では、物事が以前にもまして良く理解できるようになるのは、「ものごとから離れてしまう」時だといっている。ダンテに関する講演では、「一文字一文字読みあげていく」「永遠の書物」に書き込まれているのは、死者の一生であった。『繻子の靴』では、主人公の地上での言動を「天上に翻訳」していくのは、死ぬ寸前のイエズス会神父である。そして、『クリストファ・コロンブスの書物』で、おのれの生涯を再現して見せるのは、死を待つコロンブスである。このように、すべて過去の再展開には、一貫して離別や死が深く関わっているのである。

『火刑台上のジャンヌ・ダルク』も、例外ではない。ルーアンで火刑に処せられたジャンヌ・ダルクの死から物語は始まっている。

まず耳に入るのは、暗闇のなかでジャンヌ・ダルクを呼びだす合唱隊の声である。すると、舞台は明るくなり、処刑されたジャンヌ・ダルクの姿が現れる。彼女は一本の棒杭に鎖でつながれ、しゃがみ込んでいる。そこへ、ドミニック修道士が一冊の本を持って現れ、合唱隊の後を受けて、彼女に声をかける。

ドミニック修道士　ジャンヌ、ジャンヌ、ジャンヌ。

ジャンヌ　誰、私を呼ぶのは。誰なの、私を呼んでいるのは。誰なの、ジャンヌといったのは。

ドミニック修道士　私がわからないのか。

ジャンヌ　わかるわ、ドミニックの服だわ、白いガウンと黒いマント。

〔…〕

ドミニック修道士　〔…〕私なのだ、この私、ドミニックなのだ、私だ、ドミニックなのだ。天上からお前にこの本を持って降りてきたのは。(76)

いうまでもなく、このドミニック修道士とジャンヌ・ダルクは、能のワキとシテを思わせる。すでに処刑されているジャンヌ・ダルクはシテ同様、あの世から呼びだされた超自然界の存在である。それにたいし、ドミニック修道士は、合唱隊に続いてジャンヌ・ダルクに声をかけ、彼女を呼んでいる。それゆえ、彼はワキ同様、招魂者でもあるかのように見える。しかし、ここで招魂者の役を演じているのは、合唱隊である。ドミニック修道士は、合唱隊に呼びだされたジャンヌ・ダルクに声をかけているにすぎない。彼は招魂者ではないのだ。ドミニック修道士が手にしている本は、ジャンヌ・ダルクの裁判記録である。そこには、異端者として捕らえられた彼女の一生が記されている。

天使たちが、筆をやすめることなく、それを天上に翻訳してくれたのだ。[77]

ドミニック修道士は、そう説明している。天上に翻訳され、人の一生を記した本となれば、それは「永遠の書物」である。ここでも、『クリストファ・コロンブスの書物』同様に、主人公の一生が記されている書物が持ち込まれているのだ。

だが、ジャンヌ・ダルクは文字を知らない。せっかく持ってきた本を読むことができない。

ドミニック修道士　わかってもらおうとして持ってきたこの本、文字など知っている必要はない。〔…〕

ジャンヌ　では読んで、ドミニック、神様の御名のもとに。わたしのために。わたしはあなたの肩越しに見ているわ。[78]

こうして、ドミニック修道士は「永遠の書物」を読みあげていく。すると、それにつれてジャンヌ・ダルクの生涯が舞台に展開されていくのである。しかし、彼女は、クリストファ・コロンブスのように二人に分かれることはない。一人で霊である現在の自分と過去の自分の二役を演じ続けていく。たとえば、故郷のドンレミで聖女カタリナと聖女マルガリタの呼びかけを聞く場面である。

ジャンヌ　あの声だわ、『深き淵より』を唱うカタリナ、天で青と白を身にまとって「パパ、ママ」といっているマルガリタ。
ドンレミで聞いたことがあった、カタリナとマルガリタの声を。
〔…〕
でも、ほんの小娘だったわたしは、わたしはイラクサとキンポウゲのなかでほんとうにびっくりしてしまって、バターをぬったパンを食べるのも忘れていた。(79)

この台詞を口にするジャンヌ・ダルクは、過去を思いだしているジャンヌ・ダルクであり、あきらかに霊である現在のジャンヌ・ダルクである。しかし、つぎの台詞を口にするジャンヌ・ダルクは、小娘であったかつてのジャンヌ・ダルクである。

声（突然激しく） ジャンヌ、ジャンヌ、ジャンヌ、ジャンヌ、神の娘よ、行くのだ、行くのだ、行くのだ。
ジャンヌ 行きます、行きますとも。出かけるわ、出かけるわ。ほら、出かけてしまった。(80)

過去の想起を機に、場面は一気にドンレミの田野となり、彼女がカタリナとマルガリタの呼びかけを通して天上の声を聞いた時になる。そして、霊である現在の彼女は、一瞬にしてドンレミの田舎娘となり、二人の聖女の声に答えるかつてのジャンヌ・ダルクに変わる。こうして、過去がいっきに再展開されていくのである。

このように、霊である現在の自分と過去の自分を行き来する動きは、夢幻能の後場のシテに見られる。たとえば、すでに例としてあげた夢幻能『敦盛』の後場でシテの敦盛が熊谷次郎直実に追われる場がそれにあたる。シテの敦盛は、その場までは、霊として地謡とともに戦場の様子を語り聞かせている。しかし、地謡が「馬引っ返し波の打物抜いてふた打ち三打ちは打つぞと見えしが」と謡う場になると、かつての敦盛となり、実際に刀をぬいて相手に切りつける所作をし、過去を再展開していくのである。

『火刑台上のジャンヌ・ダルク』の主人公も同様である。彼女は、夢幻能のシテのように、霊である現在の自分と過去の自分との二役を引き受け、その間を往復し、その双方の役を演じているのだ。

前作の『クリストファ・コロンブスの書物』では、主人公を二人に分け、この二役を分担させていた。しかし、『火刑台上のジャンヌ・ダルク』では、それを一元化し、主人公一人にこの二役を演じさせている。この点、『火刑台上のジャンヌ・ダルク』は、『クリストファ・コロンブスの書物』よりはるかに能に近いといえる。しかも、この作品では、スクリーンも使われていない。この点も、能への接近を深めている証しとなっている。

書物の不在

『火刑台上のジャンヌ・ダルク』を完成した翌年の一九三五(昭和一〇)年八月一日、クローデルはオラトリオ『知恵の司の饗宴』を書きあげている。執筆のきっかけをつくったのは、この時もダリウス・ミヨーであった。彼は、イダ・ルビンシュタインから聖書を題材にした作品の依頼を受け、それをクローデルに、前年の八月に相談していたのである。

だが、前回のようにクローデルは、いったん断っている。しかし、感興が湧いたのか、再度ミヨーから話があると、その翌日には書きあげた原稿を彼に渡しているのだ。その時の原稿が残っていないので、推測の域をでないが、おそらくそれは『婚宴の譬《たとえ》』の焼き直しであったと思われる。『婚宴の譬』は、一〇年ほど前の一九二五(大正一四)年に、「マタイによる福音書」第二二章にある「婚宴のたとえ」を題材に書かれたオラトリオ風の短い台本である。

原稿をいったんミヨーに渡したものの、クローデルはその後も一年ほどかけて複数回にわたり、それを書き直している。(81) こうして仕上ったのが、『知恵の司の饗宴』である。

完成した作品は、四部仕立てのオラトリオ形式で、その枚数は、元となった『婚宴の譬』の三倍ほどに増えていた。というのも、「ルカによる福音書」第一四章にある「大宴会のたとえ」があらたに書き加えられ、さらに書き直しや加筆があったからである。なかでも注目すべきは、婚宴に招く人が「マタイによる福音書」では王であり、「ルカによる福音書」ではある人になっているのが、『知恵の司の饗宴』では、知恵の司に変えられていることである。この主人公の変更は、まことにクローデル的であったといえる。というのは、知恵の司は、ノートルダム大聖堂での啓示以来、彼にとっては「神の愛に人々を招く」(82)貴重な存在となっていたからだ。

クローデルはこの書き直しに関して、能を意識して書いたといっている。『知恵の司の饗宴(日本の能の翻案の試み)』と題するエッセーには、つぎの一文がある。

〔…〕ヨーロッパの観客は、日本の能のきわめて特殊な手法に親しみはじめている。私にいわせれば、能は、どこの国にも見あたらない、歌唱劇の最高の形態の一つである。〔…〕イダ・ルビンシュタインの親切な協力をえて、一種の能としてこの作品を書いたが、いずれ数カ月後には、彼女によってフランスの観客に披露されるはずである。主題は、よく知られている福音書の譬を借用した知恵の司の饗宴である。(83)

クローデルが自分の作品と能との関係について、これほどはっきりと語ったことはこれまで一度としてなかった。よほどつよく能を意識して書いたと思われる。そのせいか、『知恵の司の饗宴』は、それ以前の作品にくらべてはるかに能に近い。

そもそも、『クリストファ・コロンブスの書物』や『火刑台上のジャンヌ・ダルク』で持ちこまれていた、あの主人公の一生が記されている書物がここでは姿を消している。『知恵の司の饗宴』のもとになった前作『婚宴の譬』では、「巨大な書物」が舞台中央の書見台に置かれる設定になっていた。それが書き直された台本では、書物はもちろん、書見台すら見あたらないのである。

能には、誰でも知っている故事や伝説、歴史上の人物や事件などを記した書物から想を得て書かれた曲が数多くある。しかし、その典拠となっている書物を舞台に持ち込むことは、けっしてしない。『知恵の司の饗宴』も、「マタイによる福音書」と「ルカによる福音書」、つまり、クローデルもいっているように、「よく知られている福音書の譬」[84]を題材にしている。それゆえ、能にならい、作品の典拠となっている『聖書』をわざわざ舞台に持ち込むことはしなかったと思われる。

『知恵の司の饗宴』は声一と声二による朗唱で始まる。この朗唱は、家をでて行った放蕩息子を待ちわびる父親の心情を表現するもので、このオラトリオが、「正義の人々」や「聡明な人たち」だけではなく、「邪な人たち」、「魂を亡くした人たち」[85]までをも饗宴に招こうとする神の愛を主題にしているだけに、まことにふさわしい導入部といえる。

この導入部が終わると、声一と声二が、大きな布に身を隠して眠っている一人の女性に気づく。

声一　あの二本の柱の間に一人の女がいる。跪《ひざまず》いているのが見える。
声二　女なのか。あの重ねた布の下に、生き物がいるのか。
声一　誰なのか、尋ねてみるがいい。
声二　おまえこそ、おまえこそ、さぁ、ミュージック、あの女が誰なのか、尋ねてみるがいい。
声一　名前を忘れてしまったといっている。
声二　おまえが、おまえが、さぁ、ミュージック、名前を教えてやるがいい。
声一　思いだせないといっている。
声二　遠い昔のことだといっている。

すると、合唱隊は、声一、声二に続けて声をかける。

合唱隊　お前はどこにいたのか、私が地の礎を築いた時。覚えているならいってくれ(86)〔…〕。

それを聞き、女性はゆっくりと身を覆っている布から姿を現す。彼女は知恵の司である。目を閉じたまま静かに立ち上がると、自分を確かめるように口を開く。合唱隊はそれに応える。

知恵の司　思いだした、思いだした、あの方が天をお創りになる準備をされていた時……
合唱隊　私はそこにいた。
知恵の司　あの方が深淵の周りに地の境を置かれていた時……
　耳を傾ける仕種
合唱隊　私はそこにいた。
知恵の司　あの方が深淵のまわりに地の境をおかれていた時……
　そこに行き、触れる仕種
合唱隊　私はそこにいた。
知恵の司　(目を下から上に移し)　天空をしっかりと据えられていた時、水の大源を整えられていた時……
　両腕をのばす
合唱隊　私はそこにいた(87)。

こうして、深い眠りから呼びさまされた知恵の司は、自分自身がだれであるかを知る。そして、声一と声二にうながされ、『聖書』に記されている事績の再展開に向かっていくのである。
この再展開の過程は、これまでの手法と基本的には変わっていない。唯一異なるのは、ここでは書物が持ちこまれていないことである。それゆえ、書物の読みだしという過程がない。しかし、書物が持ちこまれなくても、書物に記されている超自然界の存在の呼びだし、それによる超自然界の存在の出現、そして、超自然界の存在による過去の再展開という手順は、これまでの作品と同じである。

知恵の司は、『聖書』という「永遠の書物」に書き込まれている存在である。それが、声一、声二、合唱隊によってこの世に呼びだされ、かつての事績を再展開していく。もちろん、呼びだされる知恵の司はシテにあたり、彼女を呼びだす声一、声二、合唱隊はワキにあたる。

ただ、これまでの作品の主人公と違うのは、知恵の司が死者でも、死者の霊でもないということである。彼女は神の創造に先立って生みだされた永遠の存在である。それゆえ、霊としてではなく、はじめから知恵の司として姿を現し、知恵の司として存在し続ける。

霊でない以上、彼女には死の経験がない。まして人として生きた生前という過去もない。したがって、前作のクリストファ・コロンブスやジャンヌ・ダルクのように、霊としての現在の自分と過去の自分に分かれる必要も、この二役を演ずる必要も、まして両者の間を往来する必要もない。知恵の司は、一貫して知恵の司であり続けるだけである。

クローデルは、この種のシテの存在を知っていたはずである。彼は『能』で、シテの種類を「神、勇者、隠者、亡霊、悪鬼」[88]に分けているが、これは、能を五番立てで上演する時の分類にほぼあてはまる。一般に能では、シテの素性にしたがい、江戸時代の分類を踏襲して神、男、女、狂、鬼の五種に分け、それらを初番目もの、二番目もの、三番目もの、四番目もの、五番目ものと呼び、その順にしたがって上演する習わしがある。クローデルはこの分類をノエル・ペリの『能五番』を通して知っていたと思われる。

このように分類された五種のなかで、『知恵の司の饗宴』の主人公のように、シテがもともと超自然界の存在で、劇中でも、はじめから終わりまで超自然界の存在であり続けるのは、初番目ものと三番目ものに見られる。たとえば、クローデルが『日記』に詳細なメモを残している『翁』と『羽衣』である[89]。『翁』のシテは神の化身であり、『羽衣』のシテは天女である。いうまでもなく、いずれもはじめから超自然界の存在である。分類上は、『翁』が初番目ものに、『羽衣』が三番目ものにはいる。『知恵の司の饗宴』の主人公を死者の霊ではなく、神と並ぶ超自然界の存在にしたのも、能に関するこうした豊かな知識と体験によるものと思われる。

付言すれば、この作品には『聖書』からの直接・間接の引用が数多く見られる。この点も能の影を感じさせる。能の作品には、依拠した原典のみならず、漢籍や経をふくめた多くの古典からの引用が散在している。クローデルはそれを「文章の花飾り」(90)と呼んでいる。日本語を解さない彼にとって台詞の理解は困難であったが、手許にはノエル・ペリの翻訳や註があったのだ。

また、台詞を途中で切り、その残りを別の人物によって完成させるという手法も、西洋の劇作品に見られるとはいえ、能にならったものと思われる。たとえば、眠りから覚めた知恵の司が「思いだした、あの方が天をお創りになっている時……」というと、合唱隊が「私はそこにいた」と続けている。能では一般にシテやワキの台詞を地謡が途中で引き受け完成させるケースが多いが、クローデルはそうした台詞に注目し、「完成させずに進め、あとで完結させる」(91)といっている。

さらに『女と影』以来使われてきたスクリーンが、『火刑台上のジャンヌ・ダルク』に続いてここでも利用されていない。このように見てくると、『知恵の司の饗宴』は、これまでの作品にくらべてはるかに能に近い作品であるといえる。

合唱隊への関心

日本での能体験後に書かれたクローデルの劇作品を見ると、一九二七(昭和二)年に書かれた『アテネの城壁の下で』と一九三八(昭和一三)年に書かれた『投石』を除いて、かならず合唱隊が登場している。しかも、かなりの比重を占めている。それに、その役割も多彩である。

だが、合唱隊への関心は、能体験からはじまったことではない。それ以前にさかのぼる。晩年になってクローデルは、「合唱物語詩《ディーテュラムボス》につねに惹かれていた」といっている。(92) 合唱物語詩《ディーテュラムボス》は、ギリシア悲劇の起源となったといわれる合唱隊によるディオニュソス賛歌である。彼がギリシア悲劇に興味を持ちはじめたのが中高校生時代なので、そのころから合唱物語詩《ディーテュラムボス》は関心をひいていたことになる。入門書となったのは、ポール・ド・サン゠ヴィクトールの『二つの仮面』であった。そこには、合唱物語詩《ディーテュラムボス》についてつぎの説明がのっている。

合唱物語詩《ディーテュラムボス》は、酩酊状態の賛歌であった。バッカスの破れた酒袋から飛びだしめまいを起こす歌であり、人の血管と精神にたぎるブドウ酒から湧き出る声であった。(93)

その後、合唱隊に関するメモがはっきりとした形で見つかるのは、来日する一〇年ほど前の一九一一（明治四四）年五月の『日記』である。そこには、ピエール・バチフォールの『ローマ時代の聖務日禱』からの引用が記されている。それは、待降節の第一日曜日のミサ典礼で歌われていたラテン語の交唱部である。待降節はキリストの来臨を準備するクリスマス前の四週間にわたる期間で、つぎに記すのは、クローデルが書き写したラテン語の交唱部の最初の部分である。

〔先唱者〕遠クカラ眺メルト、ソレ、私ハ見ル、神ノ力ガ来ラレルノヲ、ソシテ、雲が全地ヲ覆ウノヲ。彼ノモトニ行クガイイ。ソシテイウガイイ、私タチニ教エテクダサイト、アナタガ、イスラエルノ民ヲ支配スルオ方デアルカドウカト。

〔…〕

〔聖歌隊〕彼ノモトニ行クガイイ。ソシテイウガイイ。(94)

著者のバチフォールによれば、ここでは、「遠クカラ眺メルト、ソレ、私ハ見ル〔…〕」という預言者イザヤの言葉を先唱者が人々に伝え、それにたいして聖歌隊が答唱するといった形式になっているという。注目すべきは、この交唱に関し、バチフォールが二個所にわたり注をつけていることである。その一つは、「神の力」の到来を告げる預言者イザヤの言葉が、『ペルサイ（ペルシアの人々）』の有名な一場面を思わせるという注である[95]。『ペルサイ（ペルシアの人々）』は、ギリシアの劇作家アイスキュロスの作品で、その「有名な一場面」とは、今は亡きペルシアの先王ダーレイオスの霊が、息子のクセルクセースの大敗を語る場面である。

クセルクセースは、ダーレイオスの忠告も聞かず、ギリシア遠征に向かうが、サラミスの海戦で大敗してしまう。ダーレイオスは、息子の敗北の様子を語り、忠告を聞かぬ傲慢さを諭し、今後の状況を予言し、なすべき事柄を示唆している。このように語りと示唆に終始するダーレイオスの霊は、その役柄から見ると、説明者でもあり、教唆者でもあるということになる。

ということは、ダーレイオスの霊に重ねられた預言者イザヤもまた、説明者でもあり、教唆者でもあるということになる。じじつ、イザヤの言葉は「遠クカラ眺メルト、ソレ、私ハ見ル〔…〕」という説明文と「彼ノモトニ行クガイイ。ソシテイウガイイ〔…〕」という教唆文から成りたっている。

ところが現実には、イザヤの言葉を伝えているのは、交唱部を先導する先唱者である。それゆえ、先唱者はイザヤの代弁者であるといえる。と同時に、イザヤの代弁者であるということは、イザヤの言葉を語るがゆえにイザヤ同様に説明者でもあり、教唆者でもあるということになる。つまり先唱者は、代弁者、説明者、教唆者の三役を担っていることになる。

クローデルは、バチフォールのこの注記を先に記した交唱部とともに『日記』に書き写している。このことは、彼もまた先唱者を、代弁者、説明者、教唆者として捉えていたことをうかがわせる。

つぎに二つ目の注記だが、それは、「聖歌隊全員が〔…〕預言者の声を騒然たるこだまのようにくり返していた[96]」というものである。クローデルは、この注記を「聖歌隊全員が預言者が見いだすものを自分たちも見いだしているかのように応えている[97]」と書きかえている。

この書きかえは、聖歌隊に独自の権能を見るクローデルの考えを明らかにしている。たしかに聖歌隊は先唱者の言葉の一部を「こだまのようにくり返し」ている。しかし、無意識に「繰りかえして」いるわけではない。聖歌隊は、先唱者の言葉を受け止め、それに同意し、みずから「応えて」いるのである。こうした聖歌隊の応答は、先唱者の言葉を増幅させ、それに重みを加え、広く反響させる効果も持っている。

他方、この交唱がミサ典礼で歌われていることを考えれば、ミサにあずかっている信者もまた、沈黙しているとはいえ、聖歌隊と同じように先唱者の言葉に反応し、聖歌隊同様に応えているはずである。そもそも先唱者の言葉は、預言者イザヤの言葉がそうであるように万人に、聖歌隊だけにではなく、ミサ典礼にあずかっている信者全員に、さらに広くいっぱん民衆に向けられているはずである。したがって聖歌隊は、聖歌隊として応えているのではなく、信者をふくめた一般民衆という不特定多数に代わって応えていることになり、彼らの代表者ということになる。

すでにクローデルは、一九〇七(明治四〇)年にミサ典礼について「私たちは神の司祭を支えると同時に彼に導かれながら、彼と共にこの到来にあずかるのである」とジャック・リヴィエールに書き送っている。この時期から彼は、「私たち」信者をミサ典礼に直接参加している者としてとらえ、聖歌隊という合唱隊を「私たち」不特定多数の代表者として見ていたことがわかる。

このようにたどってくると、バチフォールを引用した時点でクローデルが把握したと思われる合唱隊の役割が、かなりはっきりとしてくる。それは、代弁者、説明者、教唆者、不特定多数の代表者の四種である。

合唱隊の導入

その後、来日までにかかれた劇作品で、合唱隊が登場する作品は三編を数える。一九一三(大正二)年には『プロテウス』を、一五(大正四)年には『一九一四年キリスト降誕祭の夜』を、一七(大正六)年には『熊と月』をといったぐあいである。

『プロテウス』には、説明者としての合唱隊が登場するが、それ以外に、山羊の足をしたサテュロスの群れとアザラシの群れが合唱隊として登場している。彼らは、サテュロスやアザラシというれっきとした登場人物名を持ち、登場人物としてふるまっているが、合唱隊になることがあり、サテュロスの場合は、その名の後に「多声合唱隊」と書き添えられたり、「サテュロスの群れ合唱隊」と書きかえられたりしている。アザラシも「アザラシの群れ合唱隊」と書きかえられている。(98) しかし、彼らは一貫してサテュロス役やアザラシ役を演ずる登場人物であり、ときおりバック音楽的動きをするとはいえ、純粋の合唱隊とはいいがたい。

ところが、『一九一四年キリスト降誕祭の夜』になると、「合唱隊」という名を持つ存在が一度だけ登場する。この戯曲の登場人物は、第一次世界大戦で、ドイツ軍の爆撃で倒れた死者たちである。その一人であるジャンが、白い光が現れるのを見て、「この白い光はなに」と尋ねる場面がある。白い光は、ジャンと同じく爆撃で倒れた子供たちの魂である。すると、合唱隊が低い声で、「鳥ノヨウニ　ワタシタチノ魂ハ逃レタ」とラテン語で歌う。(99) この歌詞は「詩編」第一二四章第七節からの借用で、幼児殉教者の日（一二月二八日）に歌われるが、それを口にする合唱隊は、あきらかに死んだ子供たちの代弁者である。合唱隊は、子供たちに代わり、爆撃による死を「鳥ノヨウニ〔…〕逃レ」、幼児殉教者のように今では永遠の生命をえていることを語っているのだ。

合唱隊という名ではないが、他に、「ドイツ軍の砲撃」、「男女の声」、といった名を持つ声だけの登場も、この戯曲には見られる。合唱隊が声だけの登場者だとすれば、彼らもまた同様なので、彼らを合唱隊と見ることに問題はないと思われる。

ここでは、ドイツ軍の砲撃を担う声が「ドカーン」と大声を響かせると、男女の声がその度に、「イト高キトコロニハ神ニ栄光。地ニオイテハ、善意ノ人々ニ平安」ではじまる栄光誦をラテン語で一句ずつ朗誦し続ける。(100) この場合、男女の声は、ドイツの攻撃に身をさらしているフランス人すべての祈りであると解釈できる。すなわち、ここでの男女の声は、不特定多数の代表者ということになる。

ところが、先にも触れた『熊と月』になると、合唱隊は自分の立場をはっきりと示し、二種の役を担うことになる。

まず合唱隊は、みずから「私は合唱隊です」と名乗り、合唱隊であることを明示している。ついで、「この面白いお芝居に付き添い、最後まで見守るのはこの私です」といい、さらに、「私は、魔法の道具を使ってドラマに介入するのです」と公言して、説明者を兼ねた進行者、教唆者でもあることを明かしている。(101) この戯曲では、『一九一四年キリスト降誕祭の夜』に登場していたような、ドイツ軍の砲撃や男女の声といった声だけの存在と合唱隊との混在は見られない。すべて合唱隊に一元化され、それが説明者、進行者、教唆者の三つの役を演じているのである。

この時点で、先に挙げた四種の合唱隊の役割、つまり代弁者、説明者、教唆者、不特定多数の代表者がすべてでそろったことになる。しかし、『プロテウス』にしろ、『一九一四年キリスト降誕祭の夜』にしろ、『熊と月』にしろ、合唱隊は、一作のなかでこの四種の役割すべてを演じているわけではない。四種の役割すべてが一作のなかに見られるのは、それが合唱隊以外の名を持つ声などに分割されるとしても、能体験以後の作品になる。

主役一人主義

駐日大使として来日する一年前の一九二〇（大正九）年、クローデルはアイスキュロスの『コエーポロイ（供養するものたち）』の翻訳を出版し、その巻末に『演出試案と各種覚書』をつけている。そのなかに、古代ギリシア劇の合唱隊コロスに触れたつぎの一文がある。

私はコロスを、不特定な人たちからなるあの多様な参加者と規定する。彼らは、ドラマの主人公を取り囲み、その個性の輝きの一つ一つに、その情念の動き一つ一つに答えを与え、それらを反響させる。主人公はそうした彼らを支えとし、彼らに頼る。コロスは、架空の物語に適した服装を身にまとった公の証人であり、観客を代表する代弁者である。

そう考えると、古代のコロスは典礼の聖歌隊にきわめて近い。(102)

この一文の基底となっているのは、クローデルのミサ典礼観である。彼はギリシア悲劇にミサ典礼を重ね合わせ、両者の共通点を主人公中心主義と主人公を支えるコロスと聖歌隊に見いだしているのだ。

じじつ、ギリシア悲劇は一人の主人公を中心に展開するドラマである。クローデルも仏訳しているアイスキュロスの「オレスティア」三部作を例にとれば、『アガメムノーン』では題名通りアガメムノーンが主人公であり、『コエーポロイ（供養するものたち）』と『エウメニデス（恵み深い女神たち）』ではオレステースが主人公である。この唯一の主人公を支え、ドラマの展開に寄与しているのがコロスである。

ミサ典礼も同じである。既述したように、リヴィエールへの手紙に記した「永遠なる方」も、ローマ時代の待降節の第一日曜日の交唱部で歌われていた「神ノ力」も、いずれも主人公にあたる唯一の中心的な存在である。この唯一の中心的な存在の到来を待ち受け、祭儀を司るのが「神の司祭」であるが、その「神の司祭」とともに祭儀の展開に寄与しているのが聖歌隊である。

クローデルは、こうしたコロスも聖歌隊も、特定の役を演ずる独立した個別的存在ではないと見ている。先の引用文では、コロスを「多様な参加者」の集団であり、それゆえに「観客を代表」する存在としている。聖歌隊に関しても同じ見方をしている。すでに触れたように、『ローマ時代の聖務日禱』にでてくるミサ典礼の交唱部を担う聖歌隊を、クローデルは、信者をふくめた一般民衆という不特定多数の代表者であると考えているのである。

『クリストファ・コロンブスの書物』は、この種の合唱隊を導入した最初の作品である。そこでは、合唱隊がクリストファ・コロンブスという唯一の主人公を支え、ドラマの展開に寄与している。クローデルはこの合唱隊に関して「眼で見、耳で聞いている幾世代にもわたる名も無き集団の海のようなあの種のうなり声[103]」といって、不特定多数の代表者としているのである。

だが、『クリストファ・コロンブスの書物』が書かれたのは、『演出試案と各種覚書』を世にだしてから七年もたった一九二七（昭和二）年八月である。一九二七年といえば、駐米大使に任命され離日した年にあたる。

そこで気になるのは、この七年間にクローデルが接した演劇である。もちろんそれは、日本で親しんだ歌舞伎、文楽、能ということになる。だが、一人の主人公を中心に合唱隊がそれを支えて展開する演劇となると、能以外にない。クローデルもいっているように、能は「誰かがやって来る」ことによって始まるドラマであり、「主役一人主義[104]」と呼ばれている演劇である。しかも能は、過去の再展開を通してクローデルを魅了し続けた演劇でもある。彼は、そうした演劇に接することにより、能の地謡にギリシア悲劇のコロスやミサ典礼の聖歌隊を重ね合わせ、彼独自の合唱隊を編みあげていったと考えられる。

それに、『クリストファ・コロンブスの書物』が書かれた一九二七（昭和二）年は、『能』の前半が『ヌーヴェル・リテレール』紙の九月二四日号に掲載された年でもある。しかも、その全文が藤田嗣治の挿絵入りの豪華本『朝日のなかの黒鳥』に収録された年でもあるのだ。こうしたことを視野に入れるならば、『クリストファ・コロンブスの書物』以後の作品に見られる合唱隊が、能の地謡と無関係であるとは考えにくい。

能の前場では、超自然界の存在であるシテと自然界の存在であるワキが出会い、問答を重ねる。この場合、舞台を展開させているのは、シテとワキである。それゆえ、地謡は筋の展開に積極的に参加しない。クローデルによれば、地謡はつぎのような役割を果たすだけである。

地謡は筋に参加しない。没人格的な注釈を加えるだけである。地謡は過去を語り、情景を描き、思念を発展させ、人物を説明する[105]〔…〕。

こうした地謡は、第三者的な説明者といえる。しかし、それは、シテを中心にした説明であり、地謡はワキの問いかけに答えるシテを助け、舞台の進行に寄与しているといえる。

たとえば、これまで何度も引用してきた『敦盛』の前場の地謡である。地謡は笛に関するワキの問いかけにたいして、シテに代わって答えている。シテが敦盛の亡霊であることをほのめかすと、今度はそれをうけて、シテにかわり僧であるワキに祈禱を頼んでいる。そしてシテが姿を隠すと、消えてゆくシテの言動を謡い、シテの行動を描写しているのである。

ここでは、地謡は単なる第三者的な説明者にとどまらず、シテに密着し、シテの代わりを務め、筋の進行者としての役を果たしている。前場の地謡は説明者、代弁者であると同時に物語を展開させる教唆者でもあるといえる。

それが後場になると、地謡は積極的にシテを助け、シテによる過去の再展開に寄与するようになる。たとえば、すでにとりあげた『敦盛』の後場では、シテは一ノ谷の合戦で無念の死をとげる場を語り、その場をじっさいに再展開してみせる。しかし、その場の語りの大部分を受け持つのは地謡であり、シテは、ほとんど語らない。

もはやシテは語らない。わずかな言葉しか発せず、謡いだしの部分だけを口にする。シテは主題を提供し、誘いだし、はずみをつけるだけである。それを受けて地謡は、シテに代わり、一種の没個性的な詠唱で、自然の風景や内面の情景を展開する役を担うのである。(106)

そうクローデルはいっている。

このように後場の地謡は、シテの台詞を引き受け、シテの言葉を完成させていく。この時の地謡は、もはや単なる第三者的な解説者でも、間接的な教唆者でもない。地謡はシテの代弁者であり、シテを支え導く支柱であり、積極的な教唆者になっている。シテはそうした地謡に支えられ、過去を再展開していくのである。

能の地謡は、クローデルの求めていた合唱隊を具体的に示すお手本でもあった。彼はそこに見られる特徴を汲みとり、彼独自の合唱隊を編みあげていったのである。

多彩な役割

『クリストファ・コロンブスの書物』は、このようなクローデルなりの能理解のもとに合唱隊を導入して書かれた最初の劇作品である。

能が「主役一人主義」の演劇であるとすれば、『クリストファ・コロンブスの書物』も能と同じく、主人公はコロンブス一人だけで、「主役一人主義」のドラマである。もちろん、主人公以外にも、さまざまな人物が登場するが、いずれも主人公を取り巻き、主人公を支える人物として配置されているだけで、構成は一貫して「主役一人主義」に徹している。

合唱隊も能の地謡と同じく、教唆者、代弁者、説明者の役を引き受けている。この三つの役が同時に見られるのは、第一部第一景である。この景は、ジェノヴァを去ったコロンブスが死にかけている水夫を見つけ、海のむこうに陸地があるのかとたずねる場である。

合唱隊は、まず説明者となり「いまクリストファ・コロンブスがいるのはアゾレス諸島」と場所を説明する。アゾレス諸島に着いたコロンブスは、漂流物にしがみついている瀕死の水夫を見つけ、彼に「西のほうに大陸があるのはほんとうか」とたずねる。すると、二手に分かれた合唱隊の一方が教唆者となり「そっとしておくんだ〔…〕」と忠告し、コロンブスの行動を止めようとする。しかし、コロンブスはその忠告に耳を貸さず、水夫に問い続ける。すると、合唱隊は今度は彼の代弁者となって、彼の言葉を引き受け、「海の息子よ、おれのいうことを聞いてくれ。答えてくれ〔…〕」と、水夫に問いかけはじめる。このように、この景ではみごとに合唱隊は、説明者、教唆者、代弁者の三役をこなしているのである。

しかも、この景の合唱隊には、クローデルが注目した、『ローマ時代の聖務日禱』にでてくる交唱形式、つまり聖歌隊が先唱者の文言をくり返す形式が利用されている。たとえば、説明者が「クリストファ・コロンブスは出発した」というと、合唱隊も同一の文言をくり返す。また二手に分かれた合唱隊の一方が「島々と思ったのは、塩吹く鯨の群れ」というと、他の一方は「島々と思ったのは、聖ヤスコニウスの魚」とほぼ同じ文言をくり返す(107)。交唱にも似たこうしたくり返しは、いずれも言葉の意味を増幅させるための手法でもあるといえる。

同様の目的を持つ文言のくり返しは、能にも見られる。いわゆる地取りと呼ばれる繰り返しで、ワキまたはシテが登場歌として次第を謡うと、その第二句を省略して地謡が低い声でくり返す手法である。たとえば、度々引用している『敦盛』の場合、ワキが次第で「夢の世なれば驚きて、夢の世なれば驚きて、捨つるや現《うつつ》なるらん」と謡うと、地謡が「夢の世なれば驚きて、捨つるや現《うつつ》なるらん」とくり返す。クローデルは「地謡が低い声でその句を三度続けて自分にむかってくり返す(108)」といっているが、これは脇能に見られる三遍返しが念頭にあったと思われる。三遍返しは、地取りの後にもう一度演者が謡う形式である。しかし能では、『クリストファ・コロンブスの書物』の合唱隊のように、地謡が二手に分かれることはない。

クローデルによれば、合唱隊は、後世の幾世代にもわたる名も無き集団の代表者でもある。じっさい、第一部第五景で合唱隊は、「私たちは後世の人間です(109)」と明言している。しかも、その合唱隊のなかからコロンブスの事績にたいする反対者と擁護者がでてきて、たがいに意見を戦わせているのである。

能の場合、地謡は主人公を賛美・非難することはあるが、それはあくまでも筋の展開に必要な説明の範囲内であり、不特定多数の代表者としての言動ではない。ただ、すでに触れたように、クローデルはこの不特定多数の代表者の役をワキに見ている。彼によれば、ワキは後場になるとワキ座にすわり、舞台を見守る「証人」になるという。そして、この解釈をさらに拡げて、後場のワキを舞台を見守る観客の代表者としているのである。

こう見てくると、『クリストファ・コロンブスの書物』でこの種の役を務める合唱隊は、『ローマ時代の聖務日禱』の聖歌隊に端を発し、能のワキにも関与しているということができる。

この合唱隊の性格は、最終場になるといっそう顕著になる。彼らは、観客のみならず、幾世代にもわたる名も無き集団という不特定多数の代表者として「ハレルヤ」を歌い、コロンブスの栄光を称えているのだ。

ところで、『クリストファ・コロンブスの書物』では、招魂者の役が解説者という独立した登場人物にふられている。れっきとした登場人物に招魂者の役をふるのは、『七日目の休日』以来の常套手法だが、『クリストファ・コロンブスの書物』の解説者は文字通り説明者としての役と、ドラマの進行役、つまり教唆者としての役も兼ねている。解説者という独立した登場人物をたて、彼に本来の説明者という役以外に教唆者と招魂者の役をふっているのは、その根底にミサ典礼の司祭と能のワキのイメージがあったにちがいない。

ミサでは、すでにクローデルがリヴィエールに書き送っていたように、司祭という独立した人物がいて、「永遠なる方」または「神ノ力」を呼びだし、教唆者としてミサを進行させている。能でもワキという独立した人物がいて、超自然界の存在であるシテを呼びだし、教唆者としてドラマを進行させ、最終的に過去の再展開にもっていく。いずれの影響も否定できないが、解説者を別にたて、彼に招魂者、説明者、教唆者の役を担わせたのは、能のワキによる触発が大きかったのではないかと思われる。

もちろん、合唱隊が招魂者の役をまったく担わないわけではない。第一部第五景では、解説者に続いて合唱隊がコロンブスを呼びだしている。だが、この場合の合唱隊は、解説者の声に応え、それを増幅し、彼を助けているにすぎず、本来の招魂者としての役を担っているとはいえない。前述した『ローマ時代の聖務日禱』で知った交唱形式に見られる聖歌隊の答唱を利用した声の増幅と見るほうが的確である。

合唱隊に集中する役

次作『火刑台上のジャンヌ・ダルク』になると、すべての役割が合唱隊に集中してくる。合唱隊は、招魂者、教唆者、代弁者、説明者、不特定多数の代表者といったすべての役を引き受けているのである。

この作品にも、前作『クリストファ・コロンブスの書物』の解説者を思わせるドミニック修道士という人物が登場する。しかし、彼は解説者と違い、合唱隊が引き受けるいかなる役も引き受けていない。

もちろん、彼もまたジャンヌ・ダルクに声をかけ、書物を持ちこみ、それを読みあげ、舞台を過去の再展開に持ちこんでいる。この点、一見、前作の解説者と同様の役を担っているかのように見える。だが、そうではない。彼は、ジャンヌ・ダルクの相手役を務める独立した登場人物なのである。

たとえば、ジャンヌ・ダルクを裁く第四場である。そこでは、この場に登場する人物が、獣の冠り物をして舞台に入ってくる。それを見てジャンヌ・ダルクは、神父たちが自分を裁きに来たと思う。すると、ドミニック修道士は、「いや、ジャンヌ、お前を裁いたのは司祭たちではない」というのだ。そして、「彼女を裁くのは、司祭たちでも、人間たちでもなく、獣どもだ」といって聞かせるのである。(110) この言葉は、観客にたいする第三者的な説明というよりも、ジャンヌ・ダルク個人にたいする説明の色彩がつよい。

合唱隊が身体を持たず、それゆえ身体所作もない文字通りの声だけの登場人物だとすると、『火刑台上のジャンヌ・ダルク』に頻繁に登場する声はまさにこの種の存在であり、合唱隊の一部とみなすことができる。この声は、教唆者、代弁者、説明者、不特定多数の代表者といったすべての役を引き受け、合唱隊とともにおのれの務めを果たしているのである。

たとえば、代弁者または不特定多数の代表者としての声は、第三場に見られる。そこでは、ジャンヌ・ダルクを非難する不特定多数の人々に代わって、合唱隊と共に声はラテン語でジャンヌ・ダルクをののしっている。

合唱隊　コレ、コレ、コレ、コレ、コレガ、ジャンヌ。〔…〕。
声　魔女ダ!
合唱隊　殺シチマエ!
声　背教者ダ!(111)

すでに触れた第七場では、声は聖女カタリナと聖女マルガリタという二人の聖女の代弁者となり、ジャンヌ・ダルクに呼びかけている。しかもこの声は、フランスを救うために出発するようにジャンヌ・ダルクに示唆もしているので、聖女の代弁者としての役と教唆者としての役を果たしているということになる。

純粋に説明者としての声は、第八場に見られる。そこでは声が、「ほら、今度は酒樽おばさんが来るぞ!」[112]といって、酒樽おばさんの到来を告げているのである。

最終場の第一一場は処刑の場である。ここでは、合唱隊が説明者としてジャンヌ・ダルクを包む炎を描いている。すると、声が合唱隊に加わり、まるで炎になったかのような口調で彼女を包む炎を描きだすのである。

合唱隊 讃えよ、我らが兄弟である汚れなき炎を……

声（途切れ途切れに、八方からふきだすように）焼けつくような――命みなぎる――心にしみ入る――刺すような――敗れることのない――抗しがたい――不変の[113]

この種の声は、次作『知恵の司の饗宴』になると、答唱という名の声も加わって、さらに複雑になり、その頻度も増してくる。『知恵の司の饗宴』には、『クリストファ・コロンブスの書物』の解説者のような人物も、『火刑台上のジャンヌ・ダルク』のドミニック修道士のような人物も登場しない。すべての役が、声をふくむ合唱隊に集中している。

それゆえ、既述したように、眠っている知恵の司を呼びだすのは声であり、知恵の司を覚醒させ、自覚に導くのは合唱隊である。声は、また、知恵の司を聖書に記されている事績の再展開に向かわせてもいる。ここでは、声をふくむ合唱隊が招魂者の役と教唆者の役を演じているのである。

説明者と代弁者の例は、第二部の合唱隊と答唱に見られる。この場の台詞はすべてウルガタ聖書から引用されたラテン語で書かれている。その冒頭部分は次の通りである。

合唱隊　アル人ガ盛大ナ宴会ヲ催ソウトシ、大勢ノ人ヲ招イタ。宴会ノ時刻ニナッタノデ、下僕ヲ送リ、招イテオイタ人々ニ向カッテイワセタ。婚姻ノ宴ニオ出デクダサイ、オ出デクダサイ。

答唱　スルト、誰モガ断リハジメテ、イッタ。牛ヲ二頭ズツ五組買ッタノデ、ソレヲ調ベニ行クトコロデス。(114)〔強調は筆者〕

合唱隊と答唱の傍点部の台詞は、あきらかに行為の説明文である。つまり、合唱隊も答唱も説明者の役を果たしていることになる。ところが、合唱隊と答唱の傍点部以外の台詞は、人々が直接口にだして話している言葉である。合唱隊と答唱は代弁者の役を果たしていることになる。このような手法、つまり説明者と代弁者の役を合唱隊が受け持つ手法は、能の地謡に頻繁に見られる。

たとえば、能の『敦盛』では、シテが前場の最後に「まことはわれは敦盛の、所縁《ゆかり》の者にて候ふなり」といって退場すると、ワキはそれに応えて読経をはじめる。すると、地謡は「あら有難や、我が名をば」と謡いだし、敦盛に代わって読経するワキに礼をいうのである。さらに地謡は、「その名はわれと言い捨てて、すがたも見えず、失せにけり」と続け、今度はシテの退場を描写している。この時の地謡は、シテの代弁者でもあり、シテの行為の説明者でもある。このように見てくると、能の影響を否定することはできない。

『知恵の司の饗宴』は、合唱隊が歌う賛歌で幕を閉じている。もちろん、この賛歌は合唱隊だけによる賛歌ではない。饗宴に招かれた人たち、その場に居あわせた人たち、そして観客、さらに「幾世代にもわたる名も無き集団」によって歌われる賛歌である。それゆえ、こうした賛歌を歌う合唱隊は、不特定多数の代表者であるということができる。

クローデル的能

このように、合唱隊を中心に『クリストファ・コロンブスの書物』から『知恵の司の饗宴』まで見てくると、すべての役が、つまり招魂者、教唆者、説明者、代弁者、「幾世代にもわたる名も無き集団」をふくむ不特定多数の代表者といった役が、すべて最終的に合唱隊に収斂されていることがわかる。『クリストファ・コロンブスの書物』で解説者が受け持っていた役は、『火刑台上のジャンヌ・ダルク』になると、そのほとんどが合唱隊に引き継がれ、さらに『知恵の司の饗宴』になると、そのすべてが合唱隊に委ねられている。クローデルは『クリストファ・コロンブスの書物』の解説者や『火刑台上のジャンヌ・ダルク』のドミニック修道士といった登場人物をはずし、彼らが負っていた役を最終的に合唱隊に収斂していったのである。

そこにミサ典礼を司る司祭と能のワキからの脱皮を見ることができる。司祭もワキも、いずれも独立した人物で、少なくとも招魂者役と教唆者役を引き受けているからである。その一方で、ギリシア悲劇への回帰が見えかくれする。たしかに、クローデルの描くギリシア悲劇は、一九二〇(大正九)年に『演出試案と各種覚書』に記していたように、唯一の主人公と、この主人公を取り囲み、彼を助ける合唱隊からなる演劇である。彼は晩年になっても、次のようにいっている。

唯一の人物が、つまり顔を持つ唯一の人物が、声によって半円形に取り囲まれ、その中央に身をおいて語る。彼は、声に助けられ、誘われ、表現するように強いられる。(15)

しかし、これをもってクローデルの劇作術が最終的にギリシア悲劇的だということはできない。彼の劇作術を織りあげている諸要素は、青年時代から愛読し翻訳までしたギリシア悲劇のほかに、ノートルダム大聖堂での啓示、現地でみた中国演劇、現在のミサ典礼やローマ時代のミサ典礼、過ぎ去ったものへの想い、「永遠の書物」、能、などなど、これまで取りあげてきたさまざまな事柄に求めることができるからである。

とはいえ、こうした事柄を貫き、最終的に彼の劇作術の核となっていった織り糸は、唯一の主人公の登場であり、この主人公を支え、ドラマを展開させる合唱隊である。そのなかでもっとも重要なのは、つまり中核中の中核となるのは、合唱隊によって支えられる唯一の主人公が超自然界の存在だということである。しかも、こうして織られるドラマは、この主人公を呼びだすことから始まり、主人公による過去の再展開で終わっているということである。こうした劇作術が能体験後に試みられ、作品化していることを考えると、クローデルの後期の劇作術に決定的な影響を与えたのは、能であるといわざるをえない。

さらに付言すれば、歌舞伎、能、文楽を通して知った劇音楽も彼の劇作術に大きな影響を及ぼしているといえる。すでにクローデルは、一九一三（大正二）年に、『アガメムノーン』のコロスと交わすクリュタイメーストラーの台詞に関し、その音楽を作曲していたミヨーに「歌うというよりも踊るようにしなければならない」[116]〔強調は原文〕と示唆しているのだ。

それが、能体験後は、登場人物の台詞だけに限らず合唱隊にも及んでいるのである。そもそも合唱隊は声だけの登場で、身体を持たない存在である。それゆえ、声だけで視覚化を実現しなければならない。そのためには、身体所作に代わる声自体の音声所作とでも呼ぶべき所作と、それを増幅させる音楽が必要となる。

能に接した彼は、「地謡が〔…〕音楽とともに、形像と言葉の囲いをシテのまわりに作りあげる」[117]といっている。能の囃子が、地謡の謡う内容の形象化に寄与し、主役であるシテを際立たせているのをじっさいに見たのだ。それゆえ、「音楽の目的は、言葉を支え、引き立たせることではなく、先まわりをして言葉を呼びだし、情のこもった表現に導き、その文章を描きだし、私たちにその完成をまかせることである」[118]といって、音楽の積極的な役割を強調している。劇中音楽は単なる飾りではないのだ。その最終目的は、登場人物の台詞はもちろんだが、とくに合唱隊の発する「文章を描きだし」、それによって、私たち観客にその意味を理解させること、つまり

「その完成」をまっとうさせることなのである。

一九二二（大正一一）年に完成した『女と影』は、日本の劇音楽の手法をはじめてとりいれた作品である。作曲者の杵屋佐吉《きねやさきち》は「幽明界の音楽は寂しさと頼りない感じをだすため、セロ、三弦、尺八、木琴が主として奏され」[119]と書いている。クローデルもそれに満足し、「じつに見事だった」[120]と、一九二三（大正一二）年三月八日にエリザベト・サント＝マリ・ペラン宛の手紙に書いている。

しかし、この種の劇音楽が本格的に主役一人主義の劇作品に採用されるのは、能体験後の一九二七（昭和二）年に書かれた『クリストファ・コロンブスの書物』からである。作曲は、その翌年の一九二八（昭和三）年にミヨーがしている。

それ以後、オラトリオ形式の劇作品にはこの種の劇音楽が伴うことになる。一九三四（昭和九）年に書かれた『火刑台上のジャンヌ・ダルク』には、その翌年にアルチュール・オネゲルが、そして、三五（昭和一〇）年に書きあげられた『知恵の司の饗宴』には、その年にミヨーが曲をつけている。

しかも、これを機会にこの種の劇音楽は、その後書かれたオラトリオ形式以外の劇作品はもちろんのこと、日本滞在以前の劇作品にもつけられることになる。新作でいえば、一九二七（昭和二）年に書かれた『アテネの城壁の下で』にジェルメーヌ・タイユフェルが同年に曲をつけている。また旧作では、一九一一（明治四四）年に書かれた『マリアへのお告げ』にミヨーが三二（昭和七）年に曲をつけ、一〇（明治四三）年に書かれた『人質』にはポール・コラールが三四（昭和九）年に曲をつけ、さらに、二四（大正一三）年に完成された代表作『繻子の靴』にはオネゲルが四三（昭和一八）年に曲をつけているといったぐあいである。[121]

日本で本物の能を知ったことは、クローデルにとってまたとない貴重な体験であった。彼はそれを機会に、ドラマの構成のみならず、劇音楽をも伴う彼独自のあらたな劇作術を開花させ、それを実践していったのである。じじつ、『クリストファ・コロンブスの書物』以後の戯曲は、能に触発されただけあって能的要素が濃い。しかし、それはあくまでもクローデル独自の作品であって、能そのものではない。

能と大きく異なる点は、少なくとも三点ある。その第一点は、合唱隊、つまり能の地謡の役割の拡大である。『知恵の司の饗宴』を例にとると、既述したように、能のワキは合唱隊に吸収され、合唱隊がその役を受け持っている。しかも、合唱隊は声一、声二に分かれ、そのうえA、B、Xなどにも分かれ、それぞれが本来の合唱隊の役割とワキの役割を果たしているのである。

第二の点は、物語にでてくる複数の人物を実際に舞台に登場させている点である。能の登場人物は、シテとワキによって演じられ、それ以外の人物が必要な場合は、ツレと子方によって演じられるだけである。ツレは一般にワキやシテに付き添う役を演じる。子方は、『隅田川』の梅若丸のような子供の役を演じるが、『舟弁慶』の義経のように、大人の登場人物を演じる場合もある。それは、大人の登場人物を目立たせないようにするためだといわれている。

ところがクローデルの作品では、一般の劇作品と同じように、登場人物がじっさいに舞台に登場している。たとえば、『クリストファ・コロンブスの書物』第一部第一七場の船上の場では、主人公のコロンブス以外に、船員代表、士官、水夫らが登場し、それぞれが自分の台詞を持ち、独立した登場人物として演技をしている。これは、『火刑台上のジャンヌ・ダルク』でも、『知恵の司の饗宴』でも同様である。前者では、たとえば第四場の法廷の場面になると、裁判長、刑事、裁判所の事務職員などが登場し、後者では、最終場に知恵の司の他に、伝令、複数の代表者や労働者が登場している。

そして、第三の点は、物語の進行にしたがい、場面転換がつぎつぎと行われていく点である。たとえば、『クリストファ・コロンブスの書物』では、旅籠屋、宮廷、地の果て、船の上、などと舞台が変わっている。その度に、演出家にもよるが装置も変わる。しかし、能では物語による場所の変化があっても、舞台が変わることはない。常に同じ舞台であり続けている。

能では、この種の変化を周知させるのは、地謡やシテやワキである。今はどこそこにいるといって場所を知らせたり、これこれをしているといって、行為を説明したりする。たとえば、クローデルが観た『隅田川』では、つぎのようになる。

最初の場所が隅田川の渡しであることは、旅人役のワキツレが「隅田川の渡りにて候」ということによってわかる。そこに我が子を探す母親役のシテが来て「われをも舟に乗せて賜はり候へ」といって、渡し船に乗る。これで、場所は船中になる。ついで、船頭役のワキが「舟が着いて候」と到着を告げ、「急ぎて舟より上がり候へ」とシテにいう。これで、場所は対岸になる。陸に上がったシテが我が子を想い、「生所を去って東のはての、路《みち》の傍《ほとり》の土となりて」と悲しむことにより、その場所は、我が子が葬られた塚であることがわかる。その後、ワキが「既に月出で」ということにより、時間は夜になっていることがわかる。

このように、能では登場人物の台詞や、地謡の謡によって、場所と時間がわかる仕組みになっている。

とはいえ、能がクローデルにおよぼした影響は計り知れない。しかしながら、彼が書きあげた作品を、いくらひいき目に見ても、能と呼ぶことはできない。能と呼ぶには、あまりにも距離がありすぎる。クローデルは、そのことをよく知っていたのだ。けっして自分の作品を能とはいわなかった。彼は、はじめから「一種の能」、「私の能」、「日本の能の翻案」と呼んでいたのである。

その後、彼は、一九三八（昭和一三）年に『死者たちの舞踊』と『トビアとサラの物語』を、四七（昭和二二）年に『自分を探すお月さん』を、四九（昭和二四）年には『スカパン昇天』を書いている。しかし、『知恵の司の饗宴』で定着した劇作術の特徴は、基本的にその後も変わることがなかったのである。

第Ⅳ章　外交官

極東に向けて

クローデルは「詩人大使」であった。しかし、彼は「詩人大使」として来日したわけではない。フランスから派遣されたれっきとした全権大使として来日したのである。駐仏大使石井菊次郎の第一報には、「多年の外交履歴中支那ニ十七年モ在勤シ東洋ノ事情ニ明ルク」と記されている。

じじつ、クローデルは、来日までにアメリカ合衆国をふりだしに、中国はもちろん、チェコ、ドイツ、イタリア、ブラジル、デンマークに赴任し、その外交歴は二八年を数える。まさに「多年の外交履歴」の持ち主であり、石井の紹介はまちがっていない。なかでも、中国駐在期間は長く、赴任先も上海、福州、漢口、ふたたび福州、ついで北京、天津と複数の都市にまたがり、その期間も他国が一年から四年であるのにたいし、通算一一年余を数える。石井のいう「十七年」ではないにしても、「東洋ノ事情ニ明ルク」といわれるだけの年数を中国で過ごしていたことになる。

こうした評価は、フランス側でもしていたと思われる。というのは、この時期、フランスは彼のような人物を必要としていたからである。少なくとも積年の東洋経験のある人物が必要であった。クローデル自身も、自分がそうした人物であることを自覚していたものと思われる。彼自身、「中国に一五年間滞在したおかげで、極東の社会的しきたり、習慣、諸問題を習得することできた(1)」と、日本に向かう直前にいっている。

そもそもこうした人物を必要とした背景には、フランスの極東地域に関する政策の変化があったと思われる。以前からフランスは中国への進出を目指していた。一九世紀後半からインドシナ半島への攻略をくり返したのは、そのためであった。やがて、コーチシナ、トンキン、アンナン、カンボジアを取得すると、一八八七（明治二〇）年にはインドシナ連邦を形成している。こうしてフランスは、太平洋地域に植民地を、つまり仏領インドシナを樹立し、確実に中国進出への足場を構築していったのである。

その後の具体的政策は、中国市場の開拓であった。それを一手に引き受けたのが、一八七五（明治八）年に設立されたインドシナ銀行である。インドシナ銀行は、「フランス諸銀行の中国における代表(2)」として進出を続けていった。二〇世紀初頭には、香港、上海、漢口、広東、北京、天津に支店を持ち、しだいに勢力を伸ばしている。いずれ中国における「政治的経済的浸透の戦略的機関(3)」となるはずであった。しかし、この銀行は現地経済に密着した機関を持たず、投資や融資にも慎重でありすぎた。そのため、政府の期待通りの成果をあげることができずにいたのである。

こうした事態を打開するため、一九一三（大正二）年に設立されたのが中国興業銀行である。経営の中心を政治家で実業家でもあったアンドレ・ベルトロが握り、それを推し進めたのが当時外務省のアジア課の課長であった弟のフィリップ・ベルトロであった。当時フランスは、極東における「フランスの影響力を維持し発展させる」ために、「中国市場への積極的進出(4)」を目指していたのだ。中国興業銀行はこうした政府の政策のもとに発展し、上海、天津、香港、雲南府（昆明市）、広東にやつぎばやに支店を開き、順調に業績をあげていくことになる。

ところが、第一次世界大戦が終わったころから、いっきょに業績が落ちはじめたのである。一九一九（大正八）年三月にはフランスの通貨であるフランの崩落がおこり、一九二〇（大正九）年後半になると、戦争の疲弊による深刻な経済不況がヨーロッパを襲った。こうしたなか、中国興業銀行には回収不能な莫大な貸し付けがあったのだ。

新聞の攻撃は厳しさを増し、経営は悪化の一途をたどっていった。すでに中国興業銀行は、「フランスの影響力を維持し発展させる」ことなどできる状態ではなくなっていた。当時外務省の事務総長に昇進していたフィリップ・ベルトロはその救助策を考慮していたが、彼の援護もむなしく、ついに一九二一（大正一〇）年には当面閉鎖せざるをえなくなってしまったのである。

それだけではない。経済的な陰りは、フランス語の分野にも広がっていた。中国で「フランスの影響力を維持し発展させる」ことがむずかしくなっていたのである。危機を感じたフランスは、中国興業銀行が閉鎖する前年の六月、中国に文化使節団を送っている。使節団の団長を務めたのは、首相経験者で著名な数学者のポール・パンルヴェであった。彼は、七月三日付の『ノース・チャイナ・ヘラルド』紙に掲載されたインタビューで、つぎのようにいって、嘆いている。

フランス語は、極東の商社で無視されるようになるかもしれません。それは、対抗する外国語のせいで、その外国語を知っているほうが有利だからです。

フランスは文明擁護のために犠牲をはらってきました。それなのに、事実上極東から追いだされるはめになっています。こんなことに耐えられましょうか、理にかなっているといえましょうか。(5)

しかもこの時期、中国では、こうした事態に乗じて「日本帝国主義とアメリカ帝国主義が火事場泥棒的な進出をとげ」はじめていたというのである。(6)

「火事場泥棒的」であるかどうは別としても、たしかに、日本は破竹の勢いで勢力を伸ばしていた。一八九四（明治二七）年の日清戦争後の下関条約では、朝鮮の独立確認、台湾、澎湖島の割譲、沙市、重慶、蘇州、杭州の開市を清朝に認めさせている。その一〇年後には、日露戦争によるポーツマス条約で、日本の朝鮮半島における権益の承認、旅順、大連の租借権および長春以南の鉄道と付属の利権の譲渡、樺太南半の割譲などを決めている。さらに一九一五（大正四）年には、中国に二一箇条要求を突きつけ、山東省におけるドイツ権益の譲渡、南満州鉄道の権益期限の延長などを獲得しているのだ。そのうえ、第一次世界大戦に参戦し、ヴェルサイユ条約で山東半島の権益、戦時中に占領した南洋諸島の領有権なども手にしている。すでに日本は、中国進出をねらうフランスにとって無視できない存在になっていたのである。

任務

一九二一（大正一〇）年一月一一日、クローデルの駐日大使任命が大統領の署名を経て公表されると、さっそく一月一九日付の『ジュルナル』紙は、フランスの期待の一端をうかがわせる記事を掲載している。執筆者のエルネスト・ウトレは仏領インドシナ選出の下院議員で、サイゴン（ホーチミン）を本拠とする『ランパルシアル』紙の社主でもあった。記事の趣旨は、日本に於けるフランスの利益獲得である。

まず日本の現状に関し、市場がドイツの手に渡っていること、最近ドイツが強力な経済使節団を日本に送りこんでいること、移民問題がこじれ、アメリカへの反感が高まっていること、それを利用してイギリスが進出してきていること、日本と仏領インドシナとの間では、通商条約をめぐり複雑な問題がおきていることを指摘したうえで、フランスの工業製品が市場競争に耐えるほど優秀であることを強調し、フランスの利益のためにその売り込みをするように示唆しているのである。そのうえ、これからの日本は、疲れ果てた二流の老大使を送るべき国ではないとし、新大使クローデルの「きわだった貢献」に期待するといっているのだ。

ウトレが示したこの期待と要望は、フランス政府の期待と要望でもあり、その後のフランス政府の言動に重なっていく。

その一例が皇太子裕仁（後の昭和天皇）にたいするフランス政府の接し方である。欧州歴訪中の皇太子は、この年の五月三〇日から六月一〇日にかけて、フランスに滞在している。日本への武器輸出を模索していたフランス政府にとって、この滞在はまたとない好機であった。関係機関がこの機会を逃がすはずがない。さっそく皇太子に「フランス第一の兵器製造工場シュネデール＝クルーゾ」の見学を申し出たのだ。[7] しかし。日程が合わず、結局、見学は実現されずに終わっている。

もうひとつの例は、アリスティド・ブリアン首相兼外相が新大使クローデルに渡した「訓令」である（仏E/57/3）。内容は、ウトレの記事と基本的に同じだが、そこにはフランス側の要望とそれを実現するための指示がかなり具体的に記されている。

「訓令」は、まず昨今の国際情勢下における日本の現状をこまかく分析、説明した後、日本への経済進出を促している。具体的には、フランスの製品、とくに武器と航空機、それにその資材の売り込みである。ついで、日本と仏領インドシナとの貿易摩擦関係に触れ、フランスの利害にかかわる輸出入品目を具体的に列挙している。そのうえで、日本が要求しているインドシナの関税引き下げ問題に関し、こうした問題に取り組む際には、「日本国民の自尊心を損なわないように」と、注意までしているのである。

さらに、注目すべきは、ウトレが触れていなかった項目が加えられ、しかも強調されている点である。内容はフランス文学や科学をはじめとするフランスの文化、とくにフランス語の日本での普及である。狙いは、日本ではばをきかせている英語やドイツ語を後退させ、日本人の目をフランスに向けさせることである。それによって、日本におけるイギリス、ドイツ、アメリカの三大勢力を駆逐しようというのである。

クローデルは、この時点で三種の指令を正式に受けとったことになる。第一は経済進出、第二はインドシナ問題の解決、第三はフランス語の普及である。

こうした指令を、彼はきわめて忠実に受け入れていたように思われる。少なくともそうした印象を周囲に与えてフランスを発っている。出発まぎわの新聞でのインタビューを見るかぎり、政治、経済、文化について政府の指令からそれることなく、じつにそつなく与えられた使命を口にしている。
一例をあげれば、八月二六日付けの『エクセルシオール』紙に載ったインタビュー記事である。彼は記者に応えて、「いうまでもなく、両国民の和解、和平、調和のうちに、フランスの影響力が極東で発揮されるように努めるつもりです」[8]、といっているのだ。

ただ、ここで注目すべきは、文中にある「両国民の和解、和平、調和のうちに」という文言である。この言葉から、彼が一方的に「フランスの影響力」を発揮させようとしていたわけではないことがわかる。あくまでも、「両国民の和解、和平、調和のうちに」発揮させようとしていたのである。そこに見られるのは、相互に補填しながら、共存しようとする「共同出生」の考えである。この考えは、以後、日本における彼の外交姿勢を基本的に貫くことになる。

調査と報告

クローデルは、一九二一（大正一〇）年一一月一九日に来日し、二七（昭和二）年二月一七日に駐米大使としてアメリカに向かっている。したがって、大使としての在任は、およそ五年三カ月ということになる。しかし、実際に日本に駐在していた期間は四年二カ月ほどである。というのは、一九二五（大正一四）年一月二二日から二六（大正一五）年二月二七日まで、ほぼ一年あまり休暇で帰国していたからである。

在任中の外交官としての活動は、主として日仏両国の外交史料館に保管されている外交書簡からわかるが、そこから浮かびあがってくるのは、二つのクローデル像である。ひとつは、国際情勢に眼を配りながら日本の政治、経済、文化の現状を本国に報告するクローデルである。もうひとつは、与えられた三種の任務を果たしていくクローデルである。いずれも外交官として当然の仕事であるが、後者の場合、「共同出生」の考えに基づいて処理しているケースが多いのが特徴といえる。

日本への経済進出は、クローデルに与えられた三種の任務の一つであった。その遂行のためにまず彼がとった方法は、情報を収集・分析し、それをいち早く本国に知らせることである。

なかでも力を入れたのは、フランスが期待していた航空機および武器の売り込みである。すでにフランスは、一九一八（大正七）年に、ジャック＝ポール・フォール大佐を団長とする大規模な航空使節団を日本に送りこんでいた。使節団の任務は、技術や部隊編成のノウハウなどを教えることであったが、それだけではなかった。合計四〇機のニューポール機、ブレゲ－400型二機を売却しているのだ。しかも、日本はそれに応えるかのように、サルムソン2A2を八〇機、スパッド13型戦闘機を一〇〇機購入しているのである。(9)

着任して一〇日目の一九二一（大正一〇）年一一月二八日、クローデルは、わずか二週間あまり前にはじまったばかりのワシントン軍縮会議の情報と、それにたいする日本政府の動きを入手し、さっそく本省に報告している。そのなかで彼は、日本は軍縮会議での提案を受け、海軍力の削減をすんなりとのんだが、その埋め合わせに空軍力の増強を図るだろうと伝えているのである。

この情報は、大使館付航空武官のマルセル・ジョノーから得たものであった。ジョノーは、日本政府の航空顧問でもあった。彼は、クローデルよりも二カ月ほど前に航空使節団を率いて来日し、独立した空軍の開設をはじめ、航空機関連機関やその設備の強化にあたっていた。それと同時に、第一次世界大戦の経験から、有事の際の戦闘機の優位性を説いていたのだ。クローデルはそうしたジョノーの考えをふまえ、すでに日本には航空機購入の計画があり、その際にはフランスから購入する可能性があると、この時点で示唆しているのである。(10)

その三カ月後の一九二二（大正一一）年二月二八日付の公信では、陸軍の兵員削減によって節約できる額すべてを、航空機材の購入にまわすという山梨半造陸相の話を伝え、その大部分はフランスに注文されるよう期待する必要があると付記している。(11)そして、同年九月一日の公信では、航空機購入のためにかなりの額が、編成中の日本政府予算に計上されていると記している。その一方で、人物の交流にも注意をはらい、陸軍航空本部長の井上幾太郎をはじめ、日本軍の航空関係者がフランスに派遣されるとの情報を得ると、それを本国に伝えているの

である。(12)

この種の人物交流の情報はその後も続くが、しだいに単なる情報伝達の域を超え、フランス側に利益に基づいた受け入れを要請するようになってくる。その翌年の一九二三(大正一二)年五月一六日の公電では、航空技官の宮田瀬尾海軍大尉の渡仏に際し、彼に水上飛行機に関する情報を提供するように依頼している(仏E/573/5)。そして、一九二四(大正一三)年一月一一日の公信では、パリで開催される航空ショウに日本の要人を招待するように要請しているのである(仏E/573/5)。その一カ月後の二月一五日の公電では、日本の陸軍士官学校指揮官の率いる使節団の訪仏を知らせ、「最大の歓迎」を求めているのだ(仏E/553/3)。

その一方で、一九二三(大正一二)年以降になると、クローデルは航空機の性能などを問いあわせはじめている。同年八月九日の公電では、最新鋭機の機種の明示を求め(仏E/550/8)、翌年一月一九日の公電および八月一三日の公電では、具体的に機種名をあげ、最新の情報を求めている(仏E/573/5)。

また、一九二四(大正一三)年二月一六日の公電では、三井物産はラタン、シュレック、レヴァスールの各航空機会社に関心を持ち、川崎造船所はラタンに関心を持っているので、日本との交渉を強化するようこの三社に助言して欲しいと依頼している(仏E/573/5)。そして、六月二日の公電では、金属関係の代表者二、三人からなる経済使節団の派遣を要請し(仏E/566/6)、さらに七月一日の公電で、日本政府は航空機、戦車、高射砲などを補充するので、金属関係の使節団を送るように再要請しているのである(仏E/553/2)。

こうした要請は、一九二六(大正一五)年にはいるといっそう具体性をおび、さらなる人物の派遣要請に変わってくる。この年の五月二九日付公信では、フランス駐在の日本大使館付武官が空中戦教官、航空技師、エンジン整備工、係留気球教官の日本派遣をフランスに要請しているとの情報を得て、その際には優秀な人材を送るように求めている(仏E/553/4)。そして、一一月一八日の公電では、中島飛行機から依頼があったとし、第一級の設計技師の派遣を要請しているのである(仏E/573/5)。

本国では、こうした報告や要請にもとづき、一九二三(大正一二)年と二五(大正一四)年に経済使節団を日本に送るなど、臨機応変な対応をとっている。

市場への浸透

こうしたクローデルの努力はしだいに実を結びはじめていくが、その追い風となったのが日本での航空機への関心の高まりであった。

一九一二（明治四五）年には一機しかなかった航空機が、一三（大正一二）年には一一六機に増え、二六（大正一五）年には四八三機になっている。予算も一九一六（大正五）年に海軍予算の〇・四四パーセントであったのが、二〇（大正九）年には三・九三パーセントに、二三（大正一二）年には八・二七パーセントに伸び、三〇（昭和五）年には一四・二九パーセントに達し、額も二億三〇〇〇万から二億八〇〇〇万円を上下している。

それに応ずるように航空機の国内での製造も加速している。三菱神戸造船所がエンジン部門を手がけたのが一九一六（大正五）年で、二一（大正一〇）年になると機体部門に進出している。三菱以外にも、中島飛行機が一九一七（大正六）年に、続いて川崎造船所兵庫工場、石川島飛行機製作所、川西機械製作所などがつぎつぎと名乗りをあげ、航空機部門の製造を開始しているのだ。(13)

しかし、技術面では、日本は揺籃期を脱していなかった。そのため、外国の技術に頼らざるを得ず、当初は日英同盟との関係もあり、イギリスからの技術導入が主であった。一九二一（大正一〇）年のセンピル空軍大佐の一団や、ショート社の技術団の招聘などは、その一例である。民間では、三菱内燃機械社がソッピース社から設計技師のハーバート・スミスを招いている。(14)

ところが、一九二一（大正一〇）年のワシントン会議で、日米英仏間の四カ国条約が締結され、日英同盟は消滅することになる。この同盟は日英間で単独に結んだものであったため、四カ国間の条約が成立した段階で、消滅せざるをえなかったのだ。この消滅を好機ととらえ、市場進出に乗りだしたのがドイツである。こうして、外国からの技術導入は、イギリスからドイツへと移っていったのである。
以後、日本はドイツへの依存度を高めていく。ハンザ・ブランデンブルグ社、ハインケル社、ユンカース社など、ドイツの航空機メーカーとの関係を深めていったのだ。こうしたなか一九二五（大正一四）年には、飛行艇ロールバッハ・ロール二号を制作したアドルフ・ロールバッハが来日している。[15]
この状況をクローデルが知らないわけがない。来日して四カ月ほどしかたっていない一九二二（大正一一）三月一八日付の公電では、はやくも航空機材や武器がドイツやイギリスに依存している現状を把握している（仏E/62/2）。そしてついに、一九二六（大正一五）年三月一〇日付の公信では、ドイツとの競争が激しくなりはじめているとの認識を示し（仏E/573/5）、同年一一月一八日付の公電になると、「ドイツとの峻烈な競争」とまで表現するようになっている（仏E/573/5）。
しかし、彼は手を引くことをしなかった。あくまでも忠実な公僕として、それなりの成果をあげる努力をしているのだ。一九二四（大正一三）年四月七日付の公電には、航空機関連の購入額は一億フランを越えると記している（仏E/550/9）。同年九月一一日付の公信では、航空機材の多くはフランスに発注される可能性があると書き送っているのである（仏E/553/1）。
しかも、しだいに品目は航空機関連にかぎらず、それ以外の分野にも広がっていく。一九二四（大正一三）年一〇月二九日付の公信では、日本をフランスの「大得意先」とし、増加が見込まれる製品として大砲、戦車、毒ガス、高射砲などの武器類を挙げ、売れ行きが好調な製品としてガラス、紡績機、自動車などを挙げている。綿や紡績機は一億フランほどを売りあげ、毛糸やウール地にいたっては、一年間に三五〇〇万フランもの売りあげを京都一都市で記録していると記しているのだ。[16]
なかでも注目すべきは、一九二三（大正一二）年四月二一日付の公信である。彼は、日本は鉄路拡張の夜明けにあるといい、レールの需要の伸びを予想している（仏、番号欠）。この予想はみごとにあたり、翌年六月一二日付の公電では、一万トンのレールの発注がフランスにあったと記し（仏E/566/6）、四カ月後の一〇月二九日付の

公信になると、さらに八〇〇〇トンの注文があったと記している。(17)

また、一九二六（大正一五）年四月一三日付の公信も興味深い。東京・京都間のノンストップ自動車レースで、フランスのルノー車が優勝したのを機に、フランス産の自動車販売にも力を入れるべきだとしているのだ。しかも、日本の経済も向上し、いずれ道路事情も改善されるので、ルノーと日本企業との提携を勧めているのである。(18)すでにこの時期に現在のルノー・日産のアライアンスを予告していると思うと、まことに興味深い提案だといえる。

相互利益

クローデルが目指したのは、既存市場への浸透とその拡大であった。そのために彼は、彼なりの努力を重ねている。そのひとつが勲章の授与であった。一九二四（大正一三）年四月七日付の公信では、「日本で一番効果的なのは、叙勲です」と、はっきりと記している（仏 E/550/9）。

その一例が早稲田大学教授で親仏派であった五来欣造《ごらいきんぞう》への叙勲である。一九二二（大正一一）年三月二八日付の公信によると、彼への叙勲は、これまでのフランスへの貢献もあるが、なによりもフランスの広報活動の不備を補ってもらうためであった。(19)じっさい、クローデルが在任中に申請した叙勲は、功労への報いはもちろんのこと、期待ゆえの叙勲も多く、外交文書に記されているだけでも、かなりの数にのぼる。

他方、クローデルは交渉や懸案事項の確認のためにみずから出向いていくこともあった。一九二三（大正一二）年三月八日付の公信には、フランス債権の中長期債への乗り換えの可能性を打診するために、日本銀行総裁井上準之助をはじめ、横浜正金銀行頭取、中国興業銀行横浜支店長、日仏銀行東京支店長、そして市来《いちき》乙彦《おとひこ》蔵相に会っていることが記されている。(20)

それだけではない。一九二六（大正一五）年五月一七日付の公信によると、東京地下鉄道会社の早川徳次専務取締役らに会い、フランスの鉄道機材について、その技術的完成度をアピールするとともに、その入札にフランスは大いに関心を持っていると伝えているのだ。そのうえ、外務省に出向き、働きかけまでしているのである（仏E/572/1）。その一年後に浅草・上野間に日本最初の地下鉄が開通するのを見越してのことであった。

それに、生産現場の視察も怠ってはいない。地方に行く際には、かならずといっていいほどフランスに関連する現地の工場を旅程に組み入れている。一例をあげれば一九二三（大正一二）年初冬の関西旅行の際には、一一月三〇日に稲畑染料工場とモスリン工場を、一二月五日には川崎造船所を、六日には三菱造船所を訪ねている。また、一九二四（大正一三）年の九州旅行の際には、一一月二一日に三井物産三池染料工場と万田炭鉱を訪れている。

もちろん人脈づくりも、「我が社交生活という十字架」[21]と『日記』に記してはいるものの、けっして疎かにしていない。政界人との交流は外交官である以上、当然であるとしても、稲畑勝太郎、岩崎小弥太、大倉喜八郎、渋沢栄一、三井《みつい》高棟《たかみね》など、当時の大実業家との交際も深めているのだ。もちろん目的は、自国製品の販路拡大のためであったことは否めない。だが、不思議にそれが表面にでてこない。そこに見られるのは、彼らとの交流を通して日本の文化により深く接し、それを共有しようとするクローデルの姿である。

たとえば、一九二三（大正一二）年五月七日に三井物産の社主三井高棟の茶会に招かれた時である。『日記』には「陰謀者の隠れ屋か」と書かれていることから、フランス製品の売り込みなどが話されたと思われる。だが、彼の関心をひいたのは、老賢人のような当主、神秘的な音を響かせる銅鑼、しきたりに従った作法、茶という生気に満ちた樹液、みごとな茶碗などである[22]。

一九二六（大正一五）年五月の関西・中国地方への旅行でも、四日に神戸川崎造船所でフランス式航空機の製造を視察しているが、その前日に創業主川崎正蔵の建てた川崎邸に招かれ、庭に咲く牡丹を観賞している。そして、五日には大阪で、大阪商業会議所会頭の稲畑勝太郎に案内され、文楽座で『菅原伝授手習鑑』を、中座で『仮名手本忠臣蔵』を見ている。

クローデルは、前述したように一九二三（大正一二）年に稲畑染料工場とモスリン工場を訪れているが、稲畑勝太郎はその二工場の経営者でもあり、後に関西日仏学館の設立を援助することになる大実業家でもあった。

注目すべきは、こうした交流を通して受けた印象を、彼が自作の糧としていることである。三井家での茶会からは、つぎの短詩がつくられている。

素焼き茶碗で、一口ふくむ樹液[23]

また、川崎邸で観賞した牡丹は、中座で観た『仮名手本忠臣蔵』の勘平切腹の場の描写に引用されている。彼はこの年に書いた散文『詩人と三味線』で、『忠臣蔵』の六段目で切腹する勘平に触れているが、勘平が流す血の色を川崎邸で見た牡丹の鮮やかな朱色になぞらえているのである[24]。

こうした彼の姿勢に、自国の製品をアピールし、販路拡大を目指すフランス共和国の代理人の姿を認めることはむずかしい。そこに見られるのは、まぎれもなく日本文化を愛し、それを吸収し、自作の糧にしようとする文人の姿である。その根底には、クローデル独自の「共同出生」の考えがあったにちがいない。

「共同出生」とは、第I章で記したように、たがいに欠けているところを補い合い、共に生きるといった考えである。クローデルは着任当初から、日本が航空機関係の技術と資材に欠け、それを外国に求めていることを知っていた。他方、彼は自国の政府の要請によりその販路拡大の任務を負っていた。しかし、彼は日本側の不備・不足につけ込み、強引な手段にでることはけっしてしなかったのである。本国から強い要請があっても、その態度は変わることがなかった。

一九二四（大正一三）年二月一日付の本省航空担当次官宛の公電には次の一文が見られる

〔日本の〕航空計画が政治や軍備の計画全般に密接に関わっている以上、我々はそれを押しつけることも、

提案することもできません。（仏E/573/5）

たしかにクローデルは、人並みはずれた鋭敏な感覚を持ち、事態に柔軟に対応する外交官であった。彼は「共同出生」の考えから、強固で永続的な経済関係を築くには互いに過不足を補い合い、相互の利益を優先しなければならないことをわきまえていたのである。一九二四（大正一三）年六月三日付の公信には、そうした彼の路線が明確に表明されている。

私は、交渉相手にはっきりといったのです、日本がフランスと、これまで交わされてきた不確実でその場かぎりの関係ではなく、強固で永続的な関係を結びたいと望むならば、感性的共感に基づくだけはなく、利益に基づく関係にしなければならない、と。(25)

経済面で日本との接近を実現することは、クローデルの重要な任務のひとつであった。この任務を遂行するために彼がとった原則が、相互理解と協調精神に基づく相互利益の重視だったのである。

経済進出にかぎらず、対日本との交渉においても彼が常にこだわっていたのは、まさにこの相互利益であり、そのための相互理解と協調精神であり、それを核とする外交路線であった。その根底には、共に生まれ、共に生きるという、「共同出生」の考えが息づいていたことは疑いの余地もない。

最恵国約款

一方、日本政府は、クローデルの来日を機に、長年の懸案である仏領インドシナ問題を一気に解決しようとしていた。

前述したように、クローデルの駐日大使任命が確定したのは一月一日であり、それを日本政府が正式に知るのは、駐仏大使石井菊次郎の一月八日付の公電によってである。おそらく日本政府は、それを受けて動いたものと思われる。というのは、クローデルが着任する六カ月ほど前の一九二一（大正一〇）年の五月から六月にかけて、広東駐在の藤田栄介総領事とハイフォン駐在の中村修領事から、仏領インドシナ問題に関する報告書が内田康哉外相に届けられているからである。いずれの報告書も、具体的な記載はないが、楽観的な見通しを印象づける内容になっていた（日 2/5/1/120-1）。

七月に入ると、内田外相は石井菊次郎に打電し、まだフランスにいるクローデルと会って仏領インドシナ問題に「談及」するように要請している。クローデルがこの問題の鍵を握っていることを、日本政府は認識していたと思われる。その結果の資料は見あたらないが、九月に届いたハイフォン駐在の中村修領事の報告書には、仏領インドシナ総督とこの問題について話し合ったが、総督には、問題解決の権限はなく、その交渉権を持つのは、駐日フランス大使だけだという文言がある（日 2/5/1/120-1）。

クローデルの駐日大使任命を機に、日本政府が仏領インドシナに関する情報収集と問題解決に乗りだした背景には、それなりの歴史と悲願があったのである。

日本は江戸時代の一八五八（安政五）年に、フランスと日仏修好通商条約を結んでいた。しかし、それは、他国と結んだ条約同様に、治外法権や関税決定権などを相手国に許す不平等条約であった。日本政府はその修正にのりだし、あらたに締結したのが一八九六（明治二九）年の日仏通商航海条約である。その後、さらにその不備を補うために、一九一一（明治四四）年に日仏通商航海条約付属議定書が締結されている。この議定書には念願の最恵国約款が盛り込まれていて、その適用はフランスの海外植民地にまで拡大されていた。しかし、仏領インドシナだけは適用から除外されていたのである。そのため、日本製品はあいかわらず仏領インドシナでは最高税率が課せられ続けていたのだ。日本の経済進出をフランスが怖れたためである。日本には安価な労働力があり、距離的にも日本は仏領インドシナに近い。その日本が低廉な輸送力を駆使して、インドシナに価格の安い物品を持ちこんだりしたら、フランスにとっては大打撃になる。そう思われていたのである。

当時海外に販路を求めていた日本にとっては不満な条約であった。日本政府はさっそく条約改訂へと乗りだし、議定書を締結した一年後に、当時駐仏大使であった石井菊次郎にその改訂を交渉させている。だが、進展は見られなかった。(26)

好機が訪れたかのように見えたのは、第一次世界大戦が始まった一九一四(大正三)年である。日本を連合国側に参入させようとする世論の高まりを受けて、その翌年には最恵国約款を仏領インドシナにも適用させようとする気運がフランス国内に高まっていった。だが、それに猛烈に反対する強力な勢力が現れたのだ。地元のサイゴン商工会議所である。しかも、フランス本国のインドシナ委員会も反対にまわり、それに呼応するかのように各方面から多数の抗議文が外務省と貿易省に寄せられたのである。(27)

この事態に突破口を開いてくれるかのようにみえたのが、一九一六(大正五)年六月のエルネスト・ルーム仏領インドシナ総督の来日であった。彼は任期を終え、帰国途中に日本に立ち寄ったのである。当然のことながら、大隈重信首相との会談が、当時外相であった石井菊次郎を交えて持たれ、日仏通商航海条約への言及があった。しかし、ルームは最恵国約款の適用に関しては「何等カ政治上ノ利益ヲ得ンコトヲ要望セル」といい、見返りを要求したのである。その結果、両者の意見はかみ合わず、新しい展開を開くにはいたらなかった(日 6/4/4/1-12)。

以後、交渉は冬眠状態に陥いったままになる。それを目覚めさせたのが、クローデルの駐日大使任命の報であった。日本としては、東洋に深い関心を持つといわれるクローデルを頼って、一気に懸案の問題を解決しようとしたのである。

相互理解へ

クローデルは外交官という立場上、日本側のこうした事情をよく承知していたはずである。前記したように、赴任前には、石井菊次郎駐仏大使から直接話を聞かされていた。また、フランス政府の「訓令」によって、仏領インドシナ問題の重要性を認識させられてもいた。そのうえ、この問題を重視したフランス政府の指示により、日本への赴任の途上、仏領インドシナに立ち寄ってもいたのである。

マルセイユを一九二一（大正一〇）年九月二日に発った彼は、九月二九日にサイゴンに着き、一一月八日にハイフォンを出航するまで、約一カ月半にわたって仏領インドシナに滞在している。『日記』によると、この間に総督や関係者に会っているので(28)、当然インドシナ問題について話し合いをしていたはずである。

しかし、日本に着任して一カ月後の一二月一日付で本省に送った報告書『わがインドシナ旅行』には、日本が問題にしている関税に関する文言はひとことも見あたらない。

彼の関心はもっぱら、「人種も風俗も文化もこのように異なり、かけ離れている二つの民族〔フランス人とインドシナ人〕のあいだに、支配と服従を押しつけるのではなく、いかに真心のこもった協調精神を打ち立てるか(29)」に向けられている。もちろんその根底に、彼特有の「共同出生」の考えがあったことはあきらかである。彼のいう「協調精神」とは、互いに相手の過不足を認識し合い、それを補い合おうとする精神だからだ。つまり、相互理解のうえに成りたつ「共同出生」なのだ。

クローデルが重視したのは、こうした「協調精神を打ち立てる」ことであった。そうすれば、「仏領インドシナは、今後太平洋および極東政策においてイギリス自治領と同様の役割を果たしていくことになる」というのである。

イギリスの自治領が本国の経済進出や市場拡大の担い手であったことを思えば、このクローデルの考えは、仏領インドシナを極東進出の足場にしようとしていたフランスの政策そのものであるといえる。彼は、先の言葉に続けて、仏領インドシナの「豊かな資源」、「戦略上好適な立地」、「軍事的な能力」を挙げ、「仏領インドシナが〔…〕我が国の極東における外交政策にますます緊密に関わることが望まれる(30)」とはっきりいっているのだ。

ただ、ここで注意しなければならないのは、仏領インドシナという足場を強固にするためには、「協調精神」

を重視する必要があるといっている点である。もし仏領インドシナが「協調精神」に基づいて強固になれば、この地域に勢力をのばしている列強におのれの声を響かせることもできる。そのうえ、もし日本をフランス側に取り込むことができれば、フランスの足場は一層強固なものになり、列強の勢力を凌ぐこともできるはずである。それがクローデルの考えであった。

東京着任後、仏領インドシナ問題の処理にあたってつねにクローデルの念頭にあったのは、この「協調精神」である。執務を始めて三カ月後の一九二二（大正一一）年二月八日付の公信で、彼は本省に書き送っている。

日本が望んでいるのは、我が植民地の関税制度が有利に改善されることだけです。この件に関しては、ロン氏〔仏領インドシナ総督〕と話し合いましたが、不可能ではなさそうです（綿織物は除外して）。〔…〕内田康哉外相はいっていました、扉はすべて開けておくので、私が責任をもつこの国の平和的な意図を自分たちの目で判断するために、仏領インドシナは使節団を送ってほしい、と。（仏 E/62/2）

内田康哉が口にしたこの言葉が、クローデルの目指す「協調精神」に触れたのかもしれない。彼は、仏領インドシナ総督の日本訪問を思いたったのだ。それは、日本の現状を正確に知ってもらい、仏領インドシナの商工会議所を中心とする実業家たちの強硬な反対を緩和させるために必要な策であった。なによりも、交渉をはじめる前に、まず互いに相手の立場や利害を理解し、過不足を知る必要があるのだ。そうすれば、相互補完の道筋がたち、その結果「協調精神」が生まれる。まさに「共同出生」の考えである。

しかし、話を進める前に、フランス側の了解を取っておく必要があった。彼は、それから一カ月ほどたった三月一八日付で、本省に打電している。

ともかく、日本と手を結ぶことは、私たちのインドシナにとって副次的であるとしても、植民地内の安全と

平和を維持するためにきわめて価値ある要素となることでしょう。（仏 E/62/2）

そして、この言葉を補うかのように、一〇日ほどたった三月二八日付の公電では、日本人は「知的で知識欲に富み、極東のすべての地域に決定的な影響力を持っています[31]」と書き送っている。だからこそ、日本とインドシナを結びつける必要があるというのである。

こうして、クローデルはインドシナ問題の解決に乗りだしていくことになる。彼は画家で貴族院議員の黒田清輝を通して日本政府に働きかけている。黒田は一〇年近くの滞仏経験を持つ親仏派で、クローデルが頼りにしていた人物であった。この間の動きに関しては、日本側の文書に次の記載が見られる。

在邦佛國大使クローデル氏ハ日佛間親交増進ノ見地ヨリ本問題ヲ速ヤカニ解決セサルヘカサルコト而シテ之レカ爲メ本件ニ付常ニ強硬ノ反對ヲ唱ヘ居レル印度支那實業家側ノ反對ヲ緩和センカ爲メ先ツ佛領印度支那総督ヲ關係實業家ト共ニ本邦ニ招待シ本邦ノ事情ヲ熟知セシムルヲ以テ本件ノ捷徑ナリトシ依テ之ヲ親交アル〔…〕黒田子爵ニ相計ル所アリ（日 6/4/4/1-12）

問題解決への歩みは着実に進み、一九二二（大正一一）年六月二二日には黒田清輝を会長とする印度支那協会が発足している。もちろん協会の目的は、仏領インドシナとの関係改善であった。「印度支那協會規定」の第二条には、この点がはっきりと記されている。

本會ハ本邦ト印度支那間ノ經濟通商關係ノ增進發展ヲ圖リ日佛人協力シテ極東ニ於ケル両國ノ親善及ヒ平和的文化ノ促進ニ貢献スルヲ以テ目的トス（日 1/3/3 雑）

印度支那協会には、三井、三菱、日本郵船、朝鮮銀行、台湾銀行の代表が顔をそろえ、当時の有力新聞社である大阪朝日、大阪毎日、時事が支援機関として名を連ねていた。それだけに既存の日仏協会よりも財力と実践力に富み、現実的な視野のもとに動くことができる強力な組織だったのである。

総督招待

印度支那協会設立から一カ月ほどたった七月二八日、黒田清輝は仏領インドシナ総督のモーリス・ロンが一時帰国するという情報を得ると、さっそく常任幹事松岡新一郎との連名でクローデルに書状を送っている。内容は、帰国の際に日本に立ち寄るようロンに要請して欲しいとの依頼である。それにたいし、クローデルは、「本官ハ即刻御招待ノ趣ヲ同総督ニ電信ヲ以テ通達致置候」と七月三一日付の書状で答えている（日 2/5/1/120-1）。

ロンはこの申し出に感謝したものの、本国での公務があり、今回は「直接印度洋経由デ歸任セサルヲ得サル」といい、「一九二三〔大正一二〕年初春ニハ、印度支那総督ノ資格ニテ日本ヲ訪問スル考ナレバ」と二度にわたり、クローデルに返事をしている。もちろん、クローデルはこの返事を黒田清輝にその度ごとに伝えている（日 2/5/1/120-1）。

ところが、ロンは、パリでの公務を済ませ帰任する途上、コロンボで急死してしまう。一九二三（大正一二）年一月一五日のことである。招待の企画は宙に浮き、再検討をせまられる事態になってしまった。中断するか否かの判断を迫られた状態がどの程度長く続いたのか、わからない。日本側の文書には、次の記載がある。

本件ハ一時其ノ儘トナリタリ然ルニ佛国大使「クローデル」氏ハ更ニ盡力スル所アリ（日 6/4/4/1-12）

事態打開のために動いたのは、やはりクローデルであった。彼はふたたび仏領インドシナとの仲介役を引き受けたのである。その背後には、日本政府の強い要望があったと思われる。印度支那協会は、八月に就任した後任のマルシャル・メルラン総督に同様の招待状をだすことにしたのだ。

こうして当初希望していた時期からは二年も遅れたが、一九二四（大正一三）年に、ようやく仏領インドシナ総督の日本訪問が実現されることになる。印度支那協会は「賓客」として迎えることにし、日本政府は「国賓ニ准スル便宜ト優遇トヲ與ヘタ」と記録にある（日 6/4/4/1-12）。

訪日の目的に関し、クローデルは同年二月二六日付の松井慶四郎外相宛の公信で、一年前に起きた関東大震災の見舞いと、一月二六日に結婚された摂政宮（後の昭和天皇）への祝詞のためであると記し、「この訪日が日本政府の意にかなうか、漏らしていただけるとありがたい」と書き添えている（日 6/4/4/1-12）。仲介にたったクローデルの気配りが感じられる一文である。とはいえ、彼にとって今回の総督の訪日は、条約改訂というよりも、日本の現状を知ってもらうためであり、相互理解の環境をつくるためであった。

松井慶四郎外相はクローデルに「欣快トスル處」（日 6/4/4/1-12）と返事をしているが、内心はけっして穏やかでなかったはずである。今回の総督招待は、仏領インドシナへの最恵国約款の適用を目的に策定したものであったからだ。

日本政府は、すでに石井菊次郎駐仏大使から二月二六日付の公電で、フランスの植民地相アルベール・サローが「印度支那ト本邦〔日本〕トノ經濟關係ニ付テモ〔メルラン総督に〕訓令ヲ與ヘ置キタリ」、との報告を受けていた（日 6/4/4/1-12）。サローは「インドシナに迫る最大の脅威〔として〕、日本の排除を説く[32]」人物である。それゆえ、この電文を受けた日本政府は、相応の警戒をしていたはずである。

ところがその後、ハイフォン駐在の森新一領事から四月一日付の公電で、メルラン総督が「佛領印度支那及本邦間ノ關係ヲ改善スル意向」を持っているとの報告を受けたのである（日 6/4/4/1-12）。日本政府にしてみれば、まったく望みが消えたわけではなかった。じっさい、メルラン総督の来日には、シャテル官房長、ルイ・ジャンブロー政務局長、アルフォンス・キルシェ関税長が同行し、ハノイ、サイゴン、ハイフォンの各商工会議所会頭ら、実務的な交渉を進めるうえで重要だと思われる人物も随行していたのである。

一九二四（大正一三）年五月七日に神戸港に到着したメルラン総督一行は、釜山に向かう五月二六日まで日本に滞在し、東京、横浜、日光、大阪、京都、奈良、宮島を訪れている。もちろん訪日目的であった摂政宮のご成婚祝いのため東宮御所で摂政宮に拝謁し、関東大震災の見舞のため、震災の犠牲者が眠る被服廠跡を訪れている。この間、政界や財界の要人とも会っているが、そのほとんどにクローデルが同行していたことはいうまでもない。

交渉開始

念願の交渉に入ったのは、来日して四日目の五月一一日である。トップ会談にのぞんだのは、フランス側がメルラン総督とクローデル、日本側が松井慶四郎外相と佐分利貞夫参事官であった。

日本政府はメルラン総督が「佛本國政府ヨリ何等外交上ノ交渉ヲ為スノ権限ヲ受ケ居ラサリシ」ことをあらかじめ知っていた（日 6/4/4/1-12）。しかし、会談の目的は明白であった。仏領インドシナへの最恵国約款適用の要請である。

ところが、メルラン総督は、「關税問題ニ關スル商議ニ於テハ初メヨリ此ノ点ニ余リ執着セサル様致《いたしたく》度然ラサレハ會談ハ遂ニ不成功ニ終ルヘキヲ虞《おそ》ル」（日 6/4/4/1-12）といって冒頭から牽制したのである。彼が口にしたのは、鉄と航空機材の購入要請や、フランスが投資した東支那鉄道の権益確保の依頼などであった。フランス政府は、メルラン総督一行の訪日を利用して、関東大震災後の再建のために必要としていた資材の注文を日本から取得しようとしていたのである。(33)

その結果、「何等政治問題ニ言及スルニ至ラサリキ」、と日本側の資料にはある（日 6/4/4/1-12）。なにひとつ具体的に得るものはなかったのだ。ただ、当時満州に目を向けていた日本は、「佛國ハ日本カ滿州ニ於テ優勢ヲ維持スルコトハ安定ノ補償トシテ最モ歓迎スル所ナリ」との言質をとっている（日 6/4/4/1-12）。

その後、松平恒雄外務次官らとキルシェ関税長らとの実務者レベルでの会談が七、八回行われている。しかし、仏領インドシナへの最恵国約款の適用問題は、「正式ノ外交上ノ交渉ニ保留スル」（日 6/4/4/1-12）ことになり、「日本側の要請を一定程度受け入れるかたちで、五月十九日に仮協定とも言える日仏関税協定（松平・キルシェ協定）が締結された」[34]にすぎず、進展をみていない。はじめからメルラン総督は、交渉のためではなく、日本の現状を知るために印度支那協会の「賓客」として来日したにすぎなかったのである。

もとよりこれはクローデルの意図するところでもあった。仏領インドシナの商工業者の反発をだれよりもよく知っていた彼は、まずもってその代表者たちを日本に招き、自分の目で日本の実情を確かめ、理解してもらおうとしていたのだ。それこそ、問題解決の第一歩だと信じていたのである。相互理解が進めば、協調精神も生まれ、やがて最恵国約款の適用の糸口も見えてくるはずである。これがクローデルの基本的な外交路線であった。

メルラン総督が来日する一年前の四月三日、彼は仏領インドシナの極東学院で教授をしていたレオナール＝ウジェーヌ・オルソ宛ての私信でつぎのようにいっている。

> 最高の知識人のなかにさえ誤った考えや偏見という厚い壁があります。それを消すために少しは努力をしなければなりません。[35]

だからこそ、クローデルは、メルラン総督が「非公式の立場で訪日するほうがよい」[36]〔強調は原文〕と考えたのである。トップ会談に先立つ五月九日、帝国ホテルで開かれたメルラン総督歓迎会で、彼は政治や経済に触れず、つぎのように歓迎の辞を結んでいた。

> そうです、日本を離れる時、閣下はきっとこのようにいわれるでしょう。日本に来た価値はあった、自分の目をつかってこれほど美しく興味つきない国を見る価値はあった、この国に住む人々の共感を得る価値はあ

った、そう、それはすばらしい貴重な恩恵である、このような友人を持つことができ、彼らを心にとどめておくだけの価値があった、と。総督閣下、この度の訪日は、それだけの価値があったということにつきましょう。私は喜びと信頼の念をもって、心から歓迎の意を表し乾杯いたします。(日 6/4/4/1-12)

クローデルにしてみれば、メルラン総督が悪意や偏見を持たずに日本の現状に接し、理解を深め、今回の訪日を「それだけの価値があった」、と思って帰任してもらうことが、なによりも大切だったのである。メルラン総督もクローデルの意図を承知していたと思われる。しかし、彼は、五月一二日に、横浜商業会議所会頭の歓迎の辞に答えて、つぎのように明言しているのである。

貴國ト吾本國トハ遠隔ニ過ギ〔…〕ルモ佛領印度支那ハ呼ベハ應フルノ間ニアリ〔…〕予カ日本來訪ノ使命ハ又實ニ貿易關係ノ改善ニアリシ事疑ナシ此ノ目的ノ爲ニ予ハ印度支那ニ於ケル商事關係者ヲ同行セリ希《ねがわ》クハ吾等一行カ退邦後モ貴國有志ノ御助力ニ依リ両國交易史上一新面目ヲ発揮セラレム事ヲ望ム亦以テ両國カ誠実ナル協定ニ満足ヲ表シ両國ノ親善關係カ一層高ク一層遠ク及バン事ヲ熱望スルモノナリ(日 6/4/4/1-12)

この言葉の背後には、日本と仏領インドシナとの関係を改善することにより、極東に足場を確保したいというフランス側の意図があったことはいうまでもない。六月二七日の『フランス゠インドシナ』紙は、はっきりそう書いている。

イギリス領インドが中近東で果たしている重要な役割を、インドシナが太平洋地域で果たすようにしたければ、交際を嫌って孤立を守るべきではない。近隣諸国と持続的な関係を結ぶべきである。そのために、日本があるのだ。

たしかにインドシナ問題は、現地実業家たちの間に根強い反対があっても、極東に勢力範囲を広げようとしていたフランスにとっては、無視できない問題になっていたのだ。それを裏付けるかのように、八月末には、仏領インドシナ総督副官房長官を団長とする使節団がホノルルでのパンパシフィック会議の帰路、日本に立ち寄っている。クローデルは彼らの来日目的を、「三カ月前にメルラン総督が始めた日本と仏領インドシナの関係改善作業を続けるためである」と、一九二四(大正一三)年八月二九日付の公信で幣原喜重郎《しではらきじゅうろう》外相に伝えている。その後も九月にはいると、仏領インドシナのキルシェ関税長がふたたび来日し、細目について話し合っているのである(日 6/4/4/1-12)。

答礼使節

日本政府は、これを機会に一気に長年の懸案を解決し、あわよくば、インドシナの開発にまでのりだそうとしていた。つぎの文書はこうした日本政府の意図をよく表してる。

機會ヲ失セス印度支那総督ニ對抗シ得ヘキ相當ノ高官ヲ團長トシテ答禮團ヲ送リ前記印度支那條約問題ノ解決ニ對シ更ニ一歩ヲ進ムルト共ニ右一行中ニハ印度支那ト經濟上ノ提携ニ種々劃策シ得ル所ノ實業家ヲ以テ成ル一團ヲモ加ヘ以テ印度支那ニ於ケル資源ノ開發ノ機會ヲ捉ヘシムルコト必要ナリト思考セラル(日 6/4/4/1-12)

さらに九月に再来日したキルシェ関税長の言葉も、こうした気運を盛りあげる一因になっていたと思われる。彼は、「印度支那ニ歸リ本邦ヨリ答禮團來訪ノ際之ヲ確定的ノモノトシ本年末には佛本國ニ協定案ヲ送リタキ意向」（日 6/4/4/1-12）であるといって、日本を去っていたのである。

その結果、一九二四（大正一三）年末に貴族院議員山県伊三郎を団長とする答礼使節団が組織され、翌年一月二三日に仏領インドシナに派遣されている。この使節団には、当初からこの問題にかかわってきた印度支那協会の関係者も随行し、たまたま休暇で帰国することになっていたクローデルも、メルラン総督の要請を受け、同行することになった。

クローデルは、答礼使節団がハイフォンに到着した二月三日から一行が帰国する四日前の二月二四日まで仏領インドシナに滞在し、ほとんどの行程を彼らと共にしている。なによりも仏領インドシナの現状を直接肌身で知ってもらいたいという思いがあったのであろう。まずは両者の相互理解、それが彼の基本方針であった。それゆえか、日本と仏領インドシナとの実務的な交渉にはいっさい彼は関与していない。

一方、答礼使節団のほうは、仏領インドシナ側のあたたかい歓待を受け、快適な日々を過ごしている。これまでインドシナの商工関係者の間に広まっていた日本を敵視する感情は、メルラン総督一行の訪日のおかげで、かなり緩和されていた。彼らは、日本を理解し始めていたのだ。

しかし、肝心の交渉はつねに会談で終わり、念願の最恵国約款の適用を獲得するまでにはいたっていない。依然として、現状維持者や既得権者の根強い反対があったのである。

今回の答礼使節団の最大の成果は、あらためて双方が理解を深めたことであった。日本側は仏領インドシナ側の誠意ある説明に接し、現地でなければわからない多くの複雑な事情を知り、込み入った関税率の仕組みを理解することができたのである。それゆえ、「日本は以前のやうに無理をいふことを控へ、またフランス並びに印度支那にも日佛間の懸案を急速に解決すべきことを希望するものが多くなった(37)」のである。

そこに見られるのは、相互理解であった。これこそ、クローデルが求めていたものであった。だが、相互理解はゴールへの第一歩でしかない。彼は、フランスに向かう船上で「日本使節団のインドシナ滞在、一九二五年二月三日―二八日」を書いている。そこには、「今や日本にとってインドシナの存在が高まってきている以上、インドシナは極東での私たちの活動と政策に力と恩恵をもたらしてくれる」[38]〔強調は原文〕。との言葉が見られる。日本と仏領インドシナを結ぶことは、日本だけではなく、フランスの利益にもなると考えていたのだ。そのための相互理解であり、協調精神による「共同出生」であった。

帰国すると、彼は八月一三日に石井菊次郎駐仏大使らを招き、問題解決のための話し合いをはじめている。しかし、仏領インドシナへの最恵国約款の適用をめぐり、フランス側はあいかわらずその見返りを強く要求し、結論を得るにはいたっていない。石井は、問題解決の糸口が見えないのは植民地省の反対のためであると、一〇月八日付の公電で幣原喜重郎外相に報告している（日 2/5/1/120）。

しかし、クローデルにしてみれば、問題は石井の熱意の無さにあったというのである。ここまでお膳立てをしたのに、という気持ちがあったのかもしれない。彼は二度にわたり強い不満をもらしている。一度目は、外務省のジュール・ラロッシュ政務通商局長を介してフランソワ・ジャンティ駐日代理大使に宛てた九月一三日付の極秘公電である。二度目は、ジャンティを介して外務省の佐分利貞夫参事官に宛てた一〇月二八日付の個人的な極秘書簡である。[39]

クローデルが目指した相互理解に基づく協調精神の成果は、一九二六（大正一五）年二月に帰任し、駐米大使として離日する翌年二月になっても日の目を見ることはなかった。しかし、彼によって生まれた日本と仏領インドシナとの友好的雰囲気と相互理解は一九三二（昭和七）年の日仏通商条約改訂に延びていくことになる。それは、一九二四（大正一三）年から二五（大正一四）年にかけて精力的に行った諸交渉の成果であり、クローデルが蒔いた種の開花であった。協調精神を樹立するために、その第一歩に相互理解をもってくる、それは、まさに「共同出生」に基づいた彼の基本的な外交路線そのものだったのである。

だが、この条約改訂も「根本的には暫定的なものであり、その後フランスはさらに部分的な関税引上げ〔…〕等の手段をもって日本産品の印度支那輸入を極力防遏《ぼうあつ》してきた」のである。[40] 結局、「これらの税が最終的に撤廃されるのは、一九四一（昭和一六）年五月に〔…〕締結される日・仏印条約（及び諸協定）によってであった」[41]。

フランス語普及

現在、東京の恵比寿にある日仏会館は、クローデルが渋沢栄一の助力を得て、日仏文化交流のために設立した施設である。渋沢は、第一国立銀行、大阪紡績、東京瓦斯、王子製紙、東京証券取引所など、多数の事業の設立や運営に関わった大実業家で、財界の指導的役割を果たしていた人物であった。

今では日仏会館と呼ばれているが、この施設が構想された頃は、フランス会館、ときにはフランス学院と呼ばれ、フランスが主体となってフランス語の普及を目指す機関という意味がこめられていた。日本にフランス語を普及させ、フランスの影響力を強化しようとする動きは、以前からフランスにあった。それがクローデルの駐日大使任命を契機に一気に活発化したのである。だが、結果として、当初のフランス語普及という意図からずれて、施設は文化交流を目的とする日仏会館として具体化したのである。

そのきっかけをつくったのが、クローデルの二代前の駐日大使ウジェーヌ・ルニョーである。彼は、一九一四（大正三）年三月五日に開かれた日仏協会の歓迎会で、フランスの書物が閲覧でき、講演もできるセンターを東京につくることに協力を惜しまないといった。[42] この言葉に響応したのが、会を主催した日仏協会である。日仏協会は、フランス語とフランス文化の普及を目指し、その四年前に設立された組織であった。

しかし、東京にこの種の施設をつくる構想はすぐ頓挫してしまう。その年にはじまった第一次世界大戦のためであった。だが、ルニョーは諦めなかった。英語とドイツ語に押され、衰退の一途をたどるフランス語が彼には気がかりだったのだ。それに、その一年前に開校したドイツ系の上智大学が、フランス系の暁星学園を圧迫しはじめていたのも心配の種であった。

危機感にかられた彼は、一九一七（大正六）年六月四日付の公信で、フランス学院設立の企画書をアレクサンドル・リボ首相兼外相宛に提出している。その年も終わる一二月一〇日には、この公信のコピーがピエール・マルジュリ外務省政治局長の手で、アンリ・シモン植民地相に送られている。[43] 植民地相にまで送られたのは、ルニョーが、予算等の面で仏領インドシナの協力を得るのが望ましいと公信に記していたからだと思われる。その翌年の一九一八（大正七）年、彼は駐日大使の任を終えて帰国すると、今度はあらためてフランス系大学の設置を提案している。その提案を受けたのが文部省であった。ルイ・ラフェール文相は、その可能性を調査するため、日本に大学使節を派遣することを一九一九（大正八）年二月に決めたのである。[44]

文相から調査を依頼されたのが、リヨン大学区長のポール・ジュバンであった。ジュバンは物理学者だが、長年大学区長をつとめてきたベテランの文部行政官であった。彼はまた一九一六（大正五）年に設立されたリヨン日仏協会の会長でもあった。派遣を承諾したジュバンは、同じリヨン大学の文学部教授で、中国語を専門とするモーリス・クーランに同行を依頼した。クーランは、日本語にも韓国語にも堪能な極東の専門家であった。

フランスが二人の派遣に踏みきったのは、ルニョーの提案以外に、別の理由もあったと思われる。当時、フランスは対外文化活動に力を入れていたのだ。一九一四（大正三）年に第一次世界大戦が勃発すると、対ドイツ情報の強化に乗りだし、一六（大正五）年にはプレスセンターを設置し、大戦が終わる一八（大正七）年には特別作業部を設けている。さらに一九二〇（大正九）年になると、フランス対外文化事業部を設置し、文化活動を強化しているのである。こうした一連の活動を貫いていたのは、外国に設立するフランス系大学や学校が、フランス宣伝の源泉になるという考えであった。[45]

その一方で、フランスは極東での影響力拡大を目指しており、日本はすでに無視できない存在であった。日清戦争（一八九四―九五年）、日露戦争（一九〇四―〇五年）、そして第一次世界大戦（一九一四―一八年）を通して、日本は極東の覇権を確実に握りはじめていたのである。一九〇七（明治四〇）年から一三（大正二）年まで初代駐日フランス大使を務めたオーギュスト・ジェラールは、一六（大正五）年六月一八日にリヨン日仏協会で講演をし、日本を「極東における重要な同盟国、アジアのみならず世界の大国」、「東洋と西洋の《誠実な仲介者》」（日 3/4/2）と公言していたほどであった。

大学使節

日本への大学使節の派遣は、こうした文脈のなかで行われたのである。彼らの任務はフランス学院設立の可能性をさぐり、そのための交渉をすることであった。可能性が低い場合には、「両国の学者と大学人との知的接近」を図る必要があった。(46) ルニョーが提案した高等教育施設をつくる企画は、この時点で見送られていたのである。

一九一九（大正八）年六月二九日、ジュバンとクーランは東京に着いている。二人は情報の収集とフランス学院設立の交渉をするために、首相の原敬をはじめ、井上準之助日銀総裁、山川健次郎東京帝国大学総長、荒木寅三郎京都帝国大学総長など、財界や政界や学界の要人に会っている。しかし、いずれの場合も好意的な談話に終始するばかりで、具体的な指針を得ることはできなかった。

彼らが当初から頼りにしていたのは、もちろん日仏協会であった。しかし、それも不発に終わっていたのである。理事長の古市公威が病に伏していて、会うことができなかったのだ。そこで訪ねたのが、帝国学士院院長の穂積陳重《ほづみのぶしげ》であった。この出会いは運命的だった。穂積の妻は渋沢栄一の娘だったのである。穂積が、義父の渋沢を紹介したのはいうまでもない。渋沢は積極的に対外文化事業にとり組んでいる実業家であったし、その一年前から日仏協会の終身会員になっていたからである。

二人の提案に賛同した渋沢は、八月四日に穂積、古市に加え、衆議院議員の犬養毅《いぬかいつよし》、枢密院顧問の富井政章らをジュバンとクーランとともに飛鳥山の自宅に招き、昼食をともにしてる。(47)

そこで話し合われたのは、もちろんフランス学院、あるいはフランス会館の設立であった。ジュバンとクーランによれば、この種の施設は、フランス人が日本に来て、極東に関する研究を日本人とともに深めるための宿泊・研究施設だというのである。(48) すでにフランスは、類似の施設をアテネやローマに建てて、現地での考古学研究にあてていた。

問題となる建設地については、東京の芝赤羽（現港区三田）の土地を予定していた。この土地は、フランス公使館が一九〇七（明治四〇）年に大使館に昇格した際に新しく大使館を建設する計画が持ちあがり、一一（明治四四）年にフランス政府が日本政府から借りていた土地であった（日 M/1/0/5/4-9）。

こうして、一九一九（大正八）年にはフランス会館設立の構想がほぼできあがっていた。しかし、日本側がそのために動きだすのは、それから一年半ほどたった一九二一（大正一〇）年三月一四日である。

この日、日仏協会の臨時会が開かれ、フランス会館設立について話し合いが行われている。その結果、実行委員会が組織され、委員として渋沢のほか、古市、富井、そして、杉山直治郎東京帝国大学教授、木島孝蔵前リヨン駐在領事ら七人が選ばれたのである。(49)

ところで、この時期になって急にフランス会館の設立が取りあげられたのは、その前年に木島がリヨンから帰国し、ジュバンがフランス会館の設立を強く求め、「貴下歸朝ノ上ハ篤ト澁澤子爵他同士ノ諸氏ニ〔…〕事情ヲ傳達シ本件ノ進展ニ斡旋アリタシ」（日 1/3/1/37-1）といっていると渋沢に伝えていたからだ。それに、クローデルが新大使として来日するという情報が飛び交っていたからでもあった。

その後、実行委員会は六月三日と七月四日に開かれている。駐仏日本大使であった石井菊次郎からは、すでにフランス政府がフランス会館設立のために三〇万フランを計上したという知らせが入っていた。それと同時に、パリに国際的な大学都市創設の計画があり、そこに日本館を建設するようにというフランス側の要望も伝えられていた。

それを受けて、実行委員会は、双方の学者が現地で研究を進めると同時に、自国の学問・文化を紹介する施設は必要だとして、東京にフランス会館を、パリに日本館を建てることを承認している。しかし、パリの日本館についてはそれ以上に話は進まず、東京に建設されるフランス会館に関しても、「議会ニ豫算ヲ請求スルニハ猶研究ヲ要スル」ということで、足踏みの状態であった（日 1/3/1/37）。

クローデルの来日

こうした状況のもとに来日したのが、クローデルである。横浜港に着き、大使館に向かったのが、一一月一九日であった。

それから一カ月ほどたった一二月一七日、彼は日仏協会主催の歓迎会でスピーチをしている。そのなかで、フランス会館の設立について触れ、この会館はフランス人が日本に来て、日本について学ぶために必要な施設だと説明している。(50)

前述したように、クローデルは、フランスを発つ時アリスティド・ブリアン首相兼外相から「訓令」を渡されていた。だが、この「訓令」には、フランス会館の設立に関する記載はまったくなく、フランス語の普及のみが強調されていたのである。たとえば、次の一文である。

> 貴下は、フランス系学校を支援し、さらに発展させ、使用可能な宣伝手段を用い、フランスの書物の普及に努め、日本人学生の渡仏を激奨し、我が国の言語にしかるべき位置を与えるべく努めなければならない。
>
> (仏 E/57/3)

その目的ははっきりと書かれていて、ひと言でいえば、日本で広く流通しているドイツ語の駆逐と国際語となりつつある英語の打破であった。もちろんこの任務にたいし、クローデルが異論を唱えるはずがなかった。彼は「フランスの影響力が極東で発揮されるように努める」と、八月二六日付の『エクセルシオール』紙のインタビューに応えて、フランスを発っている。

日仏協会は、クローデル歓迎会を催してから一週間ほどたった一二月二四日に実行委員会を開いている。クローデルも招かれ出席したが、途中で用事があるといって退席し、その後、実行委員会に「フランス会館覚書」を送っている。この「覚書」でも先のスピーチと同様に、フランス語の普及よりもフランス会館の設立に力点がおかれていた。

論点はきわめて明確であった。彼は、芸術や思想など「現地滞在によってしか学べないものがある」として、フランス会館設立の必要性を説いているのだ。

こうした若い人たちが同じところに一緒に住み、広範囲の分野の研究に携われば、たがいの思想やさまざまな分野で身につけてきた経験を共有することができ、それによって最大の利益がえられる。〔…〕だが、学院〔フランス会館〕の最大の利点は、いわゆる教育活動よりも、それ以上に、ひとりひとりが我が文化の花の一輪をになっているフランスの若者たちのグループと、日本のすぐれた青年たちとの間に親密で気兼ねのない接触ができることにある。(51)

すでにこの時点で、クローデルはフランス語の普及という政府の指令よりも、ジュバンらが申しでていたフランス会館の設立を考えていたのだ。一九二一（大正一〇）年五月二九日付でブリアン首相兼外相がだしたアンドレ・オノラ文相宛公信によると、クローデルは日本に赴任する前の五月に、ジュバンに会って相談をしている（仏E/63/43）。話の内容は定かでないが、おそらく今回の「フランス会館覚書」は、その話し合いに基づいて書かれたものであると推測される。彼は、ジュバンの構想をさらに広げ、フランス会館をフランス人研究者が日本に来て、研究を深めるための施設にするだけではなく、日仏の若い研究者が互いに研究しあえる交流の場にし、両者がともに考え、ともに生きることを学ぶ場にしようとしたのである。

この構想は、日仏両国の共生を目指すものであり、クローデル独自の「共同出生」という考えに由来しているといえる。すでに記したように、「共同出生」とは、いかなるものにもおのれの役があり、それぞれがその役を果たしながら、他と一体となって共に生まれ、共に生き、宇宙の調和を生みだしていくという考えである。以後、クローデルはこの「共同出生」に基づいて、フランス会館の設立を目指すことになる。しかし、その道はけっして平坦ではなかった。

日仏協会の実行委員会が開かれた三日後の一二月二七日のことである。彼は、自分の味方であった外務省のフィリップ・ベルトロ事務総長が失脚したことを知る。ベルトロは、中国興業銀行のスキャンダルに関連したとして罷免に追い込まれたのである。(52)

さらにそれから一カ月もたたない翌年の一月一二日には、彼を信頼してくれていたブリアン首相兼外相が辞任し、彼と折り合いの悪いレモン・ポワンカレが首相兼外相に就任する。クローデルはここにきて、彼を支えてくれていた外務省のトップを一度に二人も失うことになってしまったのだ。

顔色をうかがいながら

ベルトロとブリアン辞任後の一月一五日、クローデルは上野の精養軒で開かれたフランス文学関係の諸団体による歓迎会に出席して、『フランス文学について』と題して講演をしている。翌日の『東京朝日新聞』朝刊の見出しには、「詩人大使の雄辯　雪後の上野に　仏蘭西文藝の特質を説く」とある。じじつ、彼はモンテーニュからプルーストまで、フランスの代表的な作家の名をあげてフランス文学について語ったのである。

だが、講演の趣旨は、フランス文学の素晴らしさよりも、そうした文学を成立させているフランス語がいかにすぐれた言語であるかを強調しているむきがある。すくなくとも、そうした印象を与える内容であった。フランス文学について語るのが本意とはいえ、フランス語の普及を目指す政府の「訓令」に忠実に従わざるをえなかった苦渋の判断だったと思われる。

そして、その四カ月後の五月二四日には、ずばり「フランス語について」と題した講演を京都帝国大学でしている。この講演では、フランス語が論理的で、明晰で、完璧な唯一の国際語だと力説し、それを学ぶことを強く勧めている。それに反し、英語については、次のようにいい切っているのだ。

英語は行動を表す言語であり、深い思考を表現する言語ではありません。英語の単語はどれも、どちらかというと行為を意味し、観念を意味してはいません。(53)

彼は、同じ内容の講演を同月二五日に関西大学で、ついで二七日には京都市の公会堂で行い、しかもその原稿をわざわざ本省に送っている。

このようにフランス語に関して一連の講演をしたうえ、さらにその講演原稿までを本省に送るという行為、そこから浮かび上がってくるのは、政府の「訓令」に忠実に従い、フランス語の普及に努めている姿をアピールしようとしているクローデルである。

だが、それは彼の真の姿ではなかった。関西での講演を終えた六月一九日に、彼は女優のエヴ・フランシス宛に手紙を書いている。そのなかで、「自分を支え、庇護してくれた偉大な心を持った忠実な友」が外務省から去ったことを嘆いている。いうまでもなく、この「友」とは、外務省の事務総長を勤めていたベルトロである。そして、現在の首相兼外相である「ポワンカレ氏が自分に並外れた友情をもってくれているとは考えられない」と書いているのだ。そのうえ、外務省だけでなく大使館にも敵ができていると漏らし、事情が許せば戦いたいが、家族を抱えて生きていくためには、どうしても今の地位が必要だといっている。(54)

とはいえ、彼はポワンカレの顔色をうかがいながら、あくまでも「共同出生」の考えを貫いていく。フランス会館はフランス語普及のための施設ではなく、日仏両国が共に考え共に生きる交流の場であるべきなのだ。この考えは、二カ月ほど後の八月二七日に日光でした講演にも見られる。そこでは、日仏間には差異があるからこそ互いに学ぶものが多いといって、両国間の交流を願っているのである。(55)

時間がさかのぼるが、この年の一月にジョッフル元帥が来日している。ジョッフル元帥は前年フランスを訪れた皇太子裕仁の答礼使節としてフランスから派遣され、日本での待遇は、もちろん国賓であった。日本側資料によれば、その彼が、わざわざ、しかも直接「日佛文化交換ノ業ニ對シ盡力アラン事ヲ特ニ同子爵〔渋沢〕ニ懇願」（日 1/3/1/37）したのである。

一国の代表者が「日佛文化交換」という言葉を使って渋沢にじかに「懇願」した背後には、おそらくクローデルの働きがあったにちがいない。彼は、ポワンカレへの政権交代以後、フランス会館をフランス語普及のための施設ではなく、「日佛文化交換ノ業」の施設にするために苦労を重ねていたのだ。だからこそ、国賓として迎えられたフランスを代表する公人から、直接そのお墨付きをもらいたかったのだ。それほどまでに彼は追いつめられた状態にあったと思われる。

その後、クローデルは渋沢に手紙を書いている。彼はそのなかで、一月にポワンカレが政権を取ったので、ブリアン時代に日仏会館設立のために計上された三〇万フランが取り消される可能性があると示唆している（日 1/3/1/37）。

渋沢はそれを受け、七月四日に実行委員会を開き、八月四日には内田康哉外相を訪ねている。しかし、内田は、その件については文部大臣と話すようにというだけであった。そこで、翌五日に鎌田栄吉文相を訪ねるが、「熟慮ノ上追テ回答スヘシ」という返事をもらっただけであった（日 1/3/1/37）。

しかし、企画が頓挫したわけではなかった。この年の秋には会館設立のための一種の企画書が作成されている。一種のと書いたのは、この書類には題名がなく、企画書と呼べるのかわからないからである。

この書類はいきなり定款ではじまり、その後に、今後三年間の方針と予算案を記載して終わっている。注目すべきは、定款の第一条に「本館は《日仏会館》と称する」と記されていて、その第三条には「本機関は日仏文化の協働を発展させることを目的とする」と明記されている点である。[56] 書類の日付は一九二二（大正一一）年一〇月二五日で、末尾に実行委員会のメンバーである杉山直治郎の署名がある。このことから、この時点でフランス会館は、フランス主導のフランス語普及のためのフランス会館ではなく、日仏文化交流のための場にふさわしい名称、つまり日仏会館と正式に呼ばれるようになったということができる。

書類の作成にクローデルが関わっていたことはたしかだ。彼は一一月二日付のオルソ宛の手紙で、「杉山氏は、文部省に提出した企画書で、私の構想をとくに拡大してくれた」[57]といっている。

文化交流の場

日仏会館設立の動きは、その翌年の一九二三（大正一二）年になると官民一体となってさらに活発化していく。新年早々の一月八日、渋沢はクローデルと大使館で話し合っている。その三カ月後の四月八日には、加藤友三郎首相が官邸に閣僚のほか、大倉財閥の大倉喜八郎や三井財閥の團琢磨ら財界人をふくめた三十余名を招き、渋沢の説明を聞く会を設けている。

同様の会は一カ月後の五月一四日にも開かれ、クローデルはこの日に関係者を大使館に招き、午餐会を催している。その後、七月にはいると、渋沢は数回実行委員会を開き、さらに八月にかけて、つぎつぎと実行委員会の有力メンバーである木島や杉山、そして日本興業銀行の小野英二郎副総裁らと会い、協議を重ねていくのである。

こうしたさなか襲ったのが、九月一日の関東大震災であった。しかし、企画が崩れることはなかった。廃墟のなか、渋沢は一一月一九日に実行委員の木島と会い、「かねて預かりおかれたる書類を返付し、古市公威・富井政章氏と相談せらるゝ事」といって、書類の検討を依頼している。[58]この書類が翌年に承認される「日仏会館設立趣意書」と「財団法人日仏会館寄付行為」の草稿であると思われる。

その後、渋沢は一二月八日に加藤友三郎首相ら政界・財界の有力者五十余名を招き、協議会を開いている。目的は日仏会館設立を具体化するためであった。その結果、日仏会館創立委員会が組織され、渋沢を代表とする一二名の委員が選出されることになる。

協議会は、その翌年の一九二四（大正一三）年一月二七日にふたたび開かれ、その会で「日仏会館設立趣意書」と「財団法人日仏会館寄付行為」が提出され、承認されている。

「趣意書」には、両国学者の交流に必要な設備を整えること、フランス語の普及と共に日本文化の紹介を目指すこと、両国の文化・学術の交流を増進する為の便宜を図ることがはっきりと記されていた。(59) この時点で、フランス語の普及という一方的政策は姿を消し、日仏両国の文化交流を目指す機関が誕生したことになる。これはクローデルがはじめから意図していたことであった。

日仏会館が法人としての設立認可を受けるのは、この年の三月七日である。この日開かれた創立委員会では、渋沢が日仏会館理事長に選出され、一〇日後の一七日には、三万円の補助金が政府からおりている。こうして委員会は、設立のための寄付集めをはじめとする本格的な準備活動に入っていくことになる。

クローデルは、その一カ月ほど後の四月二八日に、本省宛に報告書を送っている。そのなかで彼は、日仏会館の役割は「優秀なフランス人に宿舎と活動の場を与える」ことであり、「日仏双方の言葉ができ、両国間の関係促進のために働くことのできる人材をできるだけ多く養成する」(60) ことであると、はっきりと書いているのだ。彼と不和であったポワンカレ首相兼外相が辞職に追い込まれるのはその一カ月ほど後の六月一日である。彼はそれを見越していたのかもしれない。

この本省宛の報告書を書いてから一週間ほどたった五月七日に、仏領インドシナのマルシャル・メルラン総督が来日している。彼は、日仏会館設立のためのインドシナからの寄付として一万円の小切手をクローデルに手渡している。じつは、この寄付は、あらかじめクローデルが仕込んだものであった。彼は、メルランが総督に着任するまで代行を勤めていたフランソワ・ボードゥアンにあらかじめ日仏会館設立のための寄付を頼んでいたのである。(61)

寄付依頼をしたのは、彼の二代前の駐日大使であったルニョーが、仏領インドシナの援助を得るようにといっていたからかもしれない。しかし、それ以上に、政治的な判断がクローデルにはあったと思われる。公信に見られるように、「極東のすべての地域に決定的な影響力を持つ」日本と仏領インドシナとの距離が縮まれば、フランスは「中国における政策が大幅にやりやすくなる」[62]という考えがクローデルにはあった。それはフランス政府の政策でもあった。

六月にはいると、六日に理事会が開かれ、村井吉兵衛の屋敷を借りることが決まる。当初、日仏会館の建設用地とされていた芝の赤羽の土地は、フランスの財政が悪化したため、一九二二（大正一一）年六月に日本政府に返還されてしまっていたのだ。用地を持たない日仏会館のために屋敷を提供した村井吉兵衛は、煙草で財をなした実業家で、屋敷は現在の地下鉄の赤坂見附駅の近く、日比谷高校の場所にあった。

民間からの寄付金も一〇月には七万円に達していた。一〇月一一日には理事会および評議会が開かれ、評議員三二名、名誉会員四八名が選出され、クローデルを名誉理事長とすることも承認された。後は、日仏会館の開館を待つばかりであった。

思えば長い道のりであった。ルニョーによるフランス学院の提案が一九一七（大正六）年、ジュバンとクーランによるフランス会館の提案が一九（大正八）年、そして、クローデルによる日仏会館の完成が二四（大正一三）年である。あらためて数えると、完成までに七年もかかった事業であった。

開館式

こうして日仏会館は、一九二四（大正一三）年一二月一四日に閑院宮載仁《ことひと》を総裁に迎え、開館式を挙行することになる。会場は、村井邸ではなく、丸の内の日本工業倶楽部であった。村井邸の借用は、翌年の一月からだったためである。

渋沢栄一は病に伏していて出席していない。代わりに挨拶に立ったのは、副理事長の古市公威であった。その後、政界人の祝辞が続き、クローデルが演壇にたったのは、彼らの後だった。彼は日仏会館設立に尽力した人々に礼を述べ、つぎのようにいっている。

成長期の若いフランス人が日本に来て生涯消えぬ日本の痕跡を身に刻む。彼らは片言の日本語を話すだけではなく、日本の伝統と思想を身につける。いったんフランスに戻ると、今度は日本の保証人となり、日本の仲介者となる。そして、フランスに送られてくる日本人学生のフランスでの修得を助ける。私はこうした人達を育成したいと望んでいるのです。(63)

日仏会館が相互理解と協調精神を基調に、日本とフランスの学問・文化の交流の場になること、それが彼の願いであった。そこに見られるのは、当初から貫いてきた「共同出生」であった。

しかも、彼はこの時期にそうした自分の希望をなぞるかのように、一つの場面を書いている。それは、開館式の二週間ほど前に清書し終えた戯曲『繻子の靴』の最終幕にあたる第四日目の第二場である。

そこでは、主人公のロドリグが日本人の絵師にキリストの生誕図を描かせている。一般にキリストの生誕図は、場所が馬小屋らしき家畜小屋で、そこに天使、マリア、キリスト、東方の三博士、羊飼い、それに牛と驢馬《ろば》などが描かれる。もちろんこの絵でも東方の三博士が描かれている。ところが、その一人は日本人で、もう一人はヨーロッパ人で、最後の一人は黒人である。場所は家畜小屋ではなく広大な空間で、背後に万里の長城がそびえ、その向こうにはモンゴルがのぞまれている。絵の下のほうにはラクダがいて、さらにスペイン語の短い詩まで添えられている。(64)いかにも不統一で雑多な絵といった印象を与えるが、見方を変えれば、そうであるからこそ、まさに東西南北がひとつになった絵といえる。

しかも、クローデルはこの絵を描かせているロドリグに、自分はカトリックな人間であり、垣根を打ち破り人類をひとつにするために来たのだといわせている。(65)カトリックの語源はギリシア語のカトリコスで、普遍を意味する。クローデルも熱心なカトリック信者であった。さらに注目すべきは、この第二場の原稿には、六月二二日の日付が記されている点である。この日付は日仏会館の場所が村井邸に決まり、名実ともに日仏交流の場が発足した時期にあたる、クローデルは、日仏会館が万民の融合を目指し、普遍的精神に基づいて発展していくことを願い、この場を書いたにちがいない。

日仏会館開館式の一カ月後の一九二五（大正一四）年一月二三日、クローデルは休暇を得て一時帰国している。途中、仏領インドシナに寄ったため、マルセイユに着いたのは三月二四日であった。

帰国すると、彼は外務省内に日仏会館管理委員会を組織し、七月三〇日に第一回の委員会を開いている。目的は、それまで曖昧であった諸点、つまり日仏会館の管理運営、日仏両国の経費分担、フランス人学者の派遣などを明確にするためであった。その後、委員会は一一月一一日にも開かれ、フランス人留学生と会館用の家具の購入などが検討されている（日 1/3/1/37）。

準備が調った日仏会館に一番乗りをしたのは、この年の一二月にやって来た東洋語学の研究生モイーズ＝シャルル・アグノエルである。つづいて、翌年の一九二六（大正一五）年一月には仏教学者のアルフレッド・フシェが、二月には地理学専攻の留学生フランシス・リュエランが来日し、宿泊している。クローデルもこの二月に戻っている。初代館長のインド学者のシルヴァン・レヴィの来日が九月にずれこんだため、先に来日していたフシェがそれまで館長代理を勤めることになる。この間、二月に医学者のシャルル・アシャールが来日しているが、彼は日仏会館には宿泊せず、薩摩治郎八の賓客として駿河台の薩摩邸に逗留している。

こうして、日仏会館は名実ともに、クローデルの期待通りの機能を果たしていくことになる。来日するフランス人の歓迎会はもちろん、派遣されたフランス人学者の講演会やその他の集会も開くようになっていった。

残る問題は、日仏会館の運営方針である。クローデルはこの件に関して、六月二六日に理事の木島に手紙を書いている。それによると、会館の建物などの管理は日本側、フランスから派遣される研究者をはじめとする知的・学術的管理はフランス側、双方に問題が生じた場合には話し合いによって解決するといったものであった。(66)

年があけた一九二七（昭和二）年の二月一三日、四日後に駐米大使として日本を離れてゆくクローデルのために送別会が開かれている。彼は、その席でつぎのようにいっている。

職責上主として私が努力いたしましたのは、日ごとに数を増す献身的な友人のお力をえて、両国相互の無理解を一掃することでした。〔…〕今やこの会館は、フランスから派遣されたすぐれた学者の協力をえて、日仏共同の会館、双方の研究と共鳴の場となっています。(67)

クローデルが念願していた日仏文化交流が、いまや日仏会館を軸にして本格的に始まったのである。ところが、その五カ月後、借用していた屋敷が東京府立第一中学校（現日比谷高校）の建設用地として売却されることになってしまう。村井吉兵衛が運営していた村井銀行が破綻したためであった。移転を迫られた日仏会館は、一九二九（昭和四）年に建物の一部を移築して御茶ノ水に移り、さらに一九九五（平成七）年には恵比須に新たに建物を建て、現在にいたっている。

そして京都へ

前述したように、日仏会館の開館式を無事すませたクローデルは、一九二五（大正一四）年一月に休暇で一時帰国している。この休暇期間は長く、帰任するのは一九二六（大正一五）年二月である。その彼を待ち受けていたのが、関西の親仏派の人たちであった。

当時、東京に日仏会館ができたので、こんどは関西にという声が彼らの間に高まっていた。日仏文化交流の場が関西に、しかも地元の人たちの要望によってできるということは、クローデルを勇気づけたにちがいない。彼自身、一九二六（大正一五）年一〇月一四日の公信で、「東京に日仏会館が創設されて以来、これとついをなす施設を京都に建てたいとずっと思っていました」と外相ブリアンに伝えている。(68) こうして、駐米大使としてアメリカに向かう翌年の二月まで、彼はこの建設企画にふかく関わることになる。

さいわい関西には、有力な賛助者がいた。その筆頭が大阪商業会議所会頭の稲畑勝太郎である。彼は、リヨンで八年間も留学生活を送ったこともあって、日仏親善の強力な推進者であった。クローデルは、その彼をわずか二カ月余の間に二度訪ねている。

一度目は、五月五日で、大阪で文楽を一緒に見て、夜には彼の案内で中座で『仮名手本忠臣蔵』を見た後、中村鴈治郎と歓談している。二度目は、七月五日で、彼の京都別邸である和樂庵で午餐を馳走され、夜は彼につきそわれ、画家の山元春挙宅を訪ねている（日 6/1/9/36-1）。

この二度にわたる訪問がなにを目的にしていたのか、資料もなく、はっきりしない。だが、関西に日仏文化交流機関を設立する話が二人の間で交わされたことは容易に推測できる。

なぜなら、帰京するとクローデルは、日仏会館で地理学の研究を続けているリュエランを関西に派遣しているからである。リュエランはクローデルの命を受けて、京都帝国大学に今村新吉教授を訪ね、計画実現にむけて援助を依頼している。今村は京都日仏協会の理事長でもあった。それゆえ、早くも九月には、趣意書や規約等ができあがり、関西の財界人につぎつぎに送られていったのである。

秋になると、今度はクローデル自身がふたたび関西に出向いている。彼は九月二七日に稲畑ら有力者一〇名を大阪ホテルに招いて午餐会を催し、関西に新設する日仏文化協会と日仏交流施設（現アンスティチュ・フランセ関西）のための経済援助を頼んでいる。そして、翌二八日には京都に向かい、新施設の建設を予定している比叡山の蛇ヶ池を検分しているのだ。比叡山を候補地としたのは、地理学者のリュエランの意見によるものだが、夏涼しく、ケーブルカーもでき、夏期学校を開くのに最適な場所と考えられたからである。

下山し都ホテルに戻った彼は、今度は各界の有力者をホテル招いて、日仏文化協会と日仏交流施設設立のための資金援助を頼んでいる。そして、その翌日の二九日には、大阪ホテルで開かれた日仏文化協会設立のための協議会に出席し、日仏両国の融合は政治・経済のみならず、文学などを通しての精神的融合によって達成される、とスピーチをし、新施設への協力を呼びかけているのである（日 1/3/1/37）。

この時点で、新施設の構想はかなり固まってきていたと思われる。その日の夜行で東京に戻ったクローデルは、一〇月一四日付の公信で、関西に設立を予定している新施設に関する報告書を本省に送っている。それによると、新施設は、フランス語ばかりでなく、芸術、歴史、地理、哲学、さらに発声法など、幅広くフランスの文化を教え、組織的には東京の日仏会館の傘下におかれるということであった。しかも、設立のために振り込まれた寄付金はすでに二万円ほどになっていて、総額は七万円を超えるだろうという予想まで記されていたのである。[69]

こうした流れのなかで関西日仏文化協会が組織され、その年の一二月六日に設立総会が大阪ホテルで開かれている。もちろん、クローデルも出席している。しかし、彼は駐米大使の任命を受け、日本を離れなければならない身であった。スピーチで、彼はつぎのようにいったといわれる。

> 私ハ別レニ當リ一種ノ慰安ヲ得タ事デ其レハ今回設立セントスル日佛文化協會ニシテ之ハ皆様ノ犠牲的精神ノ御援助ニ依リ殆ンド事業ノ完成ヲ見ルニ至リ之ニ依リ日佛間ノ友情益々親密ナル事ヲ得バ最モ幸甚トスル所ニシテ〔…〕私ハ日本ヲ離ルヽモ私ノ事業ハ永遠ニ日本ヲ去ラヌ事ト思フ（日 6/1/9/36-1）

じっさい、その通りであった。関西日仏文化協会が中心となってつくられた関西日仏学館は、当初予定していた比叡山の蛇ヶ池ではなく、通学に便利な九条山に一九二七（昭和二）年に建てられ、その後、一九三六（昭和一一）年に左京区に移転し、現在ではアンスティチュ・フランセ関西として存続している。一二月一日付のリュエランの手紙によれば、新施設は「関西の日仏文明交流の場」[70]になるはずであった。これは、クローデルの願いでもあった。彼は、あくまでも日仏交流の場を求めていたからである。

九月に来日し、日仏会館館長に就任していたシルヴァン・レヴィは、一二月六日の関西文化協会の設立総会に出席していた。したがって、関西にできる新しい施設のことを承知していたはずである。だが、それにもかかわらず、関西にこの種の施設を建てることに反対した。理由は、日仏会館との競合を危惧したためであった。クローデルは、彼の意見を聞き入れたフランス政府を説得しなければならなかった。いまさら手を引くわけにはいかなかった。結果として説得は功を奏し、日本を離れる直前の一九二七（昭和二）年一月一四日に、彼はフランス政府から設立の許可を貰っている。そこには、関西に設置される日仏文化交流機関は日仏会館のもとに置かれるという条件が記されていた（仏E/583/61）。

こうして、関西日仏学館が正式に認可され、設立されることになる。初代館長にリュエランを迎え開館したのは、クローデルが日本を離れてから八カ月後の一九二七（昭和二）年一〇月二二日のことであった。

しかし、それはクローデルが希望していた日仏文化交流の場ではなかった。学館の名にふさわしく、フランス語を中心に教える学院であった。内容は授業を中心とし、普通科には仏文法からフランスの歴史、文学、思想に至るまでの講座が準備され、土曜日には「ラ・ヴィ・フランセーズ〔フランス生活〕」という講座が開講されていた。(71)

こうして関西日仏学館はフランス語およびフランス文化普及の場として出発したのである。

さらにパリへ

しかしながら、現地でその国の言葉と文化を学び、両国の文化交流ができる場を設置したいというクローデルの希望は、パリ国際大学都市に日本館を建設することで最終的に実を結ぶことになる。すでに彼は、一九二四（大正一三）年一二月一四日の日仏会館開館式でのスピーチを次のように締めくくっていた。

最後に申しあげますが、いずれパリにも日本人学生用のこうした施設がつくられると思います。それが東京の日仏会館と対になればと、期待しています。(72)

パリにこの種の施設を建てることは、三年も前の一九二一（大正一〇）年六月三日に開かれた日仏協会の実行委員会ですでに承認済みの事項であった。施設の名称も日本館とされていた。もちろんクローデルがそれを知らないわけがない。しかし、資金面での見通しがたたず、実現できないままになっていたのである。そこに現れたのが薩摩治郎八である。大富豪の長男として生まれた彼は、一九二〇（大正九）年からイギリスとフランスに住み、その豪勢な暮らしぶりからパリの社交界では「バロン・サツマ」と呼ばれていた。

薩摩が一時帰国したのは、一九二五（大正一四）年二月である。彼は、翌年の一月には日仏会館賛助会員になり、前述したように、二月には、フランスから日仏会館に派遣された医学者シャルル・アシャールを自宅に泊めている。日仏会館に賓客用の家具がそろっていなかったためといわれる。[73]

ところで、クローデルがいつ薩摩に会ったのか、はっきりしない。確実なのは、二人の間でパリに建設される日本館について話があったということである。この年、つまり一九二六（大正一五）年の一〇月一日付の公信で、クローデルはつぎのように本省に書き送っている。

彼〔薩摩〕は、日仏会館の好調な出だしにつよく心を動かされ、パリにも同じような施設をたてることを思いたちました。現時点では、まだ彼の構想はかたまっていません。〔…〕しかし、薩摩氏は、おおいに資金面で努力するように見受けられました。パリでは、オノラ氏と連絡をとることでしょう。彼への力添えは、私たちの利益になると思っています。（仏 E/583/1）

文中にでてくるオノラは、文部大臣歴任者で、当時パリ国際大学都市の理事長を務めていたアンドレ・オノラである。パリに日本館を建設することは、クローデルのかねてからの願いでもあった。それゆえ、外務省に薩摩を紹介し、日本館実現にむけての助力を依頼したのは当然であった。

すでに薩摩は、東京に日仏会館が設立された翌年あたりから、パリの国際大学都市計画に関心を寄せ、日本館の建設を考えていたらしい。それが、クローデルとの会見で固まったと思われる。

フランスに戻った薩摩は、オノラを訪ね、事業実現に乗りだしている。(74) 彼は三〇〇万フラン（三五〇万フランとも）の寄付を申し出、日本館は一九二九（昭和四）年五月に完成することになる。今では、このパリ国際大学都市に世界各国の館が四〇棟ほど建てられているが、日本館はその中でも六番目ときわめて早い時期に完成した研究者用宿泊施設である。すぐれた学生や研究者が現地で居住を共にし、その国の言葉や文明を学び、やがて両国の架け橋となる、そうしたクローデルの夢が日本館の設立によって最終的に実現したのである。

相互理解は、彼の基本的な外交路線であった。だが、彼はフランス共和国の代理人でもあったはずである。すくなくとも一国の利害代表者であったはずである。他国の利益よりもまず自国の利益を優先するのが当然であり、それが彼の責務でもあったはずである。

しかし、彼の足跡をたどると、かならずしもそうとはいいきれない面がある。日本での基本的な路線は、まず日本の文化に自ら入り込むことであった。そして、相互の交流を考え、協調精神を確立することであった。目的は、それによって生ずる相互理解の深まりであり、そのうえでの利害の共有であった。まさに「共同出生」に基づく考えであるといっていい。

彼は日本に着く直前、『日記』につぎのように書いている。

　耳を傾け、自分からは話さず、相手に話させるように努めること。(75)

当時の新聞はクローデルを「詩人大使」と呼んでいた。振り返ると、まことに彼は「詩人大使」という名にふさわしい大使であった。いかなる場合においても、詩人と同様に耳を傾け、微妙な動きまで察知し、相手の真意を理解し、調和を見いだすことを、彼は忘れなかったのである。

九州旅行

ところが、そうしたクローデルの影さえ感じられない一面が、日本滞在中に見られる。それが、九州旅行である。

一九二四（大正一三）年一一月一四日、彼は大使館付商務担当官ロジェ・ロワイエと通訳の下田順平を連れて東京を発ち、九州に向っている。翌一五日に奈良に立ち寄り、正倉院の宝物を見学し、一六日に神戸からシカゴ丸に乗り、一八日に長崎に到着している。下船後は長崎を、続いて一九日には福岡を、二〇日には大牟田を、二一日には島原を、二二日には熊本を、二三日には八代と鹿児島を、二五日には別府を訪れ、二七日には別府から紅丸に乗り、二八日に神戸に着くと、その日の列車で東京に戻っている。

たいへんな長旅である。残されている『日記』や息子アンリへの手紙、また日本側外交文書や当時の新聞を見るかぎり、観光をかねた一種の視察旅行としか思われない。少なくともそういった印象しか与えない。一体何のための旅行だったのか、その真意はまったく不明である。

たしかに、彼は県庁、市役所、大学、工場、炭鉱のほか、フランス系の修道会や教会、それらの組織が経営する学校やハンセン病施設などを訪れている。また、各地での知事や市長への表敬訪問もおろそかにしていない。そのうえ講演までしているのである。

しかし、その一方で、いわゆる観光スポットにも足をのばしている。長崎では大浦天主堂と浦上天主堂を訪ね、大牟田では島原に足をのばし、島原城址、仁田岳、そして地獄巡りをし、鹿児島では桜島に渡り、その後、尚古集成館や西郷隆盛の墓を訪れている。別府では別府公園や地獄巡り、といったぐあいである。

ほぼ九州を一周するこの旅の移動手段は、もちろん列車である。だが、長時間におよぶ列車の旅も苦にはならなかったようである。むしろ楽しんでいるような様子がうかがえる。八代から鹿児島までは五時間弱かかるが、

『日記』には次の記述がある。

素晴らしい田園風景。刈り入れの終わった田畑、紅葉した森や葉を落とした森。急流、谷間、見事な秋の陽。(76)

当時、八代から鹿児島までの路線は、現在の肥薩線であった。そのため、車窓からは球磨川の急流や霧島連峰、人吉盆地などが見え、クローデルはそうした風景を楽しんでいたことがうかがえる。

鹿児島から別府までは、設置されて一年もたたない路線を利用しての旅であった。到着まで一三時間もかかる長旅である。しかし、息子アンリ宛の手紙には、つぎのように書かれている。

私たちは、一三時間もかかる列車の旅をしました。列車は、すばらしい海岸線にそって走っていきます。松、オレンジの木々に囲まれた小さな魅力的な港、水平線にのびる濃紺色の大きなライン。(77)

列車は、宮崎を過ぎると、佐伯あたりで一部山間部に入るが、おおむね海岸にそって走り続ける。クローデルは、秋の陽に輝く太平洋や港町を堪能したにちがいない。

こうした記述を見るかぎり、この九州旅行は、まさに観光をかねた一種の視察旅行といった印象を受ける。そもそもクローデルは、本国の命を受けてこの旅行をしたわけではなかった。指示または示唆された公務による旅行ではなかったのである、自分の判断によって、本省とは関係なく、かってに実行した個人的な旅だった。

とはいえ、彼は、「職務で滞在している国を実際に知ろうと思えば、各地をまわることは、大使が定期的に行うべき義務の一つ」(78)だといっている。となれば、九州というこの遠隔の地にわざわざ出向いたのも、大使としての当然の義務感からであったということになる。しかし、くどいようだが、この旅行は、義務感に名を借りた観光旅行ともとれる旅である。

しかし、事実は、そんな気楽な旅ではなかったのだ。そこには、はるかに深刻な思いがあった。それは、彼が本省に送った公信をひもとくことによってわかる。この九州旅行は、重大な使命感のもとに行われた旅だったのである。

フランス布教勢力の後退

クローデルが着任した当時、日本各地で行われていたカトリックの布教活動は、一種の岐路にたっていた。活動方針は、すべてローマ聖庁からだされていたが、日本をめぐる各国の利害関係が複雑にからみあい、現実には、布教活動というよりも布教に名を借りた自国の勢力拡大といった感を与えかねない状況であった。

一八四六（弘化三）年にグレゴリウス一六世によって日本が代牧区になってから、日本全土の布教はすべてフランスのパリ外国宣教会に委ねられていた。その後、布教活動の組織化が進み、一八九一（明治二四）年に東京大司教区が、ついで函館司教区（現在は仙台）と大阪司教区が、そして長崎司教区が順次組織されていったのである。こうして、それまで独自に行っていた各地の布教活動は、東京大司教区を中心にこれら各司教区のもとに統合されていったのである。

それが、一九〇四（明治三七）年になると、四国が大阪司教区から分離され、知牧地となってスペイン系のドミニコ会の手に委ねられるという事態が起こった。パリ外国宣教会から派遣されるフランス系以外の宣教師が、はじめて日本で自分の持ち場を手に入れ、布教活動をはじめたのである。

これをきっかけに、布教地の移管が続くことになる。一九〇七（明治四〇）年には、秋田、新潟、山形がドイツの神言会の手にわたり、北海道の多くの地区もドイツのフランシスコ会に委ねられてしまう。そして、一九一二（明治四五）年には、富山、石川、福井の三県を含む新潟知牧地が新たに設定され、これまたドイツの神言会の手にわたっているのである。さらに一九二一（大正一〇）年には、鹿児島地方の布教がカナダのフランシスコ会に委ねられてしまったのである。

そのうえ、一九二二（大正一一）年には、岐阜、愛知の二県を併合した名古屋知牧区が創設され、これもドイツの神言会の手にわたっている。そして、その翌年には、大阪司教区から独立した広島代牧区が、ドイツのイエズス会に委ねられたのである。[79]

しかも、これらの教区は、いずれもフランスの手から離れただけではない。四国と鹿児島を除いたすべてが、宿命的な競争相手であるドイツの宣教会の支配下に入ってしまったのである。フランス側に残ったものといえば、いまや函館市と、東京、大阪、長崎の三司教区だけになってしまったのだ。「カトリック、それは普遍である」[80]といっていたクローデルである。その言葉通りに動けば、日本の布教活動をどの国が受け持とうと、いっこうに差しつかえないはずである。

それに、こうした移管はかならずしも各国の勢力争いの結果ではなかった。もとをただせば、広大な教区が小規模な教区に分割されはじめたのは、ローマ聖庁の方針にそってのことで、よりきめこまかい、充実した布教活動を行うためであった。ところが、フランス系の司祭の数が、それに応じられるほど十分ではなかったのである。つぎつぎと他国の宣教会の手に委ねられていったのも、そうした事情によるものであった。

それをクローデルは知っていたはずである。しかし、彼はその方針をそのまま受け入れるわけにはいかなかったのだ。いやしくもフランスの利益代表者として派遣された使者であるという自覚が、彼にあったにちがいない。すくなくとも使者である以上、自国の勢力の急速な後退を見逃すわけにはいかなかったのだ。いたずらに不安をつのらせ、静観しているわけにはいかないのである。冷静に現状を見極め、将来を予測し、死守すべきものは死守する必要があったのだ。

日本滞在が一カ月にも満たない一九二一（大正一〇）年一二月一四日、彼はさっそくこの問題を取りあげ、本国に報告している。[81]注目すべきは、そこに見られる現状にたいする鋭い眼と未来への慧眼である。

彼はまず、ドイツ系宣教会の手に落ちた教区を具体的に列挙し、東京に教育機関（現上智大学）まで建てるほどに勢力を延ばしている彼らの活動を「ドイツの宣教会による日本への宗教的な侵略行為」と呼んでいる。ついで、パリ外国宣教会がこれまで受け持ってきた教区を失ったのは、ドイツのこの「宗教的な侵略行為」によるものであり、こうした喪失は、「日本におけるフランスの宗教的影響力の情けない後退」であると断言している。そのうえ、彼はつぎのように書いているのだ。

しかし、〔喪失にたいする〕代償のなかでも、この上なく有利な代償があったのです。つまり、日本の中部と南部の地域です。そこはもっとも人口密度が高く、もっとも住みやすく、カトリックが誕生し、最良の条件の下で発展してきた地域です。ですから、この地域でフランスの宣教師たちの再編成を行い、この地域を密度の高い強固なブロックにすればいいのです。(82)

ここでいう「中部」と「南部」とは、パリ外国宣教会に残された東京と大阪、長崎を指している。クローデルは、他を失っても、条件のいいこの地域だけはぜったいに手放すべきではないという。

それゆえ、この報告書は、単なる報告書の域を超え、布教問題を通して、なにがあっても現存するフランスの勢力を守り抜こうとするクローデルの外交路線の表明と見ることができる。それは、ドイツの攻勢にたいしてつねに目を光らせ、失ったものは追わず、手許に残ったものを自国の勢力範囲とし、最後までそれを守り抜こうとする方針である。

しかし、こうした見方や方針がクローデル独自のものであったとは、いいがたい。すでに前任者であった駐日フランス大使エドモン・バプストは、一九二一（大正一〇）年三月二三日付の公信で、東京から鹿児島にいたる日本の南部地域の堅持を本省にたいし主張していたのだ（仏E/69/43/1-2）。それは、長崎司教ジャン＝クロード・コンバスから名古屋と伊勢が知牧区として独立し、そのどちらも、すでに新潟を手にしているドイツの神言会に委ねられるかもしれないという情報をこの年の三月一二日に受けとった時の反応であった。

他方、ドイツの文化面での攻勢に関しては、バプストの離日後、クローデルの着任まで代理大使を勤めていたシャルル＝アルセーヌ・アンリ書記官も、同年八月二二日付の公信で、東京にイエズス会が建てた教育機関（現上智大学）の勢力拡大を危惧し、「ドイツの宣伝機関」になっていることを指摘していたのである（仏E/69/43/1-2）。

それゆえ、布教問題に関するクローデルの路線は、前任者の見解を踏まえ、因果関係を整理し、彼なりに編みあげたものであったといえる。そうすることが、なによりもこれからこの問題を処理するうえで必要だったのである。

フランス地盤の堅持

以後、クローデルの行動はこの路線にそって進んでいくことになる。

彼は、教皇使節として来日したマリオ・ジャルディーニ大司教との会談で、布教地のさらなる分割、とくに北海道と東北を管轄しているアレクサンドル・ベルリオーズ司教が老齢のため、彼の死によっては函館がドイツへの譲渡の危機にさらされるかもしれないと予想されると、ただちに一九二二（大正一一）年三月二九日付の公信で本省にそのことを知らせている（仏E/556/2）。

また、来日中のジャルディーニ大司教がジャン＝バティスト・カスタニエ大阪司教とベルリオーズ函館司教に五月二五日ごろに会い、分割・譲渡問題について話し合ったことを知ると、これも六月一二日付の公信で本省に報告している。彼が危機感を持ったのは、大阪司教区に属するかなりの地域がドイツのイエズス会の手に落ちたことであり、函館もドイツのフランシスコ会に委ねられる可能性があることであった（仏E/556/2）。

このような状況下でクローデルにとって最大の関心事は、福岡と函館であった。福岡は彼が保持を決めこんでいる長崎司教区に属する土地である。函館はフランス側に残された北海道唯一の都市である。話が教皇使節であるジャルディーニ大司教との会談からでている以上、最悪の場合には函館の放棄はやむをえないとしても、福岡だけは断固として守り抜かなければならない。

クローデルの危惧と意図はこの点にあった。しかし、フランス政府はこうした危機感に満ちた報告を正面から取りあげようとはしなかった。特別な動きもなく、具体的な指示もかえってこなかったのである。

待てどくらせど来ない返事に、クローデルは業をにやしたと思われる。彼にとって、福岡はもっとも重要な地域であった。それが他国の宣教会の手にわたりそうだというのだ。

一九二三(大正一二)年一二月一一日、彼は本省に打電し、この件の阻止をパリ外国宣教会のジャン゠ビュード・ド・ゲブリアン総長とローマ聖庁とに進言するように依頼している。そのうえ、強い調子で、「我々は多くの土地を日本で失っている。これ以上放棄するものは何一つないはず」と書き加えているのだ(仏E/997/1)。

さらにその二日後の一三日には、長文の公信を本省に送っている。[83] 彼は、そのなかで、他国の宣教会の手にわたってしまった都市名を列挙し、喪失の危機にさらされている福岡を堅持しなければならない理由を挙げている。

もちろん、福岡という地域はフランシスコ・ザビエルの遺産を継承している土地である。しかも、パリ外国宣教会が開拓した土地でもある。それだけに、フランスとの精神的関係は深く、やすやすと手放せる土地ではないのだ。

だが、彼がこの公信で冒頭から挙げているのはそのような精神的な理由ではない。それは、まことに物質的なつぎの理由であった。

第一に、福岡は門司をしたがえ、大規模な工業施設を持つ経済の中心地であり、日本の西南部ではもっとも豊かな都市である。第二に、福岡には大学や高等学校があり、宣教師がフランス語を教えている以上、フランスにとっては知的中心地である。第三に、大学には法学部と文学部新設の計画があり、フランスの影響力をさらに高めることが期待できる。

これが、本省に提出した福岡を堅持しなければならない理由であった。

この三つの理由から見えてくるのは、布教という精神的な面よりも、経済的な面とフランス語普及といった物理的な面である。そこには霊性に根ざした熱心なカトリック信者の姿などみじんも感じられない。そこに見えるのはあくまでも自国の利益を重視する外交官の姿である。だからこそ、「このようなすばらしい地を譲渡するとなれば、それに抗議し抵抗せざるをえない」という結論になるのだ。

彼は、こうした危機的な状況を招いたのは、コンバス長崎司教とパリ外国宣教会のゲブリアン総長であるときめつけ、この二人を激しく責めたてている。

長崎司教のコンバス猊下は老齢で、三三年間もラテン語の教師をしていたので、何の心得もなく、ついた職務に忙殺され、疲れきっています。〔…〕他方、パリ外国宣教会のゲブリアン猊下は、生涯を中国で過ごした人で、日本について何一つ知りません。〔…〕コンバス猊下は、きわめて臆病な人で、自分の無力な手に委ねられた資産が取りあげられていくのを抵抗もせずに見ているだけです。(84)

本省にたいするクローデルの訴えはこれだけではない。この年も終わる一二月三一日付の公信では、日本人を司祭に叙階し、一教区を受けもたせることにたいし、そんなことは頭がいかれた奴らの考えることだといってつよく反対しているのである。(85)

だが、現地人による司祭制度は、ローマ聖庁が勧めていた方針であった。綿密な布教活動を推進するために、ベネディクトゥス一五世が奨励した制度だった。(86) しかし、クローデルは、東洋にはキリスト教の伝統がなく、東洋人は極端な愛国心をもっているうえ、家族や氏族や村との絆もつよいので、子羊の群れだけにわが身を捧げることができないという。それゆえ、パリ外国宣教会が積みあげてきた成果を日本人にわたすなどという危険を、今はおかすべき時ではないと主張しているのだ。

彼の真意がどうであれ、これでは、フランスの勢力維持のための日本人排除としか受けとれない。そこに浮かびあがってくるのは、相互理解と協調精神といった路線を歩む外交官の姿ではない。自国の利益を優先するために派遣された使者の姿である。

翌一九二四(大正一三)年になると、クローデルは二月二四日付で、当時外務省のアジア・オセアニア課に勤務していた詩人のアレクシ・レジェ(サン=ジョン・ペルス)宛に手紙をだしている。[87]

そのなかで、彼は、日本でパリ外国宣教会の後退が目につくようになったのは、やる気のない長崎のコンバス司教がひき起こした結果であるとして、「七万人の信者のうち五万人がいる長崎を失えば、私たちは日本における基盤をなくすことになる」、と書いている。そして、この件に関する力添えをレジェに頼んでいるのである。

注目すべきは、ここではさらに踏みこんだ記述になっている点である。彼は、布教地の喪失がフランスの勢力基盤の喪失に直結すると明言しているのだ。いまや彼の目は、布教を超えて、フランスの地盤沈下の防御に向かっているとしか思われない。

こうしたなか、三月二日付でコンバス長崎司教からの手紙が届く。手紙には、大分、宮崎、鹿児島、沖縄などが他国の宣教会に委ねられると記されていたのである。クローデルにとっては、これまでの訴えを強化するうえで、またとない好都合な材料であった。彼は、一一日付の公信で、その手紙の写しを本省に送っている(仏E/557/1)。

こうしたクローデルの苛立ちと怒りは、最終的にフランス政府を動かすことになる。政府はついに、ジャン・ドゥルセ駐バチカン大使に日本の実情を知らせ、ローマ聖庁とこの問題について協議するように命じたのである。ドゥルセが交渉したのは、教皇ピウス一一世の側近であったピエトロ・ガスパリであった。再三にわたる交渉の末、クローデルの希望通り、福岡をパリ外国宣教会の手に残すことに成功し、彼がその結果を本省に知らせたのは、二カ月あまりたった五月三一日であった(仏E/557/1)。しかし、日本人を司祭に叙階し、教区を委ねるという方針を変えることはできず、この件はそのままになっていたのである。

利益代表者

クローデルの九州旅行は、こうした事情のもとに行われた。列車を乗り継ぎ、九日もかけて九州を一周したのも、問題となっている都市を視察し、その実情を把握するためであった。

帰京して二日後の一一月三〇日付の公信には、冒頭から九州地方の教区の分割と譲渡問題がこの旅行の最大の理由であったことが記されている。[88]

なかでも、もっとも危惧したのは、カトリック信者の拠点となっている長崎司教区の分割と他国の宣教会への委譲であった。九州には、長崎をはじめ、熊本、八代などに、フランス系修道会が創設し、じっさいに運営している慈善施設や教育施設が複数あり、それらを司っている総本山が長崎司教区なのである。クローデルは、彼らフランス系の修道会の活動やその歴史、さらにその資産価値までも具体的に挙げ、ぜったいに譲渡することはできないといっているのだ。

日本人司祭による教区の創設に反対するのも、この考えによるものと思われる。日本人に叙階を許し、一教区を任せることは、フランス系宣教会の勢力範囲の縮小、または喪失につながることになる。

彼はみずから「極東に長く駐在してきたフランスの代表」と自負し、この一一月三〇日付の公信でつぎのようにいっている。

そのうえ、長崎という拠点を取られるようなことになれば、私たちの日本におけるカトリックの地位も終わりということになりましょう。〔…〕長崎で行われているような重要な宣教活動を請け負えるだけの技量をもつ日本人はひとりもいません。〔…〕くり返して申しあげますが、この問題がこれほど重要に思われますのは、九州に私たちの宣教師を駐在させておくことは、たんに宗教的な問題だけではなく、フランスに関わる問題でもあるからです。我が国の宣教師たちが、それぞれの立場でフランス語を教え、私たちのものの見方を広めていることは、今回の旅行を通して確認しています。[89]

こうした言葉から見えてくるのは、自国の勢力を保持しようとする外交官の姿である。そこには、相互理解も協調精神も見られない。

そもそも今回の事態を招いたのは、「巧みな手腕」をもつ教皇使節のジャルディーニ大司教であり、「権威も支配力もない」長崎のコンバス司教なのだ。だからこそ、クローデルは、「もっと強力な指導者に代えたほうがいい」と提言をしているのである。[90]

その二日後の一二月二日にも、クローデルは本省宛に長文の公信を送っている。その大半を占めているのが、九州での訪問先の報告である。当然のことながら、大使として遠隔の地にも関心をもっていることを示す必要がある。そのため彼は、フランス系修道会が運営する慈善施設や教育施設をつぎつぎと訪ね、激励している。だが、そうしたなか、彼の不安を増大させたのは、九州帝国大学の訪問であった。

もともとこの旅行は、自国の後退が外国、とくにドイツにとっていかに有利に働いているかという危機感のなかで行われたものであった。しかも、自国の息のかかっている教育施設さえも、いずれ外国人の手に渡さねばならなくなるという嘆きを耳にすることもある旅だった。それだけに、九州帝国大学の医学部の見学の印象は、きわめて強烈であった。

日本のいたるとろで医学がドイツの独擅場であることを見せつけられるのは、嘆かわしいことです。福岡の医学部の教室は、あごひげをはやした教授たちの肖像や胸像だらけです。まるでザクセンやプロイセンにいるかのようです。もちろん、書物も器具も薬品などもドイツ製です。展示室や図書室の記載もドイツ語です。〔…〕日本には各県に商業展示場がありますが、私たちが訪ねたかぎり、どこもイギリス、ドイツ、アメリカの資料でいっぱいで、フランスのものはひとつもありませんでした。[91]

フランスの影すら感じられない現実は、クローデルにとってショックであったにちがいない。彼は、こうした地盤沈下を本省に直接訴えることにより、自国の勢力の回復を、すくなくとも現存する勢力の保持への支援を願っていたのである。そこには、自国の利害を重視する外交官の姿しか見えない。

しかも、こうした態度は、大牟田での三井物産の工場や鉱山の視察にも現れている。この訪問は、もちろん三井物産側の招待であった。(92) そこで彼が注目したのは、三井物産が仏領インドシナから四〇〇〇トンの鉱物と八〇〇〇トンの無煙炭を輸入し産出量の少ない国内産を補っていることである。こうした現状は、仏領インドシナからの輸入の拡大を期待させると察知した彼は、早速そのことも本省に伝えているのだ。

九州旅行中のクローデルに一貫して見られるのは、自国の利益代表者として派遣された有能な使者としての姿である。彼は相互理解と協調精神を根底に、経済・文化の交流を目指す国際人であったはずである。その基盤には、「共同出生」という考えがあったはずである。

しかし、この九州旅行から浮かび上がるクローデルには、そうした姿はみじんも感じられない。そこにくっきりと浮かびあがってくるのは、自国に深く根を下ろし、自国の利益を追求し、それを守り通そうとする使者の姿である。

註

略語一覧

B. S. P. C.: *Bulletin de la Société Paul Claudel.*

C. P. C. 1-14: *Cahiers Paul Claudel* 1- 14, Gallimard, 1959-1995.

J. I, II: Paul Claudel, *Journal* I, II, Bibliothèque de la Pléiade, Gallimard, 1968, 1969.

O. C.: Paul Claudel, *Œuvres complètes* 1-29, Gallimard, 1950-1986.

Po.: Paul Claudel, *Œuvre poétique*, Bibliothèque de la Pléiade, Gallimard, 1967.

Pr.: Paul Claudel, *Œuvres en prose*, Bibliothèque de la Pléiade, Gallimard, 1965.

Su.: Paul Claudel, *Supplément aux Œuvres complètes* 1-4, L'Age d'Homme, 1990-1997.

Th. I, II: Paul Claudel, *Théâtre* I, II, Bibliothèque de la Pléiade, Gallimard, 1967, 1965.（［　］内の数字は、新版 *Théâtre* I, II, Bibliothèque de la Pléiade, Gallimard, 2011 の巻数・頁数を指す）

山内義雄訳：『クローデル詩集』ほるぷ出版、一九八三年。

- フランス外務省史料館資料、日本外務省外交史料館資料はそれぞれ、「仏 E/2/363」、「日 1/1/10/0」の形で資料番号を示した。
- なお、クローデルの著作については、著者名を省略した。また、訳出にあたっては、原文のイタリックは傍点で示し、大文字はゴシック体で示した。

はじめに

(1) *Mémoires improvisés*, recueillis par Jean Amrouche, Gallimard, 2001, p. 12.
(2) « Mon pays », *Pr.*, pp. 1007-1008.
(3) *J.* II, p. 524.
(4) « Adieu, Japon ! », *Pr.*, p. 1152.
(5) *ibid.*, p. 1153.

第I章

(1) *Mémoires improvisés*, recueillis par Jean Amrouche, Gallimard, 2001, pp. 135-136.
(2) *J.* I, p. 103.
(3) Edomond et Jules de Goncourt, *Journal* XX, Éditions de l'Imprimerie Nationale de Monaco, 1957, p. 19. Jules Renard, *Journal*, Gallimard, 1935, p. 186.
(4) « Un regard sur l'âme japonaise », *Pr.*, p. 1128.
(5) « Réflexions et propositions sur le vers français », *Pr.*, p. 44.
(6) Théodore Duret, « L'art japonais », *La Plume* le 15 octobre 1893, Slatkine Reprints, 1968, p. 421.
(7) Paul Claudel-Francis Jammes-Gabriel Frizeau, *Correspondance 1897-1938: avec des lettres de Jacques Rivière*, préface et notes par André Blanchet, Gallimard, 1952, p. 51.
(8) « Mon pays », *Pr.*, p. 1005.
(9) *ibid.*, pp. 1004, 1006.
(10) *Mémoires improvisés*, *op. cit.*, p. 12.
(11) 母方の記述に関しては，以下を参照。 Xavier de Massary, « La famille Claudel à Villeneuve-sur-Fère », *B. S. P. C.* 145, p. 4

sq.

（12） *L'Annonce faite à Marie*, *Th.* II, p. 70 [I, 1047].

（13） 村の記述に関しては、引用を含め以下を参照。« Mon pays », *op. cit.*, pp. 1006-1007.

（14） « Rêves », *Po.*, p. 67.

（15） « Mon pays », *op. cit.*, pp. 1003, 1006.

（16） カミーユに関しては以下を参照。Jacques Cassar, *Dossier Camille Claudel*, Librairie Séguier, 1987, p. 55. Reine-Marie Paris, *Camille Claudel*, Gallimard, 1984, pp. 35-43. Anne Rivière, « Le Mouvement de la vie », *Camille Claudel, 1864-1943,* Musée Rodin, 1984, p. 15.

（17） *Mémoires improvisés*, *op. cit.*, p. 20.

（18） Gérard Antoine, *Paul Claudel ou l'enfer du génie*, Robert Laffont, 2004, p. 42.

（19） *Mémoires improvisés*, *op. cit.*, p. 27.

（20） *Paul Claudel interroge l'Apocalypse*, *O. C.* 25, p. 147.

（21） « Ma conversion », *Pr.*, p. 1009.

（22） « Richard Wagner, Rêverie d'un poète français », *Pr.*, p. 883.

（23） « Le Chant religieux », *O. C.* 16, pp. 204-205.

（24） « Richard Wagner, Rêverie d'un poète français », *op. cit.*, pp. 864, 866, 865.

（25） *Mémoires improvisés*, *op. cit.*, p. 29.

（26） *ibid.*, p. 81.

（27） 一八九七年七月二六日付マラルメ宛の手紙。*C. P. C.* 1, p. 54.

（28） ランボーの引用を含め以下を参照。Arthur Rimbaud, *Une saison en enfer*, *Œuvres complètes*, Bibliothèque de la Pléiade, Gallimard, 1988, pp. 101, 116.

（29） « Ma conversion », *op. cit.*, p. 1009.

（30） ノートルダム大聖堂での啓示に関しては以下を参照。*ibid.*, p. 1009 *sq.*

(31) *Tête d'or*, *Th.* I, p. 157 [I, 153].
(32) *ibid.*, p. 161 [I, 157].
(33) *ibid.*, pp. 160-161 [I, 156-157].
(34) *C. P. C.* 1, p. 140.
(35) 一九四六年一二月一九日付コンブ神父宛の手紙、« Lettres de Paul Claudel à l'abbé André Combes», lettres présentées et annotées par Dominique Millet-Gérard, *B. S. P. C.* 218, F. 24.
(36) *Mémoires improvisés*, *op. cit.*, pp. 59-60.
(37) *Tête d'or*, *op. cit.*, pp. 182-183, 259 [I, 362-363, 437].
(38) « Ma conversion », *op. cit.*, p. 1010.
(39) *Mémoires improvisés*, *op. cit.*, p. 81.
(40) Gérard Antoine, *Paul Claudel ou l'enfer du génie*, *op. cit.*, p. 81
(41) *Mémoires improvisés*, *op. cit.*, p. 82.
(42) *ibid.*, p. 136.
(43) *C. P. C.* 1, p. 46.
(44) « Préface à un album de photographies d'Hélène Hoppenot », *Pr.*, pp. 396-397.
(45) 旅程に関しては以下を参照。*Les Agendas de Chine*, texte établi, présenté et annoté par Jacques Houriez, L'Age d'Homme, 1991, pp. 184-188, 308-312.
(46) 『松』に関しては引用を含め以下を参照。« Le Pin », *Po.*, pp. 79-80.
(47) « Un regard sur l'âme japonaise », *op. cit.*, p. 1131.
(48) 『森の中の黄金の箱船・櫃《アルシュ》』に関しては引用を含め以下を参照。« L'Arche d'or dans la forêt », *Po.*, pp. 81-84.
(49) 『散策者』に関しては引用を含め以下を参照。« Le Promeneur », *Po.*, pp. 84-85.
(50) « Art poétique », *Po.*, p. 143.
(51) *Mémoires improvisés*, *op. cit.*, p. 219. Dominique Millet-Gérard, *Claudel thomiste ?*, Honoré Champion, 1999, p. 162 *sq.*

(52) トマス・アクィナス『神学大全』第四冊、高田三郎・日下昭夫訳、創文社、一九七三年、第四七問第一項、七六―七七頁、第四七問第三項、八四頁。引用文は既訳に多少手を加えてある。
(53) 障壁画と襖絵に関しては引用を含め以下を参照。« Ça et là », *Po.*, p. 88.
(54) *ibid.*, p. 86.
(55) *ibid.*, p. 90.
(56) *Mémoires improvisés*, *op. cit.*, p. 74.
(57) *ibid.*, p. 75.
(58) « Interview par Frédéric Lefèvre sur le nô », *Su.* 2, p. 129.
(59) Jacques Houriez, « La Co-naissance au Japon et de soi-même », *Paul Claudel: les manuscrits ou l'œuvre en chantier*, sous la direction de Jacques Houriez et Catherine Mayaux, Édions Universitaires de Dijon, 2005, p. 154.
(60) Catherine Mayaux, « Claudel et la littérature japonaise ou Claudel en auteur japonais », *Paul Claudel et l'histoire littéraire*, textes réunis et présentés par Pascale Alexandre-Bergues, Didier Alexandre, Pascal Lécroart, Presses universitaires de Franche-Comté, 2010, p. 172.
(61) *Les Agendas de Chine*, *op. cit.*, p. 188.
(62) *J.* I, p. 531.
(63) *ibid.*, p. 501.
(64) René Descartes, *Discours de la méthode*, Librairie Larousse, 1935, p. 19.

第II章

(1) 上田敏訳『椰子の樹』（『芸文』一九一三年八月号）、『カンタタ』（『三田文学』一九一五年一〇月号）、『頌歌』（『三田文学』一九一六年二月号）。堀口大学訳『真昼の聖母』（『文章世界』一九一七年一〇月号）、『エランダの夜』、『水の悲哀』、『夜航』（『三田文学』一九一七年二月号）。日夏耿之介訳『椰子樹』、『海のおもひ』、『溶樹』、『憂鬱の水』（『中央文学』一九二一年二月号）。

（2） 挙げられている作品は『東方所観』、『詩法（詩論）』、『黄金の頭（黄金頭）』、『都市（都城）』、『マリアへのお告げ（瑪利亜の受けたる告知）』、『五大讃歌（五大頌歌）』。かっこ内は上田敏訳の題名。当時の翻訳等に関しては以下を参照。Hiroko Ogawa, *Étude des traductions japonaises de l'œuvre de Paul Claudel*, mémoire de D. E. A., sous la direction de Dominique Millet-Gérard, Université de Paris-Sorbonne (Paris IV), 1994. 大出敦「「クロオデルには桂を捧げよ」――大正期のポール・クローデル」、『三田文学』二〇〇五年秋季号、二〇二頁以下。

（3） 戯曲は『黄金の頭』（第一稿、第二稿）、『都市』（第一稿、第二稿）、『交換』（第一稿）、『七日目の休日』、『真昼に分かつ』、『人質』、『マリアへのお告げ』、『堅いパン』、『辱められた神父』。詩集は『東方所観』、『流謫の詩』、『五大讃歌』、『三声による頌歌』、『神ノ年ノ御恵ミノ冠』。散文は『詩法』。

（4） 論評、翻訳等に関しては以下を参照。Jacques Benoist-Méchin et Georges Blaizot, *Bibliographie des œuvres de Paul Claudel: Précédée de Fragment d'un drame, 1891*, Auguste Blaizot et Fils, 1931, pp. 153-167. 雑誌掲載評論に関しては以下を参照。Jacques Houriez, « Claudel et la presse », *B. S. P. C.* 179, p. 23 *sq.* 演劇関係は以下を参照。René Farabet, *Le Jeu de l'acteur dans le théâtre de Claudel*, Minard, 1960, pp. 124-127.

（5） このエッセーは、一九二三年に『新フランス評論』誌一〇月号に『日本人の魂への一瞥』と題して発表され、その後このタイトルのまま単行本になったが、クローデルは題名を『日本人の魂への眼差し』にするように申し入れた経緯がある。

（6） *C. P. C.* 13, p. 281.

（7） « Tradition japonaise & tradition française », *B. S. P. C.* 207, p. 23. Cf., *Pr.*, p. 1123.『改造』一九二三年一月号に掲載された日光での講演は、筆者により前記 *B. S. P. C.* に転載されているので、本稿でのこの講演からの引用はすべてこの *B. S. P. C.* に拠る。

（8） « Un regard sur l'âme japonaise », *Pr.*, p. 1123.

（9） « Tradition japonaise & tradition française », *op. cit.*, p. 24. Cf., *Pr.*, p. 1125.

（10） トマス・アクイナス『神学大全』第七冊、高田三郎・山田晶訳、創文社、一九六五年、第九三問第六項、六七頁。

（11）« Art poétique », *Po.*, p. 198.

（12）« Interview de Claudel par Marcel Pays », *Su.* 2, p. 98.

（13）Henri Focillon, *L'Art bouddhique*, Henri Laurens, 1921, p. 129.

（14）Note du « Bounrakou », *Pr.*, p. 1182.

（15）« Tradition japonaise & tradition française », *op. cit.*, p. 24. Cf., *Pr.*, p. 1124.

（16）« Les Superstitions chinoises », *Pr.*, p. 1082.

（17）« Propos sur un spectacle de ballets », *Th.* II, p. 1466.

（18）次段落の引用を含め以下を参照。« Tradition japonaise & tradition française », *op. cit.*, p. 26（原文に以下の誤植がある。« parfois » → « parfait »）. Cf., *Pr.*, p. 1129.

（19）「『日本詩人』への挨拶」、『日本詩人』一九二三年五月号、二頁。

（20）*Sainte Geneviève*, *Po.*, p. 646.

（21）『聖女ジュヌヴィエーヴ』には豪華版があり、その板表紙には黒漆の地に金文字の表題、本体には普及版にない冨田渓仙の『神庫』が刷られている。この版は大正天皇に一部献上された。クローデルも一部持っていたが、一九二五年に一時帰国した際、マルセイユで盗まれてしまったのだ。それを知らされた大正天皇は、一九二七年二月に献上された本をクローデルに返却されている（『東京朝日新聞』朝刊一九二七年二月三日）。

（22）« À propos de la publication de *Sainte Geneviève* »,『日本詩人』一九二三年五月号、四頁。Cf., *Po.*, p. 1140.

（23）二つの逸話の前者は山内義雄「クロオデル・渓仙の交遊」、『塔影』一九三六年八月号、一五頁。後者は吉江喬松「冨田渓仙のこと」、同書、九頁。

（24）倉田公裕「渓仙の感・観」、『開館9周年記念特別展渓仙　冨田渓仙――その人と芸術』山種美術館、一九七五年、六〇頁。

（25）Dominique Millet-Gérard, « Une lettre inédite de Claudel au P. de Tonquédec, sj: la question de la "tradition" », *Lettre et Critique, Actes du colloque de Brest 24-26 avril 2001*, textes rassemblés et présentés par Pierre-Jean Dufief, Université de Bretagne occidentale, 2003, p. 305.

(26) *La Ville, Th.* I, p. 488 [I, 733].

(27) « Poëmes au verso “Sainte Geneviève” », *Po.*, p. 650.

(28) *J.* I, pp. 533-534.

(29) 『冨田渓仙――生誕一三〇年記念』茨城県近代美術館、二〇〇九年、一二六頁。

(30) 山内義雄「クローデルと渓仙」、『現代日本美術全集』第三巻「月報IV」、角川書店、一九五五年、二頁。山内義雄「クロオデル・渓仙の交遊」、前掲、一六頁。

(31) *Cent phrases pour éventails, Po.*, p. 703. 山内義雄訳。

(32) *J.* I, p. 547.

(33) *Cent phrases pour éventails, op. cit.*, p. 706. 山内義雄訳。

(34) « Correspondance Léonard-Eugène Aurousseau-Paul Claudel (1922-1926) », Réunie et annotée par Shinobu Chujo, Préface de Jacques Houriez, texte établi par Jacques Houriez et Maryse Bazaud, *Ebis* 30, Maison franco-japonaise, 2003, pp. 211-212.

(35) *C. P. C.* 13, p. 287.

(36) *Su.* 4, p. 24.

(37) Michel Revon, *Anthologie de la littérature japonaise: des origines au XX*^{e} *siècle*, Delagrave, 1910, p. 100.

(38) 著者版と特製版のオリジナルの扇面数に関しては、奥付に「著者版二部「日」「佛」特製版三部「天」「地」「人」。共に各々クロオデル氏肉筆四季短唱四葉、冨田渓仙氏肉筆、春夏秋冬四葉の扇面、しかも各々一葉毎に異なる詩画を蔵め」と書かれている。しかし、オリジナルは三六葉しかなく、部数は全部で五部になるので、奥付の文言通り各版八葉とすると5×8＝40となり、六葉不足する。山内義雄夫人の山内緑子氏が所有していた著者版は「佛」で、枚数は六葉なので、著者版六葉、特製版八葉とすると（2×6）＋（3×8）＝36となり、オリジナルの数三六葉に一致する。以上が、著者版は扇面六葉、特製版は扇面八葉とした理由である。

(39) *C. P. C.* 13, p. 291. 一九二六年一〇月二九日付クローデルのジャック・ブノワ＝メシャン宛の手紙（Centre Jacques-Petit 所蔵）にも同様の記述がある。

(40) Michel Truffet, *Édition critique et commentée de “Cent phrases pour éventails” de Paul Claudel*, Les Belles-Lettres, 1985, p. 62.

(41) 山内義雄『遠くにありて——山内義雄随筆集』毎日新聞社、一九七五年、一四〇頁。山内義雄「ポール・クローデルの「百扇帖」」、『婦人之友』一九五七年一月号、一五四頁。

(42) *J.* I, p. 721.

(43) *C. P. C.* 13, p. 289.

(44) *ibid.*, p. 285.

(45) « Notes sur “A travers les villes en Flammes” », *Pr.*, p. 1545.

(46) Marie-Clotilde Hubert, « Lettres de Paul Claudel à René Lalou », *B. S. P. C.* 40, p. 7.

(47) 柴田依子『俳句のジャポニスム——クーシューと日仏文化交流』角川学芸出版、二〇一〇年、九三頁以下。

(48) 金子美都子『フランス二〇世紀詩と俳句——ジャポニスムから前衛へ』平凡社、二〇一五年。

(49) Catherine Mayaux, « Le fonds extrême-oriental de la bibliothèque de Paul Claudel: bibliothèque réelle et bibliothèque virtuelle », *B. S. P. C.* 184, p. 59.

(50) 金子美都子『フランス二〇世紀詩と俳句』、前掲、三六六頁以下。

(51) Michel Revon, *Anthologie de la littérature japonaise*, *op. cit.*, p. 387.

(52) *Le Pampre*, 10 / 11, 1923 (http://terebess.hu/english/haiku/lepampre.html).

(53) Michel Revon, *Anthologie de la littérature japonaise*, *op. cit.*, p. 383, *sq*.

(54) « Interview par Frédéric Lefèvre sur le nô », *Su.* 2, p. 130.

(55) Cf. *Cent phrases pour éventails*, *op. cit.*, p. 728. 山内義雄訳。

(56) *Mémoires improvisés*, recueillis par Jean Amrouche, Gallimard, 2001, p. 42.

(57) Cf., Pierre Brunel, *Claudel et Shakespeare*, Armand Colin, 1971, p. 65.

(58) *Mémoires improvisés*, *op. cit.*, p. 42.

(59) Charles-Henry Hirsch, « Les livres, *Tête d'Or* », *Revue indépendante*, février 1892, p. 278.

(60) *Mémoires improvisés*, *op. cit.*, pp. 42-43.

(61) « Réflexions et propositions sur le vers français », *Pr.*, p. 6.

(62) *Cent phrases pour éventails, op.cit.*, p. 711. 山内義雄訳。
(63) « un texte sur *Cent phrases pour éventails* », *Po.*, p. 1150.
(64) *Le Repos du septième jour, Th.* I, p. 843 [I, 644].
(65) « Religion du signe », *Po.*, p. 46.
(66) « Idéogrammes occidentaux », *Pr.*, pp. 81-82.
(67) « un texte sur *Cent phrases pour éventails* », *op. cit.*, p. 1150.
(68) « Préface » pour *Cent phrases pour éventails, Pr.*, p. 700.
(69) « La Philosophie du livre », *Pr.*, pp. 76-77.
(70) Stéphane Mallarmé, *Œuvres complètes* II, Bibliothèque de la Pléiade, Gallimard, 2003, p. 659.
(71) *Paul Claudel Premières œuvres 1886-1901*, Catalogue de l'Exposition rédigé par François Chapon, Bibliothèque littéraire Jacques Doucet, 1965, p. 58. Gilbert Gadoffre, *Claudel et l'univers chinois, C. P. C.* 8, pp. 286-287, note 1.
(72) 諸橋轍次『老子の講義——掌中』大修館書店、一九五四年、二四—二五頁。
(73) *Le Repos du septième jour, op. cit.*, p. 857 [I, 657].
(74) « Halte sur le canal », *Po.*, p. 77.
(75) *J.* I, p. 620.
(76) « Une promenade à travers la littérature japonaise », *Pr.*, p. 1162.
(77) « un texte sur *Cent phrases pour éventails* », *op. cit.*, p. 1150.
(78) « Préface » pour *Cent phrases pour éventails, op. cit.*, p. 699.
(79) *ibid.*, p. 700.
(80) « Interview par Frédéric Lefèvre sur le retour d'Amérique », *Su.* 2, p. 166.
(81) 「画詩」は Jacques Houriez, *Paul Claudel ou Les tribulations d'un poète ambassadeur: Chine, Japon, Paris,* Honoré Champion, 2012, p. 181.「総合芸術」は、Catherine Mayaux. « *Cent phrases pour éventails*: une version secrète d'une œuvre d'art totale ? », *Regards sur Claudel et la Bible,* textes présentés par France Marchal-Ninosque et Catherine Mayaux, Poussière d'or, 2006, p. 233.

(82) « Préface » pour *Cent phrases pour éventails*, *op. cit.*, p. 699.

(83) « un texte sur *Sainte Geneviève* », *Po.*, p. 1140. Cf. Michel Revon, *Anthologie de la littérature japonaise*, *op. cit.*, p. 139.

(84) *La Femme et son ombre*, *Th.* II, p. 651 [II, 539]. « Une promenade à travers la littérature japonaise », *op. cit.*, p. 1161.

(85) « un texte sur *Sainte Geneviève* », *op. cit.*, p. 1140.

(86) *ibid.*

(87) 芳賀徹『ひびきあう詩心——俳句とフランスの詩人たち』ティビーエス・ブリタニカ、二〇〇二年、五三頁。

(88) « Une promenade à travers la littérature japonaise », *op. cit.*, p. 1162.

(89) *Cent phrases pour éventails*, *op. cit.*, p. 733. 山内義雄訳。

(90) *ibid.*, p. 738. 山内義雄訳。

(91) Michel Revon, *Anthologie de la littérature japonaise*, *op. cit.*, p. 382.

(92) *Cent phrases pour éventails*, *op. cit.*, p. 713. 山内義雄訳。

(93) Paola D'Angelo, *Lyrique japonaise de Paul Claudel*, thèse de littérature comparée, sous la direction de Pierre Brunel, Université de Paris IV-Sorbonne, 1992, p. 310.

(94) *Cent phrases pour éventails*, *op. cit.*, p. 744. 山内義雄訳。

第III章

(1) *Le Père humilié*, *Th.* II, pp. 491, 537, 555 [II, 127, 171, 189].

(2) *J.* I, p. 458.

(3) *L'Échange*, *Th.* I, p. 676 [I, 549].

(4) *Le Repos du septième jour*, *Th.* I, p. 801 [I, 602].

(5) « Pagode », *Po.*, p. 27.

(6) « Tombes. —Rumeurs », *Po.*, pp. 41, 43.

(7) *Le Repos du septième jour*, *op. cit.*, p. 805 [I, 606].

(8) *C. P. C.* 1, p. 78.

(9) *Les Agendas de Chine*, texte établi, présenté et annoté par Jacques Houriez, L'Age d'Homme, 1991, pp. 72, 75.

(10) « Théâtre », *Po.*, pp. 39, 40.

(11) *C. P. C.* 12, pp. 75-76.

(12) « Ma conversion », *Pr.*, pp. 1012-1013.

(13) *L'Ours et la lune*, *Th.* II, p. 601 [II, 211].

(14) クローデルとロザリー・ヴェッチの関係に関しては、以下を参照。Thérèse Mourlevat, *La Passion de Claudel: la vie de Rosalie Ścibor-Rylska*, Pygmalion, 2001, p. 67 *sq. Partage de Midi*, édition de Gérald Antoine, Collection Folio. Théâtre, Gallimard, 1994, pp. 1-28.

(15) クローデルが描いた副領事館の二階の見取り図には「ヴェッチ夫人の部屋」と書かれた部屋がある。*Album Claudel*, iconographie choisie et commentée par Guy Goffette, Gallimard, 2011, p. 102.

(16) *J.* I, p. 126.

(17) *Partage de midi*, *Th.* I, p. 1062 [I, 900].

(18) Paul Claudel-Francis Jammes-Gabriel Frizeau, *Correspondance 1897-1938: avec des lettres de Jacques Rivière*, préface et notes par André Blanchet, Gallimard, 1952, pp. 61-62.

(19) *Partage de midi*, édition de Gérald Antoine, *op. cit.*, pp. 252, 254.

(20) *J.* I, p. 417.

(21) *ibid.*, p. 489.

(22) « Adieu au Danemark », *O. C.* 16, p. 210.

(23) *ibid.*, p. 210.

(24) « Introduction à un poème sur Dante », *Pr.*, p. 426. Cf. Dominique Millet-Gérard, « Les Apocalypses claudéliennes et le livre mallarméen », *La Revue des lettres modernes, Paul Claudel* 16, textes réunis par Michel Malicet, Lettres modernes, 1994, p. 51 *sq.*

(25) *La Nuit de Noël 1914*, *Th.* II, p. 575 [I, 73].
(26) *Mémoires improvisés*, recueillis par Jean Amrouche, Gallimard, 2001, p. 289.
(27) *ibid*, pp. 281, 231.
(28) *Le Soulier de satin*, *Th.* II, p. 948 [II, 531].
(29) *ibid.*, p. 669 [II, 262].
(30) *ibid.*, p. 777 [II, 366].
(31) 歌舞伎に関しては以下を参照。« Le Drame et la musique », *Pr.*, p. 148. 文楽に関しては、« Lettre au professeur Miyajima », *Pr.*, p. 1551. 能に関しては、« Le Festin de la Sagesse (Un essai d'adaptation du Nô japonais) », *Th.* II, p. 1506 [II, 1372].
(32) 一九二六年四月一日付ピエルロ男爵夫人宛の手紙、Centre Jacques-Petit 所蔵。
(33) « Propos sur un spectacle de ballets », *Th.* II, p. 1466.
(34) « Lettre au professeur Miyajima », *op. cit.*, p. 1552.
(35) 杉山直治郎「ノエル・ペリーの生涯と業績」、『日仏文化』新第九輯、一九四四年、一八五頁。
(36) 各曲に関しては以下を参照。*J.* I, pp. 561-563, 573-574, 616-617, 574-575, 577, 578-579, 631, 720, 721. « Nô », *Pr.*, p. 1169-1170, 1172, 1176. *C. P. C.* 13, p. 261.
(37) « Nô », *op. cit.*, p. 1167.
(38) *ibid.*, pp. 1169-1170.
(39) *ibid.*, pp. 1175, 1174.
(40) *ibid.*, p. 1168.
(41) *ibid.*, p. 1170.
(42) *ibid.*, p. 1169.
(43) *ibid.*, pp. 1169-1170.
(44) *ibid.*, p. 1170.
(45) *ibid.*, p. 1168.

(46) *ibid.*, p. 1175.
(47) *ibid.*, p. 1170.
(48) *ibid.*
(49) *ibid.*, p. 1171.
(50) *ibid.*
(51) Stéphane Mallarmé « Ballets », *Œuvres complètes*, Bibliothèque de la Pléiade, Gallimard, 1945, p. 304.
(52) « Sur la danse », *Pr.*, p. 163.
(53) « Nô », *op. cit.*, p. 1172.
(54) *ibid.*, p. 1169.
(55) 芥川龍之介「女と影」、『芥川龍之介全集』第四巻、筑摩書房、一九六四年、一二三頁。
(56) *J.* I, pp. 573-575, 616-617.
(57) « Le Festin de la Sagesse (Un essai d'adaptation du Nô japonais) », *op. cit.*, p. 1503 [II, p. 1368].
(58) 山内義雄「「女と影」前後——記録風に」、『日仏文化』第二三号、一九六八年、一五頁。
(59) 「私の能」は、一九二三年三月八日付エリザベト・サント＝マリ・ペラン宛の手紙、*C. P. C.* 13, p. 95. 「一種の能」は、« Interview par Frédéric Lefèvre sur le nô », *Su.* 2, p. 126.
(60) *La Femme et son ombre*, *Th.* II, pp. 647, 651 [II, 535, 539].
(61) « Les Superstitions chinoises », *Pr.*, p. 1082.
(62) *La Femme et son ombre*, *op. cit.*, pp. 647, 651 [II, 535, 539].
(63) *B. S. P. C.* 131, p. 13.
(64) 一九二六年八月一七日付ジャック・コポー宛の手紙、*C. P. C.* 6, p. 150.
(65) *J.* I, p. 779.
(66) Catherine Mayaux, « Notice sur "Le Livre de Christophe Colomb" », [II, p. 1633].
(67) *Le Livre de Christophe Colomb*, *Th.* II, p. 1131 [II, 575].

(68) *ibid.*, p. 1132 [II, 575].
(69) *ibid.*, p. 1133 [II, 577].
(70) Jacqueline de Labriolle, *Les "Christophe Colomb" de Paul Claudel*, C. Klincksieck, 1972, pp. 39-40.
(71) « Nô », *op. cit.*, p. 1171.
(72) « Note sur *Christophe Colomb* », *Th.* II, p. 1492 [II, 1316].
(73) *ibid.*, p. 1494 [II, 1318].
(74) Jacques Depaulis, *Ida Rubinstein: une inconnue jadis célèbre*, Honoré Champion, 1995, p. 444.
(75) « Textes de Claudel » concernant *Jeanne d'Arc au bûcher*, *Th.* II, p. 1514 [II, 1379].
(76) *Jeanne d'Arc au bûcher*, *Th.* II, p. 1218 [II, 649-650].
(77) *ibid.*, p. 1219 [II, 650].
(78) *ibid.*
(79) *ibid.*, p. 1229 [II, 660].
(80) *ibid.*, p. 1230 [II, 660].
(81) 詳しい原稿の変異に関しては、以下の論文を参照。Pascal Lécroart, « Les Manuscrits de *La Sagesse*: la conquête progressive d'une écriture dramatique et musicale », *Paul Claudel: les manuscrits ou l'œuvre en chantier*, sous la direction de Jacques Houriez et Catherine Mayaux, Édions Universitaires de Dijon, 2005, p. 109 *sq*.
(82) « Les Aventures de Sophie », *O. C.* 19, p. 69.
(83) « Le Festin de la Sagesse (Un essai d'adaptation du Nô japonais) », *op. cit.*, p. 1502 [II, 1368].
(84) *ibid.* p. 1506 [II, 1372].
(85) *La Sagesse ou La Parabole du Festin*, *Th.* II, p. 1207 [II, 638-639].
(86) *ibid.*, pp. 1199-1200 [II, 632].
(87) *ibid.*, p. 1200 [II, 632-633].
(88) « Nô », *op. cit.*, p. 1169.

（89）*J.* I, pp. 573-575, 616-617.

（90）« Nô », *op. cit.*, p. 1172.

（91）*ibid.*

（92）« Texte de Claudel de *Jeanne d'arc au bûcher* en 1951 », *Th.* II, p. 1530 [II, 1398].

（93）Paul de Saint-Victor, *Les Deux masques* I, Calmann Lévy, 1881, p. 67.

（94）*J.* I, p. 197.

（95）Pierre Batiffol, *Histoire du Bréviaire romain*, Picard, 1893, p. 104.

（96）*ibid.*

（97）*J.* I, p. 197.

（98）*Protée*, *Th.* II, pp. 312-313, 353, 356 [I, 1094, 1133, 1136].

（99）*La Nuit de Noël 1914*, *op. cit.*, p. 576 [II, 74].

（100）*ibid.*, pp. 590-592 [II, 88-89].

（101）*L'Ours et la lune*, *op. cit.*, pp. 605, 606 [II, 215, 216].

（102）« Essai de mise en scène et notes diverses », *Th.* I, p. 1320 [I, 1354].

（103）« Note sur *Christophe Colomb* », *op. cit.*, p. 1492 [II, 1316].

（104）野上豊一郎『能　研究と発見』岩波書店、一九三〇年、一頁。

（105）« Nô », *op. cit.*, p. 1169.

（106）*ibid.*, p. 1170.

（107）この景の引用は以下を参照。*Le Livre de Christophe Colomb*, *op. cit.*, pp. 1139-1140 [II, 582-583].

（108）« Nô », *op. cit.*, p. 1169.

（109）*Le Livre de Christophe Colomb*, *op. cit.*, p. 1133 [II, 577].

（110）*Jeanne d'Arc au bûcher*, *op. cit.*, pp. 1220-1221 [II, 652].

（111）*ibid.*, p. 1220 [II, 651-652].

（112） *ibid.*, p. 1231 [II, 661-662].
（113） *ibid.*, p. 1241 [II, 671].
（114） *La Sagesse ou La Parabole du Festin*, *op. cit.*, p. 1202 [II, 634]. 合唱隊の「人々ニ向カッテ言ワセタ」までは「ルカによる福音書」一四の一六、一七から引用。「婚姻ノ宴ニ」以下は「マタイによる福音書」二二の四からの引用。答唱は「ルカによる福音書」一四の一八、一九からの引用。
（115） « Texte de Claudel 1951 sur *Jeanne d'Arc au bûcher* », *Th.* II, p. 1530 [II, 1398].
（116） 一九二三年五月二七日付ミヨー宛の手紙、*C. P. C.* 3, p. 37.
（117） « Nô », *op. cit.*, p. 1170.
（118） « Le Drame et la musique », *op. cit.*, pp. 149-150.
（119） 杵屋佐吉「「女と影」の作曲に就て」、『日本詩人』一九二三年五月号、一一八頁。
（120） *C. P. C.* 13, p. 95.
（121） 作曲に関しては、以下を参照。Darius Milhaud, *Ma vie heureuse*, Pierre Belfond, 1987, pp. 299, 301. Harry Halbreich, *Arthur Honegger*, Fayard / Sacem, 1992, pp. 771, 774. Pascal Lécroart, *Paul Claudel et la rénovation du drame musical*, Mardaga, 2004, p. 345 *sq.*

第IV章

（1） « Interview de Claudel par Marcel Pays », *Su.* 2, p. 98. 引用文中の「一五年」は、休暇等を加えた年数と思われる。
（2） 権上康男『フランス帝国主義とアジア——インドシナ銀行史研究』東京大学出版会、一九八五年、二二六頁。
（3） 篠永宣孝「一九一四年前の東アジアに於けるフランス外交政策と銀行資本」(下)、『東洋研究』第一四〇号、二〇〇一年、三八頁。
（4） 濱口學「第七次ブリアン内閣の極東政策」(一)、『國學院法學』第二三巻第四号、一九八六年、四一頁。
（5） *The North China Herald*, 3th July 1920, ProQuest Historical Newspapers: Chinese Newspapers Collection, ProQuest（雄松堂

書店)。
(6) 森時彦「フランス勤工倹学運動小史」(下)、『東方学報』第五一冊、一九七九年、三五二頁。
(7) 濱口學「クローデルと日仏通商条約改締交渉」(五)、『國學院法學』第五〇巻第二号、二〇一二年、四頁。
(8) « Interview de Claudel par Marcel Pays », *op. cit.*, p. 97.
(9) クリスチャン・ポラック「フランス遣日航空教育軍事使節団(一九一八年―一九二一年)」、『日仏文化』第八三号、二〇一四年、二七頁。
(10) 同書、二八頁。*Correspondance diplomatique: Tokyo 1921-1927*, textes choisis, présentés et annotés par Lucile Garbagnati, *C. P. C.* 14, p. 82.
(11) *Correspondance diplomatique: Tokyo 1921-1927*, *op. cit.*, p. 116.
(12) *ibid.*, p. 152.
(13) 前段落の引用を含め以下を参照。山田朗『軍備拡張の近代史――日本軍の膨張と崩壊』吉川弘文館、一九九七年、九、一三八―一三九頁。
(14) 平間洋一『第一次世界大戦と日本海軍――外交と軍事との連接』慶應義塾大学出版会、一九九八年、三〇六頁。
(15) 同書、三〇七―三〇八頁。
(16) *Correspondance diplomatique: Tokyo 1921-1927*, *op. cit.*, pp. 302-303.
(17) *ibid.*, p. 303.
(18) *ibid.*, pp. 337-338.
(19) *ibid.*, pp. 128-129.
(20) *ibid.*, pp. 170-174.
(21) *J.* I, p. 541.
(22) *ibid.*, p. 588.
(23) *Cent phrases pour éventails*, *Po.*, p. 739.
(24) « Le poète et le shamisen », *Pr.*, p. 825.

(25) *Correspondance diplomatique: Tokyo 1921-1927, op. cit.*, p. 270.

(26) 濱口學「クローデルと日仏通商条約改締交渉」㈠、『國學院法學』第四八巻第四号、二〇一〇年、二二頁。

(27) ジャン・モリス『日・佛印通商史』尾上貞五郎訳、博文館、一九四二年、六八頁。

(28) *J.* I, pp. 520-530.

(29) « Mon voyage en Indo-chine », *O. C.* 4, p. 338.

(30) 前段落の引用を含め以下を参照。*ibid.*, p. 344.

(31) *Correspondance diplomatique: Tokyo 1921-1927, op. cit.*, p. 126.

(32) 濱口學「クローデルと日仏通商条約改訂交渉」㈤、前掲、三二頁。

(33) ジャン・モリス『日・佛印通商史』、前掲、九一—九二頁。

(34) 川島真「第一次大戦後の中国と日仏関係——ワシントン体制と仏領インドシナめぐる」、『日仏文化』第八三号、二〇一四年、三六頁。

(35) « Correspondance Léonard-Eugène Aurousseau-Paul Claudel (1922-1926) », Réunie et annotée par Shinobu Chujo, Préface de Jacques Houriez, texte établi par Jacques Houriez et Maryse Bazaud, *Ebis* 30, Maison franco-japonaise, 2003, p. 199.

(36) *ibid.*, p. 201.

(37) ジャン・モリス『日・佛印通商史』、前掲、一〇一頁。

(38) « *Note sur le séjour de la mission japonaise en Indochine, 3-28 février 1925* », *Su.* 1, p. 50.

(39) 濱口學「クローデルと日仏通商条約改締交渉」㈣、『國學院法學』第五〇巻第一号、二〇一二年、二八—二九頁。

(40) 尾上貞五郎「訳者補遺」、ジャン・モリス『日・佛印通商史』尾上貞五郎訳、博文館、一九四二年、二四七頁。

(41) 川島真「第一次大戦後の中国と日仏関係」、前掲、三六頁。

(42) ベルナール・フランク、弥永昌吉「日仏会館の歴史、目的および活動」、『日仏文化』第三一号、一九四七年、一二八—一二九頁。

(43) Carton 16, 極東フランス学院史料館。この二通の公信は藤原貞夫氏から提供を受けた。心からのお礼を申しあげる。

（44） Paul Joubin, « Correspondance », *La Revue de Paris* le 15 octobre 1929, p. 948. Daniel Bouchez, « Un rapport de Maurice Courant: sur la mission de 1919 », 『日仏文化』第四五号、一九八四年、三三頁。

（45） 濱口學「ポール・クローデルの対日外交における「文化的武器」」、『國學院大學紀要』第四八巻、二〇一〇年、一四三—一四四頁。

（46） Daniel Bouchez, « Un défricheur méconnu des études Extrême-Orientales: Maurice Courant (1865-1935) », *Journal Asiatique*, CCLXXI (1983), p. 43 à p. 150, Réédité (sans le glossaire): *Revue de Corée* vol. 20, n° 1 & 2 (printemps & été 1988), p. 40.

（47） 渋沢青淵記念財団竜門社編纂『澁澤榮一傳記資料』第三六巻、渋沢栄一伝記資料刊行会、一九六一年、二六六頁。

（48） Daniel Bouchez, « Un rapport de Maurice Courant sur la mission de 1919 », 前掲、四六—四七頁。

（49） 渋沢青淵記念財団龍門社編纂『澁澤栄一傳記資料』第三六巻、前掲、二六一頁。

（50） *Correspondance diplomatique: Tokyo 1921-1927*, *op. cit.*, p. 96.

（51） Bernard Frank, Shôkichi Iyanaga « La Maison franco-japonaise, son histoire, ses buts, son fonctionnement », 『日仏文化』第三一号、一九四七年、九—一〇頁。

（52） *J. I*, p. 533. Jean-Luc Barré, *Le Seigneur-Chat: Philippe Berthelot, 1866-1934*, Plon, 1988, p. 372.

（53） *Correspondance diplomatique: Tokyo 1921-1927*, *op. cit.*, p. 144.

（54） Eve Francis, *Un autre Claudel*, Grasset, 1973, p. 201.

（55） « Tradition japonaise & tradition française », *B. S. P. C.* 207, p. 28.

（56） 無題、日仏会館所蔵。

（57） « Correspondance Léonard-Eugène Aurousseau-Paul Claudel », *op. cit.*, p. 191.

（58） 渋沢青淵記念財団龍門社編纂『澁澤栄一傳記資料』第三六巻、前掲、二六九頁。

（59） 同書、二七一頁。

（60） *Correspondance diplomatique: Tokyo 1921-1927*, *op. cit.*, pp. 259, 261.

（61） « Correspondance Léonard-Eugène Aurousseau-Paul Claudel », *op. cit.*, p. 199.

（62） *Correspondance diplomatique: Tokyo 1921-1927*, *op. cit.*, p. 210.

(63) « Discours pour l'inauguration de la Maison franco-japonaise le 14 décembre 1924 », *O. C.* 29, p. 77.
(64) *Le Soulier de satin, Th.* II, pp. 867-868 [II, 455-456].
(65) *ibid.*, p. 871 [II, 459].
(66) Bernard Frank, Shôichi Iyanagga, « La Maison franco-japonaise, son histoire, ses buts, son fonctionnement », 前掲、二六頁。
(67) 渋沢青淵記念財団龍門社編纂『澁澤栄一傳記資料』第三六巻、前掲、三一〇頁。
(68) *Correspondance diplomatique: Tokyo 1921-1927, op. cit.*, p. 382.
(69) *ibid.*, p. 384.
(70) 宮本ヱイ子『京都ふらんす事始め』駿河台出版社、一九八六年、一二二頁。
(71) 同書、一二九頁。
(72) « Discours pour l'inauguration de la Maison franco-japonaise le 14 décembre 1924 », *op. cit.*, p. 79.
(73) 小林茂『薩摩治郎八――パリ日本館こそわがいのち』ミネルヴァ書房、二〇一〇年、四一八頁。
(74) この間の経緯に関しては次の書物を参照。小林茂『薩摩治郎八』、前掲、一二五頁以後。
(75) *J.* I, p. 531.
(76) *ibid.*, p. 651.
(77) *Lettres à son fils Henri et à sa famille*, texte établi par Marianne Malicet, présenté et annoté par Michel Malicet avec une préface de Henri Claudel, L'Age d'Homme, 1990, p. 31.
(78) *Correspondance diplomatique: Tokyo 1921-1927, op. cit.*, p. 228.
(79) 布教活動の推移に関しては以下を参照。上智大学・独逸ヘルデル書肆共編『カトリック大辞典』第四巻、冨山房、一九五四年、六一一八頁。
(80) « Religion et poésie », *Pr.*, p. 58.
(81) *Correspondance diplomatique: Tokyo 1921-1927, op. cit.*, p. 90, *sq.*
(82) *ibid.*, p. 91.
(83) *ibid.*, p. 225 *sq.*

(84) *ibid.*, pp. 225-226.
(85) *ibid.*, p. 237 *sq*.
(86) Mio Uesugi, « Les Missions, propagande française ou catholique ? ——Paul Claudel et les Missions au Japon », *L'Oiseau Noir* XVIII, 2016, p. 78.
(87) *Correspondance diplomatique: Tokyo 1921-1927*, *op. cit.*, p. 249 *sq*.
(88) *ibid.*, p. 309 *sq*.
(89) *ibid.*, pp. 310-311, 313.
(90) *ibid.*, pp. 313-314.
(91) *ibid.*, pp. 316-318.
(92) 『九州日報』一九二四年一一月二〇日、『福岡日日新聞』一九二四年一一月二一日。

書誌

1 ポール・クローデル著作

Agendas de Chine (Les), texte établi, présenté et annoté par Jacques Houriez, L'Age d'Homme, 1991.

« À propos de la publication de *Sainte Geneviève* »,『日本詩人』一九二三年五月号。

Connaissance de l'Est, édition critique avec introduction, variantes et commentaire par Gilbert Gadoffre, Mercure de France, 1973.

Journal I, II, Bibliothèque de la Pléiade, Gallimard, 1968, 1969.

Mémoires improvisés, recueillis par Jean Amrouche, Gallimard, 2001.

Œuvres complètes 4, 16, 19, 25, 29, Gallimard, 1952, 1959, 1962, 1965, 1986.

Œuvre poétique, Bibliothèque de la Pléiade, Gallimard, 1967.

Œuvres en prose, Bibliothèque de la Pléiade, Gallimard, 1965.

Partage de Midi, édition de Gérald Antoine, Collection Folio. Théâtre, Gallimard, 1994.

Supplément aux œuvres complètes 1, 2, 3, 4, L'Age d'Homme, 1990, 1991, 1994, 1997.

Théâtre I, II, Édition revue et augmentée, textes et notices établis par Jacques Madaule et Jacques Petit, Bibliothèque de la Pléiade, Gallimard, 1967, 1965 [*Théâtre* I, II, Édition publiée sous la direction de Didier Alexandre et de Michel Autrand, Bibliothèque de la Pléiade, Gallimard, 2011].

« Tradition japonaise & tradition française », *Bulletin de la Société Paul Claudel* n° 207, 2012.

2 ポール・クローデル書簡

Claudel, homme de théâtre: Correspondances avec Copeau, Dullin, Jouvet, établies et annotées par Henri Micciollo et Jaques Petit, *Cahiers Paul Claudel* 6, Gallimard, 1966.

« Correspondance Claudel-Mallarmé (1891-1897) », commentée par Henri Mondor, *Cahiers Paul Claudel* 1, Gallimard, 1959.

Correspondance diplomatique: Tokyo 1921-1927, textes choisis, présentés et annotés par Lucile Garbagnati, *Cahiers Paul Claudel* 14, Gallimard, 1995.

« Correspondance Léonard-Eugène Aurousseau-Paul Claudel (1922-1926) », Réunie et annotée par Shinobu Chujo, Préface de Jacques Houriez, texte établi par Jacques Houriez et Maryse Bazaud, *Ebis* 30, Maison franco-japonaise, 2003.

Correspondance: Paul Claudel-Darius Milhaud, préface d'Henri Hoppenot, introduction et notes de Jacques Petit, *Cahiers Paul Claudel* 3, Gallimard, 1961.

Correspondance Paul Claudel-Jacques Rivière 1907-1924, texte établi par Auguste Anglès et Pierre de Gaulmyn, explication et notes de Pierre de Gaulmyn avec une introduction d'Auguste Anglès, *Cahiers Paul Claudel* 12, Gallimard, 1984.

Lettres à son fils Henri et à sa famille, texte établi par Marianne Malicet, présenté et annoté par Michel Malicet avec une préface de Henri Claudel, L'Age d'Homme, 1990.

Lettres de Paul Claudel à Élisabeth Sainte-Marie Perrin et à Audrey Parr, texte établi par Michel Malicet, présenté par Marlène Sainte-Marie Perrin, annoté par Michel Malicet et Marlène Sainte-Marie Perrin, *Cahiers Paul Claudel* 13, Gallimard, 1990.

« Lettres de Paul Claudel à L'abbé André Combes», lettres présentées et annotées par Dominique Millet-Gérard, *Bulletin de la Société Paul Claudel* n° 218, 2016.

« Lettres inédites de Paul Claudel, Maurice Maeterlinck, [...] », texte présenté par Jacques Petit, *Cahiers Paul Claudel* 1, Gallimard, 1959.

Paul Claudel-Francis Jammes-Gabriel Frizeau, *Correspondance 1897-1938: avec des lettres de Jacques Rivière*, préface et notes par André Blanchet, Gallimard, 1952.

3　ポール・クローデル著作邦訳

本文にクローデルの著作を引用する際には、以下に項目ごとに五〇音順に記す邦訳を参照した。翻訳された方々に厚くお礼を申し上げる。


『筑摩世界文学大系』第五六巻「クローデル　ヴァレリー」、筑摩書房、一九七六年。

『流謫の詩』渡辺守章訳、『詩神讃歌』渡辺守章訳、『聖寵であるミューズ』渡辺守章訳、『真昼に分かつ』鈴木力衛・渡辺守章訳、『マリヤへのお告げ』鈴木力衛・山本功訳、『クリストファ・コロンブスの書物』鈴木力衛・山本功訳、『詩法』斎藤磯雄訳、『東方所感』（抄）山内義雄訳。

詩

『クローデル詩集』山本功訳、思潮社、一九六七年。

『流謫詩集』、『五つの大いなるオード』より『第一のオード（ミューズたち）』、『第二のオード（聖霊と水）』。『東方の認識』より『ランプと鐘』、『アマテラスの解放』、『溶解』。『神ノ一年ノ慈愛ニミテル冠』より『やみ』、『バラード』。『聖人画集』より『ダンテの死後六百年祭のための記念のオード』。

『クローデル詩集』山内義雄訳、ほるぷ出版、一九八三年。

『日曜日朝の祈禱』、『誦読』、『シャルル・ルイ・フィリップ』、『寺塔』、『夜の町』、『庭』、『七月精霊祭』、『海のおもひ』、『大地の門』、『心の廟』、『十月』、『十一月』、『絵画』、『十二月』、『雨』、『鐘』、『黄ろい時』、『杖』、『短唱』、『江戸城内濠に寄せて』、『百扇帖』。

演劇

『現代世界演劇』第四巻「宗教的演劇」、白水社、一九七一年。

『人質』渡辺守章訳。

『今日のフランス演劇』第四巻、白水社、一九六七年。

『黄金の頭』第二稿、渡辺守章訳、『火刑台上のジャーヌ・ダルク』安藤信也・矢代秋雄訳。

『繻子の靴』中村真一郎訳、人文書院、一九六八年。

『繻子の靴』全二巻、渡辺守章訳、岩波書店（岩波文庫）、二〇〇五年。

散文

『愛と信仰について――往復書簡』河上徹太郎・吉田健一訳、ダヴィッド社、一九五四年〔クローデル―アンドレ・ジッド書簡〕。

『朝日の中の黒い鳥』内藤高訳、講談社（講談社学術文庫）、一九八八年。

『クローデルとの書簡』上総英郎訳、『キリスト教文学の世界』第四巻、主婦の友社、一九七八年〔クローデル―ジャック・リヴィエール書簡〕。

『孤独な帝国　日本の一九二〇年代――ポール・クローデル外交書簡一九二一―二七』L・ガルバニャティ編、奈良道子訳、草思社、一九九九年。

『今日のフランス演劇』第五巻、白水社、一九六七年。

『自分の劇の上演方法一般についての私の考え』岩瀬孝訳、『供養する女たち』演出ノート』渡辺守章訳、『能』渡辺守章訳、『劇と音楽』（抄）渡辺守章訳。

『書物の哲学』三嶋睦子訳、法政大学出版局、一九八三年。

『書物の哲学』、『フランス語の韻文に関する考察と提題』、『詩の霊感に関してブルモン師に宛てた手紙』、『イジチュール』の破局』、『ダンテを主題とする或る詩への序論』、『宗教と詩』。

『信仰への苦悶』木村太郎訳、『世界教養全集』第九巻、平凡社、一九六九年〔クローデル―ジャック・リヴィエール書簡〕。

『天皇国見聞記』樋口裕一訳、新人物往来社、一九八八年〔『朝日の中の黒い鳥』と同一書〕。

『文学と信仰のはざまで――クローデルとの往復書簡』山崎庸一郎・中條忍訳、弥生書房、一九八二年〔クローデル―

ジャック・リヴィエール書簡」。

『眼は聴く』山崎庸一郎訳、みすず書房、一九九五年。

『闇を熔かして訪れる影――オランダ絵画序説』渡辺守章訳、朝日出版社、一九八〇年。

4　外務省等資料（資料番号）

フランス外務省史料館資料

E/57/3, E/62/2, E/63/43, E/69/43/1-2, E/550/1, E/550/8, E/550/9, E/553/1, E/553/2, E/553/3, E/553/4, E/553/5, E/556/2, E/557/1, E/566/6, E/572/1, E/573/5, E/573/6, E/583/1, E/583/61, E/997/1, 個人資料、一点資料番号欠あり。

極東フランス学院史料館資料

Carton 16.

日本外務省外交史料館資料

1/1/10/0「本邦ニ於ケル協会及文化団体関係雑件第一巻」。

1/3/1/37「文化交換関係雑件、日佛関係之部 一」。

1/3/3/1-2「在内外協會関係雑件、在内ノ部二」。

1/6/1/26-1-14「各國事情関係雑纂、福州」。

1/7/5/2-17-1「支那鑛山關係雑件、福建省の部」。

2/5/1/120-1「日佛通商條約改締一件、佛領印度支那及同大洋州諸島加入ノ件」。

3/4/2「欧州戦争ノ経済貿易ニ及ホス影響報告雑件・雑第四巻」。

3/12/1/112-2「在本邦各国公館用地貸渡一件、佛国之部」。

6/1/8/26-3「在本邦各国大使任免雑件、仏国之部」。
6/1/9/36-1「外國諸館員移動報告雑纂、外交官及領事官」。
6/4/4/1-12「外國貴賓ノ來朝雑件、佛領印度支那メルラン総督來朝一件」。
M/1/5/0/4-9「在本邦外國公館敷地関係一件、佛國ノ部」。

5 文 献

1925 CIUP 1975, plaquette réalisée par Marcel Souchier pour le cinquantième anniversaire de la cité internationale universitaire de Paris, 1975.

Accord commercial entre l'Indochine et le Japon (*L'*), Comité de l'Indochine, 1931.

Agostini, Bertrand, «The Development of French Haiku in the First Half of the 20th Century: Historical Perspectives », *Modern Haiku* vol. 32. 2, summer 2001 (http://www.modernhaiku.org/essays/frenchhaiku.html).

Album Claudel, iconographie choisie et commentée par Guy Goffette, Gallimard, 2011.

Antoine, Gérald, *Paul Claudel ou L'enfer du génie*, Robert Laffont, 2004.

Barré, Jean-Luc, *Le Seigneur-Chat: Philippe Berthelot, 1866-1934*, Plon, 1988.

Batiffol, Pierre, *Histoire du Bréviaire romain*, Picard, 1893.

Benoist-Méchin, Jacques et Blaizot, Georges, *Bibliographie des œuvres de Paul Claudel: Précédée de Fragment d'un drame, 1891*, Auguste Blaizot et Fils, 1931.

Bergson, Henri, *L'Énergie spirituelle: essais et conférences*, PUF, 1967.

Berton, Jean-Claude, « Le Japon », *Cahiers Paul Claudel* 4, Gallimard, 1962.

Bonneau, Georges, *Anthologie de la poésie japonaise*, P. Geuthner, 1935.

Bouchez, Daniel, « Un rapport de Maurice Courant: sur la mission de 1919 »,『日仏文化』第四五号、一九八四年。

—— « Un défricheur méconnu des études Extrême-Orientales: Maurice Courant (1865-1935) », *Journal Asiatique*, CCLXXI (1983).

Réédité (sans le glossaire): *Revue de Corée* vol. 20, n° 1 & 2 (printemps & été 1988).

Brunel, Pierre, *Claudel et Shakespeare*, Armand Colin, 1971.

Cassar, Jacques, *Dossier Camille Claudel*, Librairie Séguier, 1987.

Chamberlain, Basil Hall, *Bashô and the Japanese poetical epigram*, Transaction of the Asiatic Society of Japan vol. XXX, part 2, 1902.

—— *Japanese Poetry*, Kelley & Walsh, 1910.

Champion, Pierre, *Marcel Schwob et son temps*, Bernard Grasset, 1927.

Chronologie de Paul Claudel au Japon, sous la direction de Shinobu Chujo, Honoré Champion, 2012.

Chujo, Shinobu, « Notes sur *Nô* de Paul Claudel », *La Fleur cachée du Nô*, textes réunis et présentés par Catherine Mayaux, Honoré Champion, 2015.

D'angelo, Paola, *Lyrique japonaise de Paul Claudel*, thèse de littérature comparée, sous la direction de Pierre Brunel, Université de Paris IV-Sorbonne, 1992.

Depaulis, Jacques, *Ida Rubinstein: une inconnue jadis célèbre*, Honoré Champion, 1995.

Descartes, René, *Discours de la méthode*, Librairie Larousse, 1935.

Duret, Théodore, « L'art japonais », *La Plume* le 15 octobre 1893, Slatkine Reprints, 1968.

Farabet, René, *Le Jeu de l'acteur dans le théâtre de Claudel*, Minard, 1960.

Focillon, Henri, *L'Art bouddhique*, Henri Laurens, 1921.

France-Indochine le 27 juin 1924.

Francis, Eve, *Un autre Claudel*, Grasset, 1973.

Frank, Bernard, Iyanaga, Shôkichi, « La Maison franco-japonaise, son histoire, ses buts, son fonctionnement »〔ベルナール・フランク、弥永昌吉「日仏会館の歴史、目的および活動」〕、『日仏文化』第三一号、一九四七年。

Gadoffre, Gilbert, *Claudel et l'univers chinois*, *Cahiers Paul Claudel* 8, Gallimard, 1968.

Gérard, Auguste, « L'Effort japonais »,「大正六年一月、里昂市日佛交歓會ニ関スル印刷物送付ノ件」資料番号 3/4/2、日本外務省外交史料館。

GONCOURT, Edmond et Jules de, *Journal* XX, Éditions de l'Imprimerie Nationale de Monaco, 1957.

GRAN-AYMERICH, Jean et Evelyne, « La création des Écoles françaises d'Athènes, Rome et Madrid », *Communications* n° 54, 1992.

HALBREICH, Harry, *Arthur Honegger*, Fayard / Sacem, 1992.

HIRSCH, Charles-Henry, « Les livres, *Tête d'Or* », *Revue indépendante*, février 1892.

HOURIEZ, Jacques, *Le Repos du septième jour de Paul Claudel*, Les Belles Lettres, 1987.

—— « Claudel et la presse », *Bulletin de la Société Paul Claudel* n° 179, 2005.

—— « La Co-naissance au Japon et de soi-même », *Paul Claudel: les manuscrits ou l'œuvre en chantier*, sous la direction de Jacques Houriez et Catherine Mayaux, Édions Universitaires de Dijon, 2005.

—— *Paul Claudel ou Les Tribulations d'un poète ambassadeur: Chine, Japon, Paris*, Honoré Champion, 2012.

HUBERT, Marie-Clotilde, « Lettres de Paul Claudel à René Lalou », *Bulletin de la Société Paul Claudel* n° 40, 1970.

JOUBIN, Paul, « Correspondance », *La Revue de Paris* le 15 octobre 1929.

LABRIOLLE, Jacqueline de, *Les "Christophe Colomb" de Paul Claudel*, C. Klincksieck, 1972.

—— *Claudel and English-speaking World*, Grant & Cutler, 1973.

LASSERRE, Pierre, *Les Chapelles littéraires*, Garnier frères, 1920.

LECANUET, P., *Les Dernières années du pontificat de Pie IX, 1870-1878*, Félix Alcan, 1931.

LÉCROART, Pascal, *Paul Claudel et la rénovation du drame musical*, Mardaga, 2004.

—— « Les Manuscrits de *La Sagesse*: la conquête progressive d'une écriture dramatique et musicale », *Paul Claudel: les manuscrits ou l'œuvre en chantier*, sous la direction de Jacques Houriez et Catherine Mayaux, Édions Universitaires de Dijon, 2005.

LESIEWICZ, Sophie, « Mise en page du *Vieillard sur le Mont Omi*, Étude génétique et bibliographique d'une "amusette typographique" », *Bulletin de la Société Paul Claudel* n° 219, 2016.

LIOURE, Michel, « Lettres de Claudel à Henri Hoppenot », *Bulletin de la Société Paul Claudel* n° 131, 1993.

MALLARMÉ, Stéphane, *Œuvres complètes*, *Œuvres complètes* II, Bibliothèque de la Pléiade, Gallimard, 1945, 2003.

MASSARY, Xavier de, « La famille Claudel à Villeneuve-sur-Fère », *Bulletin de la Société Paul Claudel* n° 145, 1997.

MAUCLAIR, Camille, *Servitude et grandeur littéraires*, Librairie Ollendorff, 1922.

MAYAUX, Catherine, « *Cent phrases pour éventails*: une version secrète d'une œuvre d'art totale ? », *Regards sur Claudel et la Bible*, textes présentés par France Marchal-Ninosque et Catherine Mayaux, Poussière d'or, 2006.

—— « Le fonds extrême-oriental de la bibliothèque de Paul Claudel: bibliothèque réelle et bibliothèque virtuelle », *Bulletin de la Société Paul Claudel* n° 184, 2006.

—— « Claudel et la littérature japonaise ou Claudel en auteur japonais », *Paul Claudel et l'histoire littéraire*, textes réunis et présentés par Pascale Alexandre-Bergues, Didier Alexandre, Pascal Lécroart, Presses universitaires de Franche-Comté, 2010.

MILHAUD, Darius, *Ma vie heureuse*, Pierre Belfond, 1987.

MILLET-GÉRARD, Dominique, « Les Apocalypses claudéliennes et le livre mallarméen », *La Revue des lettres modernes, Paul Claudel* 16, textes réunis par Michel Malicet, Lettres modernes, 1994.

—— *Claudel thomiste ?*, Honoré Champion, 1999.

—— « Une lettre inédite de Claudel au P. de Tonquédec, sj: la question de la "tradition" », *Lettre et Critique, Actes du colloque de Brest 24-26 avril 2001*, textes rassemblés et présentés par Pierre-Jean Dufief, Université de Bretagne occidentale, 2003.

—— « "Fragile merveille". Claudel, Suarès et le haïku », *Le Haïku en France, poésie et musique: études, documents, témoignages, créations*, sous la direction de Jérôme Thélot et Lionel Verdier, *Les Cahiers de marge* 8, Kimé, 2011.

—— « Bible, Art et Sacerdoce », *Bulletin de la Société Paul Claudel* n° 218, 2016.

—— *Paul Claudel et les Pères de l'Église*, Honoré Champion, 2016.

MOREAU, Pierre, « Introduction », *Cahiers Paul Claudel* 2, Gallimard, 1960.

MOURLEVAT, Thérèse, *La Passion de Claudel: la vie de Rosalie Ścibor-Rylska*, Pygmalion, 2001.

NEWMAN, John Henry, « Loss and Gain », Newman, *Prose and Poetry*, selected by Geoffrey Tillotson, Rupert Hart-Davis, 1957.

North China Herald (*The*), 3th July 1920, ProQuest Historical Newspapers: Chinese Newspapers Collection, ProQuest (雄松堂書店)。

OGAWA, Hiroko, *Étude des traductions japonaises de l'œuvre de Paul Claudel*, mémoire de D. E. A., sous la direction de Dominique Millet-Gérard, Université de Paris-Sorbonne (Paris IV), 1994.

Pampre (Le), n° 10 / 11, 1923 (http://terebess.hu/english/haiku/lepampre.html).

Paris, Reine-Marie, *Camille Claudel: 1864-1943*, Gallimard, 1984.

Paul Claudel Premières œuvres 1886-1901, Catalogue de l'Exposition rédigé par François Chapon, Bibliothèque littéraire Jacques Doucet, 1965.

Peri, Noël, *Cinq Nô: drames lyriques japonais*, Bossard, 1921.

Prémare, Joseph-Henri de, *Vestiges des principaux dogmes chrétiens*, traduits du latin par A. Bonnettyet Paul Perny, Bureau des Annales de philosophie chrétienne, 1878.

Renard, Jules, *Journal*, Gallimard, 1935.

Revon, Michel, *Anthologie de la littérature japonaise: des origines au XXe siècle*, Delagrave, 1910.

Rimbaud, Arthur, *Œuvres complètes*, Bibliothèque de la Pléiade, Gallimard, 1988.

Rivière, Anne, « Le Mouvement de la vie », *Camille Claudel, 1864-1943*, Musée Rodin, 1984.

Roberto, Eugène, « Le Théâtre chinois de New-York en 1893 », *Cahier canadien Claudel* 5, Éditions de l'Université d'Ottawa, 1967.

Saint-Victor, Paul de, *Les Deux masques* I, Calmann Lévy, 1881.

Tajima, Yôko, « "Shi fu jô"——ein Fächerzyklus von Keisen und Claudel de Monika Kopplin, compte-rendu », *L'Oiseau Noir* IV, 1983.

Truffet, Michel, *Édition critique et commentée de "Cent phrases pour éventails" de Paul Claudel*, Les Belles-Lettres, 1985.

Uesugi, Mio, « Les Missions, propagande française ou catholique ? ——Paul Claudel et les Missions au Japon », *L'Oiseau Noir* XVIII, 2016.

Vieger, Léon, *Caractères chinois*, 7e édition, 台湾光啓出版社、一九六二年。

Weber-Caflisch, Antoinette, *Le Soulier de satin de Paul Claudel* 1, *édition critique*, Les Belles lettres, 1987.

Zhongxian, Yu, *La Chine dans le théâtre de Paul Claudel*, thèse de doctorat en Littérature comparée, sous la direction de Pierre Brunel, Université Paris IV, 1992.

アイスキュロス『ペルサイ（ペルシアの人々）』西村太良訳、『ギリシア悲劇全集』第二巻、岩波書店、一九九六年。

芥川龍之介「女と影」、『芥川龍之介全集』第四巻、筑摩書房、一九六四年。

井戸桂子「大使たちの日光――クローデルは何を見たか」、*L'Oiseau Noir* XV、二〇〇九年。

上田敏「獨語と對話」、『太陽』一九一四年一月号。

『大阪毎日新聞』朝刊一九二六年五月六日。

大出敦「「クロオデルには桂を捧げよ」――大正期のポール・クローデル」、『三田文学』二〇〇五年秋季号。

――「無に至る詩、クローデルと俳諧」、*L'Oiseau Noir* XV、二〇〇九年。

――「ミカドとギリシア　クローデルと日本のカミ観念II」、*L'Oiseau Noir* XVII、二〇一三年。

尾上貞五郎「訳者補遺」、ジャン・モリス『日・佛印通商史』尾上貞五郎訳、博文館、一九四二年。

『改造』一九二三年一月号。

金子美都子『フランス二〇世紀詩と俳句――ジャポニスムから前衛へ』平凡社、二〇一五年。

川島真「第一次大戦後の中国と日仏関係――ワシントン体制と仏領インドシナめぐる」、『日仏文化』第八三号、二〇一四年。

観世十郎元雅（世阿弥）『隅田川』観世左近訂正著作、檜書店、一九六八年。

杵屋佐吉「「女と影」の作曲に就て」、『日本詩人』一九二三年五月号。

『九州日報』一九二四年一一月二〇日。

倉田公裕「渓仙の感・観」、『開館9周年記念特別展渓仙　冨田渓仙――その人と芸術』山種美術館、一九七五年。

栗村道夫『ポール・クローデルの作品における聖徒の交わり』サンパウロ、二〇〇〇年。

『芸文』一九一三年八月号。

『古今和歌集』小島憲之・新井栄蔵校注、『新日本古典文学大系』第五巻、岩波書店、一九八九年。

小林茂『薩摩治郎八――パリ日本館こそわがいのち』ミネルヴァ書房、二〇一〇年。

小林善彦『パリ日本館だより――フランス人とつきあう法』中央公論社（中公新書）、一九七九年。

権上康男『フランス帝国主義とアジア――インドシナ銀行史研究』東京大学出版会、一九八五年。

シェイクスピア『冬物語』小田島雄志訳、白水社（白水Uブックス）、一九八三年。

塩川京子「冨田渓仙の絵画世界について」、『冨田渓仙展――没後六〇年記念』京都新聞社、一九九六年。

篠永宣孝「一九一四年前の東アジアに於けるフランス外交政策と銀行資本」(下)、『東洋研究』第一四〇号、二〇〇一年。

柴田依子『俳句のジャポニスム――クーシューと日仏文化交流』角川学芸出版、二〇一〇年。

渋沢青淵記念財団竜門社編纂『澁澤榮一傳記資料』第三六巻、渋沢栄一伝記資料刊行会、一九六一年。

『主日祝日用ミサ典禮書』長江恵訳、エンデルレ書店、一九五七年。

上智大学・独逸ヘルデル書肆共編『カトリック大辞典』第四巻、冨山房、一九五四年。

白井泰次「お茶の水から恵比寿へ」、『日仏文化』第六〇号、一九九六年。

杉山直治郎「ノエル・ペリーの生涯と業績」、『日仏文化』新第九輯、一九四四年。

鈴木皇「『四風帖』『雉橋集』と和紙」、*L'Oiseau Noir* IV、一九八三年。

世阿弥元清『敦盛』観世左近訂正著作、檜書店、一九五九年。

『聖書』新共同訳、日本聖書教会、一九八七年。

『中央文学』一九二一年二月号。

中條忍監修、大出敦・篠永宣孝・根岸徹郎編集『日本におけるポール・クローデル――クローデルの滞日年譜』クレス出版、二〇一〇年。

『東京朝日新聞』一九二一年一月一四日朝刊、一一月二〇日、二三日、二五日朝刊、一九二二年一月一六日朝刊。一九二四年一二月一五日朝刊、一九二七年二月三日朝刊。

『東京日日新聞』一九二六年一〇月一〇日朝刊、一一月二一日―二三日朝刊。

『東京毎日新聞』一九二一年一一月一七日。

トマス・アクィナス『神学大全』第四冊、高田三郎・日下昭夫訳、第七冊、高田三郎・山田晶訳、創文社、一九七三年、一九六五年。

『冨田溪仙――生誕一三〇年記念』茨城県近代美術館、二〇〇九年。

中村弓子『受肉の詩学――ベルクソン/クローデル/ジード』みすず書房、一九九五年。

――「《野生状態の神秘家》クローデル」、*L'Oiseau Noir* XVIII、二〇一六年。

根岸徹郎「『炎の街を横切って』試論」、*L'Oiseau Noir* XIV、二〇〇七年。

——「クローデルと日本文学——「一九二三年九月一日　東京と横浜の間で」あるいは「俳諧」を手がかりとして」、*L'Oiseau Noir* XV, 二〇〇九年。

野上豊一郎『能、研究と発見』岩波書店、一九三〇年。

芳賀徹『ひびきあう詩心——俳句とフランスの詩人たち』ティビーエス・ブリタニカ、二〇〇二年。

濱口學「第七次ブリアン内閣の極東政策」㈠、『國學院法學』第二三巻第四号、一九八六年。

——「ポール・クローデルの対日外交における「文化的武器」」、『國學院大學紀要』第四八巻、二〇一〇年。

——「クローデルと日仏通商条約改締交渉」㈠、㈣、㈤、㈦、『國學院法學』第四八巻第四号、第五〇巻第二号、第五一巻第一号、二〇一一年、二〇一二年、二〇一二年、二〇一三年。

平間洋一『第一次世界大戦と日本海軍——外交と軍事との連接』慶應義塾大学出版会、一九九八年。

『福岡日日新聞』一九二四年一一月二二日。

『文章世界』一九一七年一〇月号。

ベルトラン、A&グリゼ、P『フランス戦間期経済史』原輝史監訳、早稲田大学出版部、一九九七年。

ポラック、クリスチャン「フランス遣日航空教育軍事使節団（一九一八年—一九二一年）」、『日仏文化』第八三号、二〇一四年。

三谷里華「フランス国立美術館資料室所蔵の《神庫》贈関連文書」、『冨田渓仙——生誕一三〇年記念』茨城県近代美術館、二〇〇九年。

『三田文学』一九一五年一〇月号、一九一六年二月号、一九一七年二月号。

三宅俊彦『日本鉄道史年表（国鉄・JR）』グランプリ出版、二〇〇五年。

宮本ヱイ子『京都ふらんす事始め』駿河台出版社、一九八六年。

——「関西日仏学館　七五年の軌跡」、『関西日仏学館』関西日仏学館、二〇〇三年。

村松伸『上海・都市と建築——一八四二—一九四九年』PARCO出版局、一九九一年。

ムールヴァ、テレーズ『その女《ひと》の名はロジィ——ポール・クローデルの情熱と受苦』湯原かの子訳、原書房、二〇一一年。

モリス、ジャン『日・佛印通商史』尾上貞五郎訳、博文館、一九四二年。

森時彦「フランス勤工倹学運動小史」(下)、『東方学報』第五一冊、一九七九年。

諸橋轍次『老子の講義――掌中』大修館書店、一九五四年。

山口俊夫「日仏会館「恵比寿新館」の建設」、『日仏文化』第六〇号、一九九六年。

山田朗『軍備拡張の近代史――日本軍の膨張と崩壊』、吉川弘文館、一九九七年。

山内義雄「クロオデル・渓仙の交遊」、『塔影』一九三六年八月号。

――「クローデルと渓仙」、『現代日本美術全集』第三巻「月報Ⅳ」、角川書店、一九五五年。

――「ポール・クローデルの「百扇帖」」、『婦人之友』一九五七年一月号。

――「「女と影」前後――記録風に」、『日仏文化』第二三号、一九六八年。

――『遠くにありて――山内義雄随筆集』毎日新聞社、一九七五年。

『謡曲界』一九二二年一二月号。

吉江喬松「冨田渓仙のこと」、『塔影』一九三六年八月号。

――『吉江喬松全集』第八巻、白水社、一九四三年。

『読売新聞』一九二二年一月一四日、一一月三日、一九日、二五日、二六日、一九二三年五月一五日。

渡辺守章『ポール・クローデル　劇的想像力の世界』中央公論社、一九七五年。

――『越境する伝統――渡邊守章評論集』ダイヤモンド社、二〇〇九年。

6 その他

日本クローデル研究会（http://d.hatena.ne.jp/claudel-jp/）
　研究会機関誌 *L'Oiseau Noir.*
フランスのクローデル協会（http://www.paul-claudel.net/）
　協会機関誌 *Bulletin de la Société Paul Claudel.*

ポール・クローデル略年譜

（［P］は詩、［Pr］は散文、［T］は演劇を示す）

一八六八（明治元）年八月六日
ヴィルヌーヴ＝シュル＝フェールで誕生。

一八七〇（明治三）年　二歳
父親の転勤によりバール＝ル＝デュックに転居。その後も父親の転勤は続き、七六年にノジャン＝シュル＝セーヌに、七九年にヴァッシィ＝シュル＝ブレーズに転居。

一八八一（明治一四）年　一三歳
父を勤務先のヴァッシィ＝シュル＝ブレーズに残し、一家はパリに転住。ルイ＝ル＝グラン校に入学。

一八八五（明治一八）年　一七歳
パリ大学法学部に入学、高等政治専門学校に通う。

一八八六（明治一九）年　一八歳
ランボーの詩に感動。パリのノートル・ダム大聖堂で啓示。

一八八七（明治二〇）年　一九歳
マラルメの火曜会に出入りする。

一八八九（明治二二）年　二一歳
東洋語学校に通う。

一八九〇（明治二三）年　二二歳
カトリックに回宗。外交官試験首席合格。『黄金の頭』［T］を自費出版。『都市』［T］完成。

一八九三—九五（明治二六—二八）年　二五—二七歳
米国勤務（ニューヨーク、ボストン）。『交換』［T］完成。『アガメムノーン』（アイスキュロス）翻訳完了。

一八九五—一九〇九（明治二八—四二）年　二七—四一歳
中国勤務（上海、福州、漢口、北京、天津）。

一八九六（明治二九）年　二八歳
『七日目の休日』［T］完成。

一八九八（明治三一）年　三〇歳
日本旅行（長崎、神戸、横浜、東京、日光、江ノ島、箱根、熱海、静岡、京都）。

一九〇〇（明治三三）年　三二歳
ロザリー・ヴェッチ夫人との出会い。

一九〇四（明治三七）年　三六歳

ロザリー・ヴェッチ夫人、クローデルの子を宿したまま去る。『詩法』[Pr] 完成。
一九〇六（明治三九）年　三八歳
レーヌ・サント＝マリ・ペランと結婚。『真昼に分かつ』[T] 完成。
一九〇七（明治四〇）年　三九歳
『東方所感』[P] 完成。
一九〇八（明治四一）年　四〇歳
『五大賛歌』[P] 完成。
一九〇九―一一（明治四二―四四）年　四一―四三歳
チェコ勤務（プラハ）。
一九一〇（明治四三）年　四二歳
『人質』[T] 完成。
一九一一（明治四四）年　四三歳
『マリアへのお告げ』[T] 完成、『三声による頌歌』[P] 執筆。
一九一一―一四（明治四四―大正三）年　四三―四六歳
ドイツ勤務（フランクフルト、ハンブルグ）。
一九一三（大正二）年　四五歳
『プロテウス』[T] 完成。
一九一四（大正三）年　四六歳
帰国。『コエーポロイ（供養するものたち）』（アイスキュロス）翻訳完了。
一九一五―一六（大正四―五）年　四七―四八歳
イタリア勤務（ローマ）。
一九一五（大正四）年　四七歳
『一九一四年キリスト降誕祭の夜』[T]、『固いパン』[T] 完成。
一九一六（大正五）年　四八歳
『辱めらた神父』[T] 完成。『エウメニデス（恵み深い女神たち）』（アイスキュロス）翻訳完了。
一九一七―一八（大正六―七）年　四九―五〇歳
ブラジル勤務（リオデジャネイロ）。
一九一七（大正六）年　四九歳
ロザリー・ヴェッチ夫人から手紙。『熊と月』[T]、『男とその欲望』[T]、『彼方のミサ』[P] 完成。
一九一八（大正七）年　五〇歳
『聖女ジュヌヴィエーヴ』[P] 完成。
一九一九―二一（大正八―一〇）年　五一―五三歳
デンマーク勤務（コペンハーゲン）。
一九二一―二七（大正一〇―昭和二）年　五三―五九歳
日本勤務（東京）。
一九二二（大正一一）年　五四歳
『日本の伝統とフランスの伝統』（後の『日本人の魂への眼差し』[Pr]）講演。『女と影』[T] 完成。
一九二三（大正一二）年　五五歳

『女と影』帝劇で上演。『聖女ジュヌヴィエーヴ』新潮社から出版。『炎の街を通って』〔Pr〕執筆。

一九二四（大正一三）年　五六歳
『繻子の靴』〔T〕完成。『蛾眉山上の老人』〔P〕執筆。

一九二五（大正一四）年　五七歳
休暇で一時帰国。『婚宴の譬』〔T〕執筆。

一九二六（大正一五）年　五八歳
再来日。『埴輪の国』〔T〕、『詩人と三味線』〔Pr〕、『ジュールまたは二本のネクタイをした男』〔Pr〕、『詩人と香炉』〔Pr〕、『能』〔Pr〕完成。『四風帖』〔P〕山濤書院から出版。『雉橋集』〔P〕日仏芸術社から出版。

一九二七（昭和二）年　五九歳
『百扇帖』〔P〕小柴印刷所から出版。『朝日のなかの黒鳥』〔Pr〕出版。『クリストファ・コロンブスの書物』〔T〕完成。

一九二七―三三（昭和二―八）年　五九―六五歳
米国勤務（ワシントン）。

一九二八（昭和三）年　六〇歳
『ロワール＝エ＝シェール県の会話』〔Pr〕完成。

一九三二（昭和七）年　六四歳
『黙示録のステンド・グラスの中央にて』〔Pr〕完成。

一九三三―三五（昭和八―一〇）年　六五―六七歳
ベルギー勤務（ブリュッセル）。

一九三四（昭和九）年　六六歳
『火刑台上のジャンヌ・ダルク』〔T〕完成。

一九三五（昭和一〇）年　六七歳
外交官生活引退。『知恵の司の饗宴』〔T〕完成。

一九四二（昭和一七）年　七四歳
『百扇帖』フランスで出版。

一九四五（昭和二〇）年　七七歳
『どどいつ』〔P〕出版。『さらば、日本！』〔Pr〕、『ル・フィガロ』紙に発表。

一九四六（昭和二一）年　七八歳
アカデミー・フランセーズ会員。

一九四七（昭和二二）年　七九歳
『ポール・クローデル「雅歌」に問う』〔Pr〕完成。

一九五五（昭和三〇）年　八六歳
二月二三日死去。パリのノートル・ダム大聖堂で国葬。

おえるにあたり

本書を執筆した理由は、最初の章「はじめに」の最後に記したつもりである。その記述に偽りはなくその通りであるが、上梓を前にした今、ひとこと白状しなければならないことがある。それは、自分でもよく分からない事柄を書いてしまったことである。もちろん資料に基づいて書いたのだが、なぜそうなるのか、わからないのである。

クローデルは、青年時代から姉カミーユの影響もあって日本にあこがれていた。上海の領事館勤務時代には、旅行者として日本を訪れている。その後、駐日大使として来日した時には、日本の自然や風物に親しみ、俳句風の短詩を書きあげている。また歌舞伎、能、文楽といった古典芸能を愛し、能を手本に独自の劇作術を編みあげてもいる。彼にとって日本は「偉大な書物」であった。彼はその「書物」をひもとき、時には耳を傾け、そこに多くを見いだし、おのれの糧とした詩人であり、劇作家であった。人々は、そうした彼を親しみをこめて「詩人大使」と呼んだ。日本で生まれたこの呼称は、その後世界中に広まり、今では彼の字《あざな》となっている。

だがクローデルの本職は、れっきとした駐日フランス大使である。いまでこそ詩人、劇作家として名を残しているが、なんといっても一国の利害を代表する腕利きの外交官として派遣された人物である。駐在国では、国内外の変動に目を光らせ、フランスの利益を優先させる任務を負わされている人物だったのである。

だが、入手した文献から浮かびあがってくる彼は、自国の利益のみを追求する外交官ではない。日本への兵器の売り込みにしろ、インドシナの関税問題の解決にしろ、両国の文化交流の拠点としての日仏会館の設立にしろ、つねに相互理解と協調精神に基づき、たがいの利益を尊重し、周到な目配りのもとに行動する外交官であった。その行動を支えていたのが、来日前に中国で書きあげた『詩法』に説かれている「共同出生」という考えであった。たがいに過不足を補い合い、共に生まれ、共に生きるという考えである。

だが、ひとつだけ、どうしても、そうした路線からは解釈できない行動がある。それが九州旅行で明るみに出た言動である。

当時、パリ外国宣教会が掌握していた地域は、つぎつぎと他国の宣教会の手にわたっていた。それがクローデルの目には、自国の領土喪失に映ったのだ。彼は、フランスの権力失墜につながるとして、頑としてそれらの地域を手放そうとしなかった。それどころか、日本人が司祭になることにも反対し、日本人の教区支配を全面的に拒んだのである。

もちろん彼は、根っからのカトリック信者である。とはいえ、彼の聖典解釈は、頑迷な信者としての解釈ではなく、あくまでも詩人としての解釈である。それに、これまでとってきた外交路線は、一貫して「共同出生」の考えに基づき、そこから外れたことはない。それなのに、この問題にかぎり、なぜこれほどまでに極端な言動にでたのか、どうもよくわからない。

よくわからないままに書いてしまったといったのは、この部分のことである。そこに見られるクローデルの二面性がよくわからないのだ。人にはだれでも二面性があるといってしまえば、それまでである。だが、わからないままに書いてしまったこの点が、どうも悔やまれてならない。


思えば、クローデルとの付き合いは長い。

大学院の修士課程に入った私は、修士論文の題目を主任教授に届けでなければならなかった。卒業論文にジュリアン・グリーンを取りあげたので、ジュリアン・グリーンにしたいと申し出た。すると、主任教授は、精神形成の大切な時なので、もっと大きな作家を選ぶようにといわれた。怠け者の私は、初めから中世や古典の作家を選ぶ気はなかった。ギュスターヴ・ランソンやピエール＝ジョルジュ・カステックスの文学史をひもとき、二〇世紀を中心に頁を多くさいている作家を見ていった。その結果が、クローデルであった。以来、回り道をしながらであるが、クローデルと付き合い続けている。

こんなわけで、かなり以前からクローデルと日本について書いてみたいと思っていた。だが、いざ筆をとってみると、なかなか進まない。それでも、なんとか書き終えることができた。自信があったわけではない。もちろん戸惑いもあった。だが、どうしても出版したいという気持ちを抑えることができなかった。一〇年ほど前である。

意を決して出版関係を手がけている知人にそれを見せた。知人は親切にも複数の出版社に持ちこんでくれた。しかし、活字にしてはもらえなかった。自分の力量不足を実感した私は、知人に深甚の謝意を表し、拙稿をコンピューターの奥にしまい込んでしまった。再び目にすることはなかった。

こうして長い間、拙稿は冬眠を続けていた。それを目覚めさせ、活字化へのきっかけを与えてくれたのは、加藤晴久氏と支倉崇晴氏である。

赤坂のレストランで、久しぶりに三人で夕食を楽しんでいた時だった。加藤氏は『ブルデュー　闘う知識人』（講談社）を、支倉氏はシャルル・ペロ著『イエス』（白水社）の翻訳を出版していた。そうした二人を前に、私はクローデルと日本について書いたものが眠っていると、つい口をすべらしてしまった。そのとたん、出版して貰えなかった苦い思いが頭をよぎり、冷や汗が出た。今回も同じ運命をたどると思ったのだ。すると、二人はすかさずその完成を薦め、出版社を紹介すると言ってくれたのだ。夢のような気がした。二人の言葉は、いまだに頭から離れない。

こうして、両氏によって目覚めさせられた拙稿は全面的に見直されることになった。その間、多くの方々のお世話になった。貴重な助言と入手困難な資料の提供も受けた。本当にありがたかった。

装いをあらたにすることができた拙稿は、講談社の互盛央氏の手を経て、法政大学出版局の岡林彩子氏の手に渡った。早春を思わせる日の午後だった。私は神田川のほとりにあるレストランでお二人に会った。その結果が本書である。校正の段階では、岡林氏の綿密な再読に恵まれ、誤字、脱字、不適切な表現を改めることができた。心から、助かったと思った。今では、加藤、支倉、互、岡林の四氏、そして、先ほど名を挙げなかったが、お世話になった方々にひたすら感謝するのみである。

だが、当然といえば当然であるが、なぜか今頃になって、前記の九州旅行の時のクローデルをはじめ、一筋縄ではいかないクローデルが、どっかりと私のなかに居座り、私を悩ませはじめている。いくら手を尽くしても、どうしても解けない謎が彼にあるのが分かりはじめている。歴史に名を残す偉大な人物は、凡人には分からないそうした謎を多く秘めているのかも知れない。わずかに残された命の続くかぎり、この謎に真っ正面から立ち向かわなければならないと思うと、空恐ろしくなる。

脳裏をかすめるのは、『繻子の靴』の主人公が叫んだ「解き放たれたのだ、囚われの魂たちは！」という台詞である。私にもそう叫べる日の来ることを願って筆をおくことにする。

二〇一七年一〇月

［ラ　行］

［ワ　行］

[ハ　行]

[マ　行]

[ヤ　行]

［サ　行］

［タ　行］

［ナ　行］

人名索引

・ポール・クローデル及び実在者であっても聖典を含む作中人物は対象としなかった。
・本文中に名のみ表記されている人物は名で立項し、姓名の項目から参照の指示をした。

［ア 行］

［カ 行］

中條　忍（ちゅうじょう しのぶ）
1936年生まれ。東京大学大学院人文科学研究科博士課程退学。青山学院大学名誉教授。専門はフランス文学、演劇。
主な著作に『日本におけるポール・クローデル――クローデルの滞日年譜』（監修、クレス出版、2010年）、訳書にジャン＝マリ・トマソー『メロドラマ――フランスの大衆文化』（晶文社、1991年）、ジュヌヴィエーヴ・セロー『ヌゥヴォ・テアトルの歴史』（思潮社、1986年）などがある。

ポール・クローデルの日本――〈詩人大使〉が見た大正

2018年1月31日　第1刷発行

著　者　中條　忍

発行所　一般財団法人 法政大学出版局
〒102-0071　東京都千代田区富士見 2-17-1
電話 03（5214）5540　振替 00160-6-95814

組版 村田真澄　印刷 ディグテクノプリント　製本 積信堂
装幀 奥定泰之

ISBN978-4-588-32604-2 Printed in Japan